KB158664

책 읽기를 정말 좋아하는 사람들 아닌가

버지니아 울프 산문선

책 읽기를 정말 좋아하는 사람들 아닌가

정소영 엮고 옮김

여성으로 읽고 쓰고 생각하기

    버지니아 울프처럼 잘 알려진 작가의 글에 굳이 서문이나 해설을 붙일 필요가 있을까? 이름만 잘 알려진 것이 아니라 『등대로』(*To the Lighthouse*)나 『댈러웨이 부인』(*Mrs. Dalloway*), 『자기만의 방』(*A Room of One's Own*) 같은 대표작은 분명 팔리기도 많이 팔리고 많이 읽히기도 했을 것이다. 인터넷 서점에서 버지니아 울프를 검색하면 같은 작품의 여러 번역본을 포함한 긴 목록이 나오고 그 가운데에는 울프의 거의 모든 저작을 망라한 '버지니아 울프 전집'도 있다. 그럼에도 그 목록에 또 하나를 덧붙이게 된 것은 산문이라는 덜 알려진 장르의 글에서 나타나는 울프의 면모를 한 권의 책에 담아 소개하고픈 마음에서였다.

    이 책에 실린 「여성의 직업」에서 말하듯 울프가 '직업' 작가의 길에 들어선 것은 그가 기고한 서평이 잡지에 실리면서부터다. 하지만 울프는 아주 어린 시절부터 글쓰기를 즐겼다. 울프와 가까웠던 언니 버네사는 그림 그리기를 좋아했기 때문에 두 사람은 어렸을 때 각각 작가와 화가가 되기로 마음을 먹었고, 울프가 아홉 살이 되던 1891년부터 어머니가 세상을 떠난 1895년까지 일종의 가족 신문인 「하이드파크게이트 뉴스」[1]를 함께 펴내기도 했다. 그 시절부터 시작된 울프의 글쓰기는 그가 자살을 결심했던 순간까지 평생 지속되었다. 그리하여 그의 대표 소설 외에, 그가 잡지에 기고한 서평과 산문이 600여 편에 달한다. 거기에 일기와 편지까지 있으니 글쓰기가 울프의 삶 자체였다고 해도 과언이 아닐 듯하다. 울프는 그의 조카들이나 주변 사람들에게 일기 쓰기를 권했다고도 하는데, 그건 주변에서 매일 기록할 만한 특별한 일이 일어나서가 아니라 비록 자잘하더라도 강렬한 인상들이 늘 가득하고 그로부터 촉발되는 연상과 생각 역시 한없이 이어진다고 보았기 때문이다.

당연한 말이지만 글을 쓴다는 것은 글을 읽는 일과 떼놓고 볼 수 없다. 잡지에 기고했던 글을 묶어 출간한 산문집 두 권에 '일반 독자'(common reader)라는 제목을 붙인 것에서도 알 수 있듯 울프는 자신을 작가이자 독자로 여겼다. 작품의 수준에 따라 위계를 정하거나 답을 주는, 권위를 내세우는 학자 같은 존재가 아니라 쏟아지는 글의 홍수 속에서 제 나름대로 길잡이 역할을

---

1   하이드파크게이트는 울프가 태어나서부터 부친이 세상을 떠난 1904년까지 살았던 런던의 거리다.

맡고자 한 것이다. 특히 그는 전쟁이 늘 삶을 위협하던 20세기 전반기를 살면서 역사적으로 사고하는 일이 무엇보다 중요하다고 보았다. 그리고 역사적으로 사고하는 일을 위해 울프가 당대 사람들에게 권한 것은 바로 폭넓은 독서였다.

울프가 어려서부터 책과 글쓰기에 심취한 것은 당연히 타고난 문학적 재능과 열정에서 비롯했지만, 다른 한편 정식 교육을 받지 못한 탓도 있다. 울프의 가족은 지식인 집안이었고 특히 부친인 레슬리 스티븐은 저명한 작가이자 편집인으로 울프의 어린 시절엔 그의 집에 당대 영국의 대표적 소설가 조지 메레디스와 헨리 제임스를 비롯한 유명한 문인들이 수시로 드나들었다. 그런 집안에서조차 아들들만 정식 교육을 받고 대학까지 진학했을 뿐 딸들은 그럴 수 없었다. 다행히도 울프는 아버지의 서재에서 마음대로 책을 읽을 수 있었고 이후 대학교에서 수업을 듣기도 했지만, 딸이라는 이유로 아들과 달리 정식 교육을 받지 못했다는 박탈감은 오래도록 남았다.

울프의 부모는 둘 다 재혼이었기 때문에, 울프가 자신의 회고록인 「지난날의 소묘」에서 말하듯이 특히 아버지는 나이로는 할아버지에 가까웠다. 그래서 울프는 자신과 버네사가 기질상 '탐험가, 혁명가, 개혁가'였는데 자신들의 어린 시절 환경은 적어도 오십 년은 뒤처져 있었다고 말한다. 이 세대 차이는 개인적인 차원만이 아니라 당대 영국 상황을 반영하기도 한다. 울프가 태어난 19세기 말은 영국이 번영을 구가하던 빅토리아 시대가 저물어가던 때였지만, 그의 부모님은 전형적인 빅토리아 시대의 인물이었다. 빅토리아 여왕의 재위 기간은 1837년에서 1901년이지만 사회문화적 변화라는 측면에서 빅토리아 시대는 1820년경부터 조지 5세가 즉위한 1910년이나 1차대전이 발발한 1914년까지의 기간을 지칭하는 경우가 많다. 새로운 소설 형식의 필요를 주장하는 「베넷 씨와 브라운 부인」에서 울프가 에드워드 왕 시대 작가와 조지 왕 시대 작가를 구분하며 1910년을 기점으로 드는 것도 이와 관련이 있다.

빅토리아 시대 영국은 산업혁명의 선구자로서 유럽 어느 나라보다 발전된 공업과 식민지에서 생겨나는 이윤을 기반으로 강력하고 풍요로운 제국의 지위를 누렸다. 또한 그 경제 성장을 바탕으로 다양한 직군의 노동계층과 중산층이 급증하여 사회의 주도 세력이 되었다. 참정권이 확대되면서 정치적 진보주의가 주요한 정치이념으로 자리를 잡고 차티즘으로 대표되는 급진적 노동운동도 생겨났다. 문해력이 높아지고 독서 인구가 늘어나면서 잡지를 비롯한 출판 활동이 왕성해졌고 소설의 전성시대가 열려 지금까지 사랑받는 수많은 위대한 작품을 비롯하여 방대한 양의 소설이 출간되었다. 빅토리아 시대를 거치면서 소설이 대중적으로 가장 사랑받는 문학 장르로 자리 잡았던 것이다.

잡지와 출판물의 전성시대에 주요한 독서 대중은 여성이었고 그에 발맞춰 주목할 만한 여성 작가들이 등장하기는 했지만 전반적인 여성의 지위는 크게 나아지지 않았다. 여성을 정의하고 규제하는 주요 관념 역시 당시의 변화를 반영하지 못했고, 급격한 전환의 와중에 보수적이고 관습적인 이념이 오히려 더욱 강화되는 경향도 있었다. 점점 더 많은 여성이 여러 분야에 진출하고 법적인 측면에서 남성과 동등한 권리를 주장하는 중에도, '집 안의 천사'(Angel in the House)와 '별개의 영역'(separate spheres)이라는 가정 이데올로기가 큰 영향력을 발휘했다.

울프가 「여성과 직업」에서 언급하는 '집 안의 천사'는 우리의 '현모양처'와 아주 흡사하게 가족 구성원의 필요와 욕구를 충족시키는 역할을 여성에게 부여했다. 근대 산업구조가 확립된 19세기 영국에서는 임금을 받는 노동계층과 중산층이 사회 구성원의 큰 부분을 차지했고, 이는 곧 가정이 생산의 주요 단위였던 이전 시대와 달리 일터와 가정이 확실히 구분되기 시작했다는 뜻이다. 그 전까지 사회적 지위와 재산 여부에 따라 제한되었던 투표권이 1884년에 노동자계급 남성에게까지 부여되었지만, 30세 이상의 대부분 여성이 투표권을 획득한 것은 그보다 수십 년이 지난 1918년이었다. 상황이 이러하므로 자연스럽게 공적 영역으로 분리된 생산 분야는 남성이 장악하고, 여성이 속한 가정은 예전과 달리 생산에서 배제된 사적 영역이 되었다.

    남녀의 영역을 서로 다르게 규정하는 '별개의 영역'이라는
관념은 이러한 사회경제적 과정을 반영하면서 동시에 합리화
했다. 생산에서 소외된 여성에게 감성적·도덕적 역할을 부여하
여 그 사회적 중요성을 강조한 셈인데, 쉽게 예상할 수 있듯이
자본과 임노동이 주도하는 자본주의 사회에서 그것은 허울만
그럴듯한 무력한 지위일 뿐이었다. 원래 이데올로기의 속성이
그렇듯이 생계를 위해 노동시장에 뛰어들지 않을 수 없었던 노
동계급 여성도 그러한 규정에서 자유로울 수 없었다. 하지만 그
것은 아무래도 결혼 외에 다른 가능성이 거의 차단되었던 당시
중산층 여성에게 더욱 가혹한 족쇄가 되었고, 울프는 그런 측면
에서 중산층 여성이 노동계급 여성보다 무력하다고 보았다.

    이렇게 경제적으로 예속된 지위는 여성의 독립적 삶과 독
자적 사고에 커다란 걸림돌이 되었고, 울프는 그것이 특히 창작
활동에 치명적이라고 생각했다. 단지 창작만으로 생계를 꾸려
가기 어려워서만이 아니라 부당한 대우와 열등한 처지에서 생
겨나는 분노와 원한이 창작자의 정신에 해가 되고, 『제인 에어』
에서처럼 "여성의 처지에 대해 분노하며 여성의 권리를 호소하
는" 존재가 날것 그대로 튀어나올 수 있기 때문이다.

    그런 위험에서 벗어나기 위해 필요한 것이, 바로 우리에게
잘 알려진 '자기만의 방과 500파운드의 돈'이다. 울프에 따르면,
지금껏 남성 작가들이 위대한 작품을 생산해올 수 있었던 것은

분노나 원한에 시달리지 않고 자신의 재능을 마음껏 발휘할 수 있었기 때문이다. '일 년에 500파운드의 돈과 자기만의 방'은 글 쓰는 사람(더 나아가 예술에 종사하는 사람이라고 할 수도 있겠다)이 생계를 위해 매문을 하지 않아도 되는, 즉 울프가 『자기만의 방』에서 '자유로운 정신'이라고 불렀던 독립성을 지키는 필요조건이라고 할 수 있다. 하지만 이는 필요조건일 뿐 충분조건은 아니다. 그래서 어느 정도 독립적인 삶이 가능해진 젊은 여성들을 대상으로 쓴 「여성과 직업」에서는, 그들이 마련한 아직은 휑뎅그렁한 그 방에 어떤 가구를 들여놓을지, 그 방을 어떻게 꾸미고 누구와 함께 쓸지를 고민해야 한다고 말하는 것이다.

19세기 여성 작가들이 고통스럽게 절감했고 그들의 작품 속에서 이러저러하게 드러나기도 했던 분노와 원한은 울프에게는 물론이고 지금 한국의 우리에게도 여전히 유효한 현실이다. 하지만 울프에게 창작이란 그것의 직접적인 표현이 아니라 그것을 자양분 삼아 피워내는 꽃이어야 했다. 울프는 자유로운 정신을 위해 사회경제적 기반이 우선 필요하다는 사실을 적시할 만큼 유물론적 사고를 가졌지만, 궁극적으로는 정신적인 면이 인간의 본질이라고 믿었다. 그랬기에 그는 여성들이 물질적으로 필요한 기반을 얻었다면 그 뒤로는 물질적 측면에만 매이지 않고 정신의 자유를 지키는 일이 더욱 중요하다고 역설했다. (자신의 정신을 자기 의지대로 제어하기 힘들어졌다고 판단하자 스스로 생을 마감하는 길을 택했던 결정 역시 그런 관념의 구현이 아니었을까?)

열세 살 때 어머니가 돌아가신 것을 시작으로, 정서적으로 무척 의존했던 배다른 언니 스텔라와 아버지마저 연이어 세상을 뜨자 울프는 신경쇠약 증세에 시달릴 정도로 큰 충격을 받는다. 그가 고백하길, 그 후로도 오래 시달렸던 부모에 대한 정신적·심리적 강박을 비로소 털어낼 수 있었던 것은『등대로』를 집필하면서였다. 그렇지만 부모가 돌아가신 후 형제자매와 함께 블룸즈버리로 집을 옮기면서 실제 생활의 측면에서는 시대를 앞서가는 실험적이고 모험적인 삶이 시작되었다. 케임브리지 대학에 다니던 오빠 쏘비의 친구들을 집으로 초대하면서 울프의 집은 문학·예술계의 청년들이 모이는 장소가 되었고 이 모임은 나중에 '블룸즈버리 그룹'으로 불리게 된다. 시대의 변화에 민감했던 그들은 새로운 방식으로 생각하고 온갖 것을 실험했으며 성적인 면을 포함하여 여러 방면에서 관습에 도전했다.

근대에 들어서면서 이미 신분사회는 무너지기 시작했지만 19세기 말 소비자본주의와 대도시의 출현으로 서구사회의 생활방식은 다시 한번 급격한 변화를 겪는다. T. S. 엘리엇이『황무지』에서 인상적인 이미지로 그려낸, 정확한 시간에 통근하는 비슷한 외양의 군중의 모습은 현대의 획일화된 삶을 집약하는 상징이었다. 개인의 의식과 의지를 넘어서는 거대한 물리적 힘이 사회 전체를 조직하고 움직이면서 개인의 정체성 또한 정형화되고, 삶의 의미도 외적인 모습이나 행동보다는 감정과 의식으로 집중된다. 새로운 시간성 개념이 등장하여 객관적 시간보다 개인이 체험하는 인상으로서의 시간이 더 중요해졌고, 우리의 자아에 빙산의 아래쪽처럼 거대한 무의식이 존재한다고 주장한 프로이트의 정신분석학은 겉으로 드러나지 않는 심리를 인간 삶의 주요 부분으로 끌어올렸다.

울프는 이렇게 변화하는 세상에 맞춰 문학과 예술도 달라져야 한다고 보았다. 울프가 즐겨 거론하는 '휘터커 연감'[2]은 남성 주도의 사회를 우위에 둔 '사실들'을 사회적 위계에 따라 분류하고 설명하는 구시대적인 사고방식의 표본이라 할 수 있다. 울프가 아널드 베넷과 존 골즈워디, H. G. 웰스를 비롯한 조지 시대 소설가들을 '물질주의자'라고 부르는 이유도 이들이 여전히 외적 현실의 재현에 주로 힘을 쏟으며 주변 환경을 통해 한 인물을 구성하기 때문이다. 하지만 19세기 위대한 소설들이 주로 썼던 이러한 방식으로는 이제 인물의 현실을 제대로 담아내지

---

2 Whitaker's Almanack. 1848년부터 매년 영국 출판업자 조지프 휘터커가 출판한 일종의 참고자료집으로 교육, 귀족의 지위, 정부 부처, 환경 등 방대한 자료를 목록과 표로 정리해놓았다.

못했다. 여전히 신분이나 가계, 사회라는 관계망이 중요했던 19세기에는 그런 요소가 인물의 많은 부분을 설명해주었지만, 20세기 초 대도시의 획일화된 생활방식에서 그런 외적 요소는 인물에 대해 거의 말해주는 바가 없다. 그 대신 개개인이 경험하는 다양한 차원의 시간, 그리고 주변에서 시시각각으로 쏟아지는 막대한 인상들이 삶의 주요 부분을 이루게 된다. 이런 상황에서 울프는 현재 우리에게 의미 있는 '사실'이 무엇인지, 소설의 '사실성'은 어떻게 생겨날 수 있는지 묻는다. '의식의 흐름'이나 '자유 연상' 같은 모더니즘 소설 특유의 기법은 이처럼 달라진 당대의 현실을 담아내는 방법으로 고안된 것이다.

변화하는 세상을 여성의 시각으로 보고 여성이라는 존재로 살아냈던 울프는 또한 그 세상을 여성의 시각으로 담아내려 했다. 「글솜씨」에서 재치 있게 묘사하는, 살아 있는 언어의 다면성은 곧 계급과 권위와 가부장제에 속박된 언어를 살려내야 한다는 주장이다. 울프에게 모더니스트로서의 언어실험이란 곧 가부장적 언어의 껍데기를 부수고 여성이라는 존재를 표현할 수 있는 새로운 방식의 언어 사용법을 찾는 일이었다. 여성들이 예전과 다른 삶을 살고 예전과 다른 시각으로 세상을 보고 지금까지 무시되었거나 의식하지 못했던 자신의 감정과 욕망을 탐색하고 표현하려면 새로운 감수성을 담아낼 새로운 언어가 필요하기 때문이다. 따라서 당대 여성의 상황과 문학 창작을 연결

짓고 브라운 부인이라는 가상의 노부인을 등장시켜 새로운 문학의 필요성을 주장한 울프의 산문들은 새로운 감수성과 형식적 실험을 구현한 울프의 소설을 꽃 피워낸 비옥한 땅이라고도 할 수 있다.

*　　*　　*

울프는 기존 잡지 기고문들을 산문집으로 묶어 출간할 때 그 글들을 재차 손본 뒤에 게재하곤 했다. 이 책에 번역 수록된 글 가운데 이후 산문집에 게재된 글은 버지니아 울프 전집(*Virginia Woolf: The Complete Works*)에 실린 산문집의 글을 저본으로 삼았다. 「글솜씨」는 1937년 4월 29일 BBC에서 방송된 후 녹취록 그대로 산문집 『나방의 죽음』에 실렸다. 「현대 소설」과 「책은 어떻게 읽어야 할까」는 상당한 수정을 거쳐 각각 『일반 독자』와 『일반 독자 2』에 실렸다. 「베넷 씨와 브라운 부인」은 자신의 『제이콥의 방』에 대한 베넷의 평을 반박하기 위해 잡지에 기고했던 글인데, 그 주장을 더 발전시켜 이듬해 '소설 속 인물'이라는 제목으로 케임브리지 대학교의 '이단아 협회'(Heretics Society)에서 발표했다. 그 발표문을 T. S. 엘리엇이 편집자로 있었던 『크라이티어리언』(*The Criterion*)에 실은 뒤 같은 내용에 제목을 다시 「베넷 씨와 브라운 부인」으로 바꿔 소책자로 간행했다. 이 책에서 소개하는 글은 소책자본이다. 「웃음의 가치」와 「여자는 울어야 할 뿐」을 제외한 나머지 글도 원문 그대로 산문집에 실렸다. 「웃음의 가치」는 1905년 『가디언』에 실린 글이고, 「여자는 울어야 할 뿐」은 「여자는 울어야 할 뿐—아니면 단합하여 반전으로」와 함께 1938년 두 차례에 걸쳐 『애틀랜틱』(The Atlantic)에 기고한 글이다. 이후 울프는 이 두 글을 발전시켜 『3기니』(Three Guineas)라는 제목으로 출간했다. 잘 알려지지 않은 이 글을 넣은 이유는 2차대전의 전운이 감돌던 시기에 전쟁과 가부장제를 연관지어 반전을 주장한 『3기니』의 주장의 일부를 소개하여 독자들이 『3기니』에 더 많은 관심을 갖길 바라는 마음에서였다. 울프가 말년에 쓴 회고록인 『지난날의 소묘』는 일기 형식으로 현재와 과거를 오가는 독특한 형식을 지니고 있는데, 이 책에서는 어린 시절 최초의 기억과 부모와 관련된 부분을 발췌하여 실었다.

개인적으로 울프의 산문을 처음 읽었을 때 예전에 알았던 모더니스트 소설가 울프와 사뭇 달라서 놀랐고, 이후 울프의 산문과 비평이 울프라는 인물에 다가갈 수 있는 중요한 길이라는 것을 알았다. 울프와 함께 책 읽는 재미를 한껏 즐길 수 있는 「책은 어떻게 읽어야 할까?」, 페미니스트로서의 울프를 찾아볼 수 있는 여러 글과 모더니즘 선언문이라고도 할 「현대 소설」과 「베넷 씨와 브라운 부인」, 모더니즘과 여성적 감수성을 결합한 글쓰기를 구현하는 「런던 거리 쏘다니기」, 위트가 두드러지는 「글솜씨」 등 이 책에 실린 다양한 유형의 산문은 울프를 더욱 입체적인 인물로 만든다. 이 글을 읽으며 독자들이 때로는 열정적으로 때로는 잔잔하게 때로는 유머를 담아 울프가 풀어놓는 이야기를 직접 듣는 듯한 놀라운 경험을 할 수 있으면 좋겠다.

VIRGINIA WOOLF

목차

이 시리즈의 제목은 '말로 표현할 수가 없다'이고 이 강연의 제목은 '솜씨'입니다. 그러니 이 강연의 주제는 아마 말을 다루는 기술(craft), 즉 작가의 솜씨일 거라고 생각할 수 있어요. 하지만 '솜씨'라는 단어를 말에 적용하게 되면 뭔가 안 어울리고 잘 들어맞지 않는 면이 있어요. 궁지에 몰릴 때면 늘 도움을 요청하는 영어 사전을 봐도 이런 의혹에 근거가 있음을 알 수 있죠. 'craft'에는 두 가지 뜻이 있다고 적혀 있거든요. 우선 단단한 재료를 사용하여, 가령 주전자나 의자, 탁자 같은 유용한 물건을 만들어내는 일을 뜻해요. 다른 한편 그 단어는 감언이설이나 술책, 기만을 뜻하기도 하죠.

말에 대해 확실하게 아는 바가 별로 없지만, 적어도 다음과 같은 사실은 알고 있습니다. 즉, 말은 유용한 것은 전혀 만들어내지 않지만, 진실을, 오직 진실만을 말하는 유일한 존재라는 것이죠. 따라서 말과 관련하여 '기술'(craft)을 끌어들이면 서로 어울리지 않는 두 생각을 합치게 됩니다. 그렇게 해서 그 둘이 짝짓기라도 하면 그렇게 탄생하는 자손은 유리 상자 안에 담겨 박물관에 전시할 만한 괴물이겠죠. 따라서 이 강연의 제목은 즉시 바꿔야 합니다. 새로 붙일 만한 제목은 '말의 주변을 헤매다' 정도가 될까요. 강연의 머리를 잘라버리면 강연은 머리 잘린 닭 처럼 될 테니까요. 닭을 죽여본 사람들의 말에 따르면 머리 잘린 닭은 원을 그리며 빙빙 돌다가 고꾸라진다고 해요. 머리 잘린 이 강연도 그런 식으로 빙빙 돌게 될 겁니다.

그러면 말이 유용하지 않다는 진술을 출발점으로 삼아 시작 해보죠. 다행히 이 사실은 다들 잘 알고 있으니 딱히 증명할 필요도 없어요. 가령 우리가 지하철을 타고 간다 쳐요. 플랫폼에 서서 열차를 기다리는 우리 앞에는 환하게 밝힌 현판이 걸려 있고 거기엔 "러셀광장 행"(Passing Russell Square)이라는 말이 적혀 있습니다. 우리는 눈앞의 그 글자를 속으로 되뇌죠. 다음 열차 가 러셀광장으로 간다는 그 유용한 사실을 마음에 각인시키려 고요. 플랫폼에서 서성이며 "러셀광장 행, 러셀광장 행"이라고 반복하는 거죠. 그런데 그렇게 반복하다 보면 글자들이 서로 뒤섞이고 바뀌어 어느새 이런 말을 중얼거리고 있는 거예요. "사라진다, 세상은 그렇게 말한다, 사라지는구나… 이파리는 시들어 떨어지고 무겁게 드리운 물기는 땅으로 뚝 떨어지고 만다. 인간은 오고…"[1] 그러다 정신을 차려보면 킹스크로스 역에 와 있는 거죠.

　다른 예를 들어볼까요. 열차 안에 앉은 우리 맞은편에 이런 글귀가 있어요. "창문 밖으로 몸을 내밀지 마시오." 한 번 읽었을 때는 유용한 의미인 그 표면적인 뜻이 잘 전달돼요. 하지만 앉아서 계속 바라보다 보면 곧 글자들이 뒤섞이고 달라져서 어느새 이런 말을 중얼거리게 되죠. "창문, 그래 창문 ─ 황량한 동화의 나라 위험천만한 바다 거품 위로 열린 여닫이창."[2] 그러면서 부지불식간에 어느새 창문 밖으로 몸을 내밀고는 이국 땅 옥수수 밭에서 울고 있는 루스를 찾는 거죠. 그 때문에 벌금 20파운드를 물거나 목이 부러지는 대가를 치르게 될 거고요.

　증명이 필요하다면 바로 이것이야말로 단어는 천부적으로 유용함의 재능이 거의 없다는 사실의 증명이 아닐까요. 천성에도 맞지 않는 유용성을 억지로 요구하면 그 때문에 우리는 엉뚱한 길로 들어설 텐데, 결국 그건 자업자득일 뿐입니다. 말이 얼

1　'passing'이라는 단어에서 일종의 자유연상처럼 다른 시구들이 떠오르는 것. '사라진다, 세상은 그렇게 말한다'(passing away saith the world)는 크리스티나 로제티의 시 제목이고 '이파리는 시들어 떨어지고'(leaves decay and fall)는 테니슨의 시 「티토누스(Tithonus)」에 나오는 '나무는 썩어 쓰러지고'(woods decay and fall)에서 연상된 것이다. (이하 이 책의 모든 주석은 옮긴이의 것이다.)

2　키츠의 시 「나이팅게일에게 바치는 노래」의 한 구절. 다음 문장의 "이국 땅 옥수수 밭에서 울고 있는 루스"도 마찬가지다.

마나 우리를 기만하나요. 그리고 우리는 그 때문에 얼마나 넘어져 머리만 찧게 되나요. 이런 식으로 말에 기만당하는 일은 빈번하고, 유용함에 대한 반감을 말이 직접 증명하는 경우도 얼마나 많은지 모릅니다. 하나의 단순한 진술이 아니라 수천 가지 가능성을 표현하는 게 말의 본성인 것이죠. 그런 일이 아주 잦았기 때문에 마침내, 다행히도, 우리는 그 사실을 직면하기 시작했어요. 다른 새로운 언어를 발명하기 시작한 거죠. 유용한 진술의 표현에 완벽하고도 멋지게 들어맞는 언어, 곧 기호 언어 말입니다.

현재 우리가 아는 이 언어의 위대한 달인이 한 사람 있죠. 다들 그 덕을 보고 있기도 한데, 바로 미슐랭 가이드에서 호텔을 평가하는 익명의 저자—그게 남자인지 여자인지 육체 없는 영혼인지는 아무도 모르죠—예요. 어떤 호텔은 보통이고 다른 호텔은 괜찮고 세 번째 호텔은 그 지역 최고라는 의견을 표현하고 싶을 때 그 저자는 어떻게 할까요? 말로 하지 않아요. 말로 하면 곧장 관목 숲이나 당구대가 등장하고, 남녀가 등장하고 떠오르는 달과 여름바다의 첨벙거리는 물소리가 등장하기 때문이죠. 하나같이 좋은 것들이지만 여기서는 요점에서 빗나간 것들이에요. 그래서 저자는 기호를 고수합니다. 지붕 하나, 지붕 둘, 지붕 셋. 그렇게만 표현하면 되는 거예요.

베이데커[3]는 그 기호 언어를 더 밀고 나가 예술이라는 숭고

한 영역에까지 적용하죠. 그림이 괜찮다 싶으면 별 하나를 달아요. 아주 좋으면 별 두 개. 그리고 자기 생각에 탁월한 천재성을 보이는 작품이다 싶으면 검은 별 세 개가 반짝거려요. 그러면 끝이죠. 한 줌의 별과 단검으로 예술비평 전체, 문학비평 전체가 6페니 동전짜리가 되는 거죠.

그런 걸 원할 때가 있기는 합니다. 하지만 여기서 알 수 있는 것은 가까운 미래에 작가들은 두 개의 언어를 갖고 작업할 수 있게 되리라는 사실이에요. 사실을 위한 언어와 허구를 위한 언어 말이죠. 그래서 전기 작가가 유용하고 필요한 어떤 사실, 예를 들어 올리버 스미스가 1892년 대학에 입학해서 3등급을 받았다는 사실을 전달하고자 할 때 숫자 5 위에 동그라미를 붙여서 표현할 수 있겠죠. 소설을 쓰는데, 존이 초인종을 울리고, 잠시 후 식모가 나와 "존스 부인은 안 계십니다"라고 말하는 장면을 그리고 싶다고 가정해보죠. 소설가가 그 역겨운 진술을 말로 할 필요 없이 예를 들어 숫자 3 위에 대문자 H를 붙여 표현할 수 있다면 소설가나 독자인 우리에게나 얼마나 편하겠어요. 그러면 전기와 소설이 군살 하나 없는 근육질의 몸을 갖게 되는

3   독일 출판인 칼 베이데커(Karl Baedeker)와 그의 아들들. 1829년부터 펴낸 여행 가이드 책이 세계적으로 유명해, 2차대전 무렵까지 외국여행을 갈 때에는 항상 이 책을 참고했을 만큼 유명했다.

날을 기대해볼 수도 있겠죠. "창밖으로 몸을 내밀지 마시오"라고 말로 써서 붙이는 열차회사에는 언어를 부적절하게 사용한 죄로 최고 5파운드의 벌금을 물리고 말이죠. 그러니 말은 유용하지 않아요.

그럼 이제 말의 다른 긍정적인 특성, 즉 진실을 말하는 힘에 대해 살펴봅시다. 다시 사전을 펼쳐보면 진실에는 저어도 세 종류가 있어요. 기독교적 진리, 문학적 진실, 뼈아픈 진실. 이 세 가지를 따로 살펴보자면 너무 오래 걸릴 테니, 단순화해서 이렇게 주장해보도록 하죠. 진실을 가려낼 수 있는 유일한 기준은 시간의 지속이고, 말은 어떤 다른 물질보다 오래도록 시간의 변천을 견뎌내니까 말이 가장 진실하다고 말이에요. 건물은 허물어지고 심지어 땅도 그대로 지속되지 못해요. 어제만 해도 옥수수 밭이었던 곳에 오늘은 단층집들이 늘어서 있으니까요. 하지만 말은 적절하게만 쓰면 영원히 살아남을 수도 있어요.

그다음으로는 말의 적절한 쓰임새가 무엇이냐는 질문이 나올 수 있죠. 이미 설명했듯이 유용한 진술이 그 쓰임새는 아니에요. 유용한 진술이란 단 하나의 뜻만 갖는 진술인데, 여러 의미를 가지는 것이 말의 본성이기 때문이죠. "러셀광장 행"이라는 간단한 구문을 다시 예로 들어보죠. 그 구문에는 표면적인 의미 말고도 수많은 의미가 그 아래 깔려 있기 때문에 유용하지 않다고 말했죠. '~행'(passing)이라는 단어는 시간의 흐름, 만사의 덧없음, 인간 삶의 변천을 암시해요. '러셀'이라는 단어에서는 바삭거리는 이파리나 반짝거리는 마룻바닥을 스치는 치맛자락이 떠오를 수도 있고,[4] 또한 베드퍼드의 공작 저택이나 잉글랜드의 역사 절반이 연상될 수도 있죠.[5] 마지막으로 '광장'(square)은 벽토를 바른 모난 형태를 시각적으로 암시하면서 우리 눈앞에 실제 네모 모양이 떠오르게 해요. 이렇게 가장 단순한 구문 하나도 우리의 상상과 기억을 불러일으키고 눈과 귀를 자극하기 때문에 그것을 읽으면 그 전부가 동원되는 겁니다.

그런데 그 전부가 동원되는 일, 그것은 무의식적으로 일어나요. 방금 한 것처럼 따로 떼어 각각의 의미를 강조하면 비현실적이게 되죠. 우리 역시 비현실적이 돼요. 전문가가 되거나, 단어나 구문에 집착하는 사람이 될 뿐 독자는 될 수 없는 거죠. 책을 읽을 때는 아래에 깔린 의미는 그냥 그렇게 깔린 채로, 분명히 진술되지 않고 암시된 채로 놓아두어야 해요. 강바닥의 물풀처럼 가라앉은 채 흘러가도록 말이죠.

"러셀광장 행"이라는 구문에 사용된 어휘는 물론 아주 기초적인 어휘입니다. 타이피스트가 찍어낸 것이 아니라 인간의 머

---

4 rustle(바스락거리다)라는 단어와 발음이 비슷하기 때문이다.

5 런던 도심에 있는 베드퍼드 공작과 백작 집안의 땅 위에 베드퍼드 광장을 세웠고, 이것이 러셀 광장과 가깝다. 그 귀족 작위를 가진 집안이 현재 러셀가(家)다.

리에서 막 튀어나온 어휘가 지니는 기이하면서도 악마적인 힘은 전혀 찾아볼 수 없죠. 작가와 그의 인성, 외모, 그의 부인과 가족과 집, 심지어 깔개 위에 앉은 그 집 고양이까지 내비치는 그런 힘 말이에요. 말이 왜 이런 일을 하는지, 어떻게 그런 일을 하는지, 어떻게 하면 그것을 막을 수 있는지는 아무도 알 수 없어요. 그것은 작가의 의지와 상관없이, 종종 그 의지에 반해서 이루어지기 때문이죠. 독자에게 자신의 음침한 인성이나 사적인 비밀이나 부도덕함이라는 짐을 지우고 싶은 작가는 없을 거예요. 하지만 타이피스트가 아닌 다음에야 완전히 비인격적일 수 있는 작가가 과연 어디 있을까요? 언제나, 어쩔 수 없이, 우리는 그들의 책만큼이나 그들에 대해 잘 알게 되죠.

말이 지닌 연상의 힘이 얼마나 대단한지, 나쁜 책이 아주 사랑스러운 인간이 되기도 하고 좋은 책은 오히려 함께 있을 때 참기 힘든 남자가 되기도 하죠. 수백 년 된 말조차 이런 힘을 갖고 있어요. 최근의 말은 그 힘이 너무 강력해서 저자의 의도를 알아채기 힘들 때도 있지요. 주로 말만 눈에 들어오고 귀에 들어오는 거죠. 동시대 작가들에 대한 평가가 아주 각양각색인 것도 얼마간 이 때문입니다. 저자가 세상을 뜬 이후에야 그 말에서 어느 정도 그의 영향이 제거되고, 살아 있는 몸의 우연성이 씻겨나가게 되죠.

이 연상의 힘이야말로 어휘가 지닌 아주 신비로운 특성입니다. 한 문장이라도 써봤다면 누구나 이 점을 의식하고 있을 거예요. 완전히는 아니라도 얼마간은 말이죠. 말과 어휘, 영어의 어휘는 반향과 기억과 연상으로 가득하고, 그건 아주 당연한 일이에요. 그렇게 오랜 세월 동안 사람들의 입에서 나와, 집 안을, 거리를, 들판을 쏘다녔으니까요. 오늘날 글을 쓰면서 겪게 되는 주된 어려움 가운데 하나가 바로 이것입니다. 셀 수 없이 많은 의미와 기억이 들어차 있고 유명한 결합도 수없이 일어났다는 사실 말이죠. 예를 들어 '선홍색'(incarnadine)이라는 멋진 단어도 그래요. 이 단어를 사용하면서 어떻게 "무수한 바다"를 떠올리지 않을 수 있을까요?[6]

물론 영어가 생긴 지 얼마 안 되었던 그 옛날에 작가들은 새로 단어를 만들어내서 사용할 수 있었어요. 오늘날에도 새로운 단어를 만들어내는 건 쉽죠. 처음 보는 광경을 마주하거나 어떤 새로운 감각을 느낄 때마다 입에서 튀어나오니까요. 하지만 우리 언어는 오래된 언어라 그 어휘들을 사용할 수는 없어요. 어휘란 독단적인 완전체가 아니라 다른 어휘들과 함께 존재한다는 아주 명백하면서도 신비로운 사실로 인해, 오래된 언어에서

---

6 incarnadine은 생고기의 색깔을 뜻하는데, 『맥베스』에서 살인을 저지른 후 맥베스가 하는 대사, "저 대양 물을 다 쓴다 한들 내 손에서 이 피를 씻어낼 수 있을까? 아냐, 내 손이 오히려 무수한 바다를 핏빛으로 물들여 푸른 물이 온통 붉어지겠지"에서 그 단어가 쓰였다.

방금 만들어진 새로운 어휘를 사용할 수가 없는 거예요. 문장의 한 부분이 되기 전까지는 사실 어휘라고 할 수 없으니까요. '선홍색'이라는 단어가 '무수한 바다'와 함께 묶인다는 사실이야 위대한 작가나 알 수 있는 것이긴 하지만, 어쨌든 모든 단어는 서로에게 속해 있습니다. 그래서 오래된 어휘와 새로운 어휘를 하나로 묶는 일은 문장 구성에 아주 치명적이죠. 새로운 어휘를 사용하려면 새로운 언어를 발명해야 할 거예요. 틀림없이 그럴 때가 오기야 하겠지만 지금 우리의 관심사는 그건 아닙니다. 우리의 관심사는 현재 상태의 영어로 뭘 어떻게 할 수 있을까를 알아보는 것이니까요. 오래된 어휘를 어떤 새로운 방식으로 결합하면 그것이 계속 살아가고 아름다움을 창조하고 진실을 말할 수 있을까? 그것이 우리가 해야 할 질문입니다.

누구라도 이 질문에 답할 수 있다면 세상은 그 사람에게 명예로운 왕관을 씌워줘야 합니다. 글쓰기의 기술을 가르칠 수 있다는 것이, 배울 수 있다는 것이 어떤 의미인지 생각해보세요. 모든 책이, 모든 신문이 진실을 말하고 아름다움을 창조하겠죠. 그런데 말을 가르치는 일에 어떤 장애물이, 어떤 걸림돌이 있네요. 지금 현재 적어도 백여 명의 교수들이 과거의 문학을 가르치고 있고, 적어도 천여 명의 비평가들이 현재의 문학에 대해 비평문을 쓰고 있고, 수만 명의 젊은이들이 영문학 시험에서 최고의 성적을 받고 있죠. 그래서 그런 교수의 강연도 없고, 비평도 없고, 배움도 없던 4백 년 전에 비해 우리의 글쓰기가 더 나아졌고 우리의 독서가 더 나아졌나요? 우리 시대의 문학이 엘리자베스 시대 문학에 과연 비할 수나 있나요? 그러면 무엇을 탓해야 할까요? 우리의 교수님들도 아니고 비평가들도 아니고 작가들도 아닙니다. 바로 말이지요. 말에 책임이 있어요. 말이란 세상 무엇보다 제멋대로이고 거칠 것이 없고 무책임한 데다 가르칠 수도 없는 것이거든요.

물론 어휘를 모아서 알파벳순으로 분류해서 사전에 실을 수는 있지요. 하지만 말은 사전 속에 사는 것이 아니에요. 우리 정신 속에서 살지요. 그 증거를 원한다면, 감정이 북받칠 때 그것을 표현할 말을 아무리 해도 찾지 못하는 경우가 얼마나 많은지 생각해보세요. 사전이 있죠. 사전에는 우리가 사용할 수 있는 오십만 개가량의 어휘가 있죠. 그렇다고 그런 경우에 우리가 사전을 쓰나요? 아니죠. 말은 사전이 아니라 우리 정신 속에 존재하니까요.

다시 한번 사전을 봅시다. 의심할 바 없이 그 안에는 『안토니우스와 클레오파트라』보다 더 훌륭한 희곡이 있고, 「나이팅게일에 바치는 노래」보다 더 아름다운 시가 있고, 『오만과 편견』이나 『데이비드 커퍼필드』는 아마추어의 서투른 작품으로 보일 만한 대단한 소설도 들어 있어요. 적합한 단어를 찾아 그것을 적합한 순서로 놓기만 한다면 말이죠. 하지만 말이 사전

속에서 사는 것이 아니라서 그런 일은 할 수가 없어요. 정신 속에서 살아가죠. 그럼 어떻게 살아가고 있을까요? 인간이 살아가는 것과 마찬가지로 각양각색으로 신기하게 살아가죠. 이리저리 나다니고 사랑에 빠지고 짝짓기도 하면서요. 우리 인간보다 격식이나 관습에 덜 매인 게 사실이에요. 왕족의 말이 평민의 말과 짝을 이루고 영어의 어휘가 마음이 동하기만 하면 프랑스어나 독일어, 인도어, 흑인 언어 가리지 않고 결혼을 하니까요. 정말이지 우리의 소중한 고유어인 영어의 과거를 너무 파고들지 않는 게 그분의 평판에 더 득이 될 거예요. 꽤나 쏘다니는 아름다운 처녀였으니까요.

그러니 붙잡아 앉히기 힘든 그런 방랑자에게 어떤 규칙을 정해봐야 전혀 부질없습니다. 우리가 가할 수 있는 제약이라고는 문법과 철자와 관련된 약간의 사소한 규칙 정도가 전부예요. 말이 살고 있는 어둑하고 깊은 장소, 한순간 문득 빛이 비추는 그 동굴—곧 우리의 정신—의 입구에서 안을 들여다보면서 할 수 있는 이야기라고는 이것뿐입니다. 말은 사람들이 생각하고 느끼기를 바란다고, 그것도 말에 대해서가 아니라 다른 것들에 대해 생각하고 느끼기를 바란다는 겁니다. 말은 무척이나 예민하고 쉽게 자의식에 빠져요. 자신이 순수하니 불순하니, 이런 걸로 갑론을박하는 것을 좋아하지 않죠. '순수 영어 협회'[7]라는 것이 만들어지면 아마 '불순한 영어 협회'를 만들어서 그런 것이 지독히 싫다는 마음을 보여줄 겁니다. 현대의 많은 말이 부자연스러운 난폭함을 나타내는 것도 이 때문이죠. 청교도주의에 대한 일종의 저항인 셈이에요.

또한 아주 민주적이기도 합니다. 어느 단어나 다 마찬가지라는 입장이거든요. 학식 없는 사람의 말도 학식 있는 사람 말에 비해 손색이 없고, 무지렁이의 말도 교양계급의 말에 비해 손색이 없죠. 그 사회에는 지위도 없고 직함도 없어요. 펜 끝으로 콕 집어내어 따로 따져보는 것도 좋아하지 않아요. 함께 무리지어 다니니까요. 문장으로, 단락으로, 때로는 한 면 전체로 말이죠. 뭔가에 쓸모가 있는 것도 싫어하고 돈을 버는 것도 아주 싫어해요. 공개 강연에서 그에 대해 훈계를 늘어놓는 것도 싫어하죠. 한마디로 단 하나의 의미를 콕 찍어서 단 하나의 태도에 가두는 것은 무엇이나 다 싫어하는 거예요. 변천이 말의 본성이기 때문이죠.

아마 말의 가장 두드러진 특이성이 바로 그것이겠네요. 변천의 필요성. 그 이유는 말이 잡아내려는 진실이 다면적이기 때문입니다. 그래서 스스로 여러 면을 보이며 이쪽을 잠깐 보였다 저쪽을 잠깐 보였다 하는 식으로 진실을 전달하는 것이죠. 그래서 누군가에게는 이런 의미이지만 다른 누군가에게는 다른 의

7 1913년에 설립된 협회로 초기 회원으로 E. M. 포스터와 토머스 하디도 있었다.

미가 돼요. 어떤 세대에게는 전혀 요령부득이지만 다음 세대에게는 지극히 빤하기도 하고요. 바로 이 복잡성 덕분에 말은 계속 살아갑니다.

그렇다면 지금 우리에게 위대한 시인도 소설가도 비평가도 없는 이유가 하나 있다면 말에게 자유를 허용하지 않기 때문일 수도 있습니다. 어휘를 유용한 단 하나의 의미에 고정시켜놓으니까요. 기차를 잡아타게 하고 시험에 합격하게 하는 그런 의미 말이에요. 그렇게 고정되면 말은 날개를 접고 죽어갑니다.

마지막으로, 하지만 무엇보다 강조해야 할 점이 말도 우리 인간과 마찬가지로 편안한 삶을 누리기 위해서는 혼자만의 시간을 가져야 한다는 거예요. 의심할 여지 없이 말은 우리가 말을 쓰기 전에 우선 생각하고 느끼기를 바랍니다. 하지만 또한 우리가 잠시 멈추기를 원하기도 해요. 곧 의식하지 않는 순간이죠. 우리의 무의식이 말에게는 혼자만의 시간입니다. 우리의 어둠이 말에게는 빛이지요… 그렇게 멈춘 순간에, 그 검은 장막이 내려왔을 때, 비로소 말은 함께 어울려 완벽한 이미지라는 짧은 합일을 이루어내며 영원한 아름다움을 창조하는 것입니다. 그런데, 오늘 밤엔 그런 일이 일어나지는 않겠네요. 그 몹쓸 녀석들이 지금 잔뜩 골이 났거든요. 아주 반항적이고 비협조적이고, 아예 입을 닫고 있어요. 뭐라고 중얼거리는데, 무슨 말일까요? "시간 다 되었다고! 조용히 하라고!"(1937)

글솜씨

책은 어떻게 읽어야 할까?
How Should One Read a Book?

우선 제목의 물음표에 주목했으면 합니다. 이 질문에 내 나름대로 답할 수는 있겠지만, 그것은 내게 해당하는 답이지 여러분에게도 해당되지는 않아요. 사실 독서에 관해서 다른 사람에게 조언할 수 있는 말은 이것밖에 없어요. 조언을 구하지 말고 각자 자신의 본능에 따르라, 각자의 이성을 사용하여 자신의 결론에 이르라는 것이죠. 이 점에서 합의가 된다면 내가 가진 얼마간의 생각과 제안을 자유롭게 여기에 펼쳐놓을 수 있을 것 같아요. 그렇다면 독자에게 가장 중요한 자질이라 할 독립성이 손상되는 일은 일어나지 않을 테니 말이죠.

사실 책에 어떤 법칙을 정할 수 있겠어요? 워털루 전쟁은 확실히 특정한 날에 일어났죠. 하지만 『햄릿』은 『리어왕』보다 나은 작품일까요? 누구도 단정해서 말할 수 없고, 각자 나름대로 정해야 할 일입니다. 긴 모피 가운을 입은 아무리 높으신 양반이라도 그가 우리 도서관에 들어와 책을 어떻게 읽어야 하는지,

어떤 책을 읽어야 하는지, 읽은 책을 어떻게 평가해야 하는지 훈수를 두고 우리가 그 말을 그냥 듣고 있다면, 그것은 그 성스러운 장소의 숨결이라 할 자유로운 정신을 파괴하는 것이겠죠. 어디에나 우리를 잡아매는 규칙이나 관습이 있을 수 있지만, 이곳에는 그런 건 없으니까요.

그런데, 상투적인 말이 되겠지만, 자유를 즐기려면 당연히 스스로를 조절할 수 있어야겠지요. 한 그루 장미나무에 물을 주느라 집의 절반을 물바다로 만드는 식으로 물색없이 아무렇게나 우리의 힘을 탕진해서는 안 되니까요. 우리의 힘을 바로 그 자리에 정확하고 강력하게 집중할 수 있도록 훈련해야 해요. 아마 이것이 도서관에서 마주하는 첫 번째 어려움일 것입니다. '바로 그 자리'가 대체 무엇인가요? 그저 온갖 것들을 중구난방으로 모아놓은 것으로만 보일 수도 있어요. 시와 소설, 역사책과 회고록, 사전과 참고서. 온갖 인종과 온갖 시대의, 온갖 기질의 남녀가 온갖 언어로 쓴 수많은 책이 책장에서 서로 다투고 있죠. 게다가 밖에서는 당나귀 울음소리와 수돗가에서 아낙네들이 수다 떠는 소리, 들판을 뛰어가는 망아지 발굽소리가 들립니다. 어디서 시작해야 할까요? 어떻게 하면 이 잡다한 혼돈에 질서를 부여해 우리가 읽는 책에서 정말 폭넓고 깊은 즐거움을 얻을 수 있을까요?

소설, 전기, 시, 이런 식으로 책이 분류되어 있으니 각각을 따로 떼어 각각에서 우리가 얻을 수 있는 적합한 것을 얻어야 한다는 말은 쉽게 할 수 있어요. 하지만 책이 줄 수 있는 것을 책에게 요구하는 사람은 별로 없어요. 모호하고 분열된 마음으로 책을 대하기가 다반사라, 소설이 진실하기를 요구하거나 시가 가짜이기를 요구하고, 전기는 잘 포장해주기를, 역사는 우리의 편견을 오히려 강화시키기를 요구하죠.

책을 읽을 때 이 모든 선입견을 몰아낼 수 있다면 출발로서는 아주 훌륭합니다. 작가에게 이래라저래라 하지 말고 그 자신이 되도록 노력해보세요. 동료나 공모자가 되어보는 거죠. 작가에게 마음을 주지 않고 처음부터 멀찌감치 떨어져 비판을 하면, 지금 읽는 책에서 얻을 수 있는 가장 풍부한 가치를 스스로 내치게 됩니다. 가능한 한 열린 마음으로 대하면, 복잡다단한 첫 부분부터 감지하기 힘들 만큼 섬세한 기호들과 암시들이 나타나면서 그 누구와도 다른 한 인간의 존재를 인식하게 될 것이고요. 그 과정에 푹 빠져 함께 어울리면 곧 작가가 훨씬 분명한 무언가를 전해주고 있다는, 전해주려 한다는 사실을 깨달을 겁니다.

우선 소설로 말하자면, 32장으로 된 소설의 각 장은 건물을 짓듯 틀이 잡히고 절제된 무언가를 만들어내려는 시도입니다. 하지만 말은 벽돌과는 달리 손에 잡히는 것이 아니에요. 독서는 눈으로 보는 것보다 더 오래 걸리고 더 복잡한 과정이죠. 아마 소설가의 작업이 어떤 요소로 구성되는지를 가장 빨리 이해하려면 읽지 말고 직접 써봐야 할 겁니다. 말이 지니는 어려움과 위험을 직접 실험해보는 거죠. 우선 뚜렷한 인상을 남겼던 어떤 사건을 떠올려보세요. 거리를 가다가 길모퉁이에 서서 대화를 나누는 두 사람을 지나쳤던 일이라든가, 나무가 흔들리고 가로등이 춤을 추던 장면 같은. 두 사람이 우스운 이야기를 나누었는지 슬픈 이야기를 나누었는지. 머리에 떠오른 방안이나 구상 전체가 그 순간에 담겨 있어요.

하지만 말로 재구성하려 하면 그것이 수천 가지 상충되는 인상으로 나뉘죠. 어떤 건 억누르고 어떤 건 강조해야 해요. 그러다 보면 아마 당시의 감성 자체는 사라지게 되겠죠. 이제 모호하고 정신없는 당신의 글에서 눈을 돌려 대니얼 디포나 제인 오스틴이나 토머스 하디 같은 위대한 소설가의 작품을 보세요. 그들의 대단한 솜씨를 더 제대로 인정할 수 있을 겁니다. 그 작품들에서 우리는 단지 디포나 제인 오스틴이나 하디라는 각각 다른 사람을 대하는 것이 아니라 각각 다른 세계를 살아가게 되거든요. 『로빈슨 크루소』에서 우리는 넓은 평지를 터덕터덕 걸어가죠. 차례대로 사건이 일어나고, 사실과 그 사실들이 배열되는 순서만으로 충분해요. 디포에게 넓은 세상과 모험이 전부였다면 제인 오스틴에게 그런 것은 전혀 의미가 없어요. 제인 오스틴에게는 응접실과 그곳에서 담소를 나누는 사람들, 그리고 그들의 이야기들에 거울처럼 비치는 각자의 인성이 전부이죠.

응접실과 거기 비치는 모습에 익숙해질 만할 때 하디의 책을 펼치면 다시 딴 세상에 들어섭니다. 주변에 황무지가 펼쳐지고 머리 위엔 별이 반짝여요. 다른 쪽 정신이 열리는 거죠. 다른 사람들과 함께 있을 때의 밝은 쪽이 아니라 홀로 있을 때 두드러지는 어두운 면모가 나타나는 거예요. 여기서 관계는 사람들이 아니라 자연과 운명을 향합니다.

이들의 세계는 서로 다르지만 각자 그 안에서는 일관성을 지녀요. 그 세계의 창조자는 자신의 관점에서 생겨나는 규칙을 지키려고 공을 들이죠. 그래서 독자에게 굉장한 부담을 줄지언정, 그보다 못한 작가들이 흔히 그렇듯이 서로 다른 두 종류의 현실을 하나의 책에 집어넣는 식으로 독자를 혼란스럽게 하는 일은 절대 없어요.

그래서 한 위대한 작가에게서 다른 위대한 작가에게로, 가령 제인 오스틴에서 하디로, 토머스 러브 피콕에서 앤서니 트롤로프로, 월터 스콧에서 조지 메레디스로 옮겨가는 일은 몸이 비틀려 뿌리 뽑히는 일이라고도 할 수 있어요. 이쪽으로 던져졌다 다시 저쪽으로 던져지는 거죠. 소설을 읽는 일이 그래서 어렵고도 복잡한 기술입니다. 위대한 소설가, 그 위대한 예술가 제공하는 것을 전부 활용하려면 대단히 섬세한 직관력을 지녀야 할뿐더러 아주 담대한 상상력도 필요해요.

하지만 책장에 꽂힌 이질적인 책들을 훑어보기만 해도 '위대한 예술가'가 된 작가가 흔치 않다는 사실을 알 수 있어요. 아예 예술작품이라고 할 수도 없는 책들이 훨씬 더 많죠. 예를 들어 전기나 자서전, 위대한 인물의 삶, 이미 오래전에 세상을 떠서 잊힌 인물의 삶의 기록이 소설이나 시 바로 옆에 꽂혀 있는데, 그런 책들은 '예술'이 아니라고 내쳐야 할까요? 아니면 읽긴 읽되 다른 방식으로, 다른 목적을 갖고 읽어야 할까요? 불이 켜지고 블라인드는 아직 내리지 않은 저녁나절의 어떤 집에서 각 층마다 다른 종류의 인간 삶의 존재가 나타날 때, 그 집 앞을 서성이다 보면 간혹 우리를 사로잡는 호기심을 만족시키기 위해 그런 책을 읽어야 할까요? 그런 때면 그 사람들의 생활이 정말 궁금해지니까요. 잡담을 나누는 하인들과 저녁을 먹는 신사들, 파티에 가려고 옷을 입는 아가씨와 창가에 앉아 뜨개질을 하는 나이 든 여성. 저들은 누구일까? 어떤 사람일까? 이름은 무엇이고 직업은 무엇이며, 어떤 생각을 하고 어떤 신나는 삶을 살았을까?

전기와 자서전은 그런 질문에 답을 해주죠. 수많은 집 안에 불을 밝혀서 일상적인 일을 꾸려나가는 사람들을 보여주는 겁니다. 죽을 때까지 열심히 일을 하고, 실패하기도 하고 성공하기도 하고, 밥을 먹고, 누군가를 증오하고 사랑하는 사람들의 모습을요. 그렇게 바라보는 중에 때로 집이 사라지고 철제 난간도 모습을 감추면서 바다에 나가 있기도 해요. 배를 타고 나가고 사냥을 하고 전투도 벌이고. 야만인이나 군인 사이에 섞여서 위대한 군사 작전에서 한몫을 하기도 하죠.

그냥 여기 런던을 떠나고 싶지 않은 마음일 때에도 장면은 달라져요. 거리는 좁아지고 집도 더 작고 비좁은 데다 작은 마름모꼴 창문이 달려 있고 고약한 냄새가 나죠. 그런 집에서 시인 존 던이 쫓기듯 나가는 모습을 볼 수도 있습니다. 옆방에서 아이들이 우는 소리가 들릴 정도로 벽이 얄팍하거든요. 책장에 그려진 길을 따라 그의 뒤를 쫓아 트위크넘까지 가기도 하죠. 귀족과 시인들의 유명한 회합장소였던 레이디 베드퍼드의 공원으로 갔다가 다시 발길을 돌려 고원 아랫자락에 자리 잡은 윌튼 대저택으로 가서 시드니가 누이에게 자신이 쓴 『아카디아』를 낭송하는 것을 듣기도 해요. 그 근처의 습지를 쏘다니다 보면 그 유명한 로맨스에 나오는 백로를 볼 수도 있고요. 다시 다른 펨브로크 남작부인인 앤 클리퍼드와 함께 북쪽으로 올라가 부인의 황무지로 갈 수도 있고, 도시로 들어가 검은색 벨벳 정장을 입은 개브리엘 하비가 에드먼드 스펜서와 함께 시에 대해 격론을 벌이는 광경을 재미나다는 티를 너무 내지 않으며 구경할 수도 있어요.

엘리자베스 시대 어둡고 화려한 런던을 번갈아가며 더듬더듬 비틀비틀 쏘다니는 일보다 더 매혹적인 일은 없지요. 하지만 여기 계속 머물 수는 없어요. 템플 집안과 스위프트 집안, 할리 집안과 세인트존스 집안이 우리를 손짓해 부르니까요. 그들이 왜 다투는지 따져보고 성격을 알아내느라 시간 가는 줄도 모르죠. 그러다가 싫증이 나면 천천히 길을 따라 걸으며 검은 옷에 다이아몬드 보석으로 치장한 부인을 지나쳐 새뮤얼 존슨과 올리버 골드스미스와 데이비드 개릭에게로 갑니다. 원하면 영국해협을 건너 볼테르와 디드로와 듀 뒤파 부인(Madame du Deffand)을 만날 수도 있어요. 그러곤 다시 잉글랜드로 가서, 레이디 베드퍼드의 공원이 있었고 이후 교황이 살았던 트위크넘—어떤 장소와 이름은 거듭 등장하거든요!—으로 돌아갔다가 스트로베리힐의 호레이스 월폴 생가로 갈 수도 있죠. 하지만 월폴은 엄청나게 많은 사람들을 새로 소개시켜줄 테고, 그러고 나면 집을 찾아가 초인종을 눌러야 할 일이 너무 많아질 거라 좀 망설여질 수도 있어요. 예를 들어 메리 베리네 문간에 잠시 서 있다 보면, 저기 윌리엄 메이크피스 새커리가 오는 거예요. 그는 월폴이 사랑했던 여인의 친구예요. 그래서 이 친구에서 저 친구로, 이 정원에서 저 정원으로, 이 집에서 저 집으로 다니기만 해도 영문학의 이쪽 끝에서 저쪽 끝으로 옮겨 다니는 것이고, 그러다 정신을 차리면 다시 현재로 돌아와 지금 이 순간과 지금까지 거쳐온 시간들을 구별할 수 있게 되죠.

이것이 바로 어떤 인물의 생애와 편지를 읽는 하나의 방법입니다. 그러니까 그런 것을 읽으며 과거의 수많은 창문에 불을 밝히는 거지요. 작고한 유명한 인물의 익숙한 습관을 지켜볼 수 있고, 때로는 서로 아주 가까운 사이라 그들의 비밀을 문득 알아차릴 수 있겠다는 상상도 들어요. 그들이 쓴 시나 희곡을 꺼내, 저자의 존재와 함께할 때면 작품이 달리 읽히는지 알아볼 수도 있고요.

여기서 다른 질문이 나옵니다. 저자의 삶이 그 저작에 얼마만큼의 영향을 줄까요? 그 인간적인 면모가 작가로서의 면모를 어느 정도나 설명할 수 있을까요? 인간적 면모가 불러일으키는 공감이나 반감에 우리는 얼마만큼 저항하거나 굴복해야 할까요? 언어는 정말이지 민감하고 저자의 인격은 정말이지 수용적일 테니 말이죠. 전기나 편지를 읽다 보면 이런 질문이 우리를 내리누르고 우리는 그 질문에 스스로 답해야 합니다. 그런 개인적인 문제에서 다른 사람의 호불호에 영향을 받는다면 그보다 치명적인 일은 없을 테니까요.

그런 책을 읽는 이유는 또 있습니다. 문학작품을 더 잘 이해하기 위해서만이 아니라, 유명한 인물과 친숙해지기 위해서만이 아니라, 바로 우리 자신의 창조력을 갈고닦기 위해서죠. 책장 오른편의 창문이 열려 있지 않나요? 책을 읽다가 눈을 들어 창밖을 내다보면 얼마나 즐겁겠어요? 전혀 무의식적이고 엉뚱하고 끝없이 움직이는 그 광경이 얼마나 상상을 자극하나요?

망아지가 들판을 뛰어가고 아낙네는 우물가에서 물을 긷고 당나귀는 고개를 젖히며 째지는 듯한 울음소리를 길게 내뱉어요.

도서관에 꽂혀 있는 책은 대부분 남녀노소와 당나귀의 삶에서 스쳐가는 그런 순간들의 기록일 뿐이에요. 세월이 흘러 나이를 먹으면 어떤 문학이든 쓰레기 더미가 쌓입니다. 이미 사멸한 빈약하고 더듬대는 억양으로 기록된, 사라진 순간과 망각된 삶 말이에요. 하지만 그런 쓰레기를 읽는 기쁨에 몸을 맡기다 보면 분명 깜짝 놀라게 될 거예요. 정말이지 그렇게 버려져 썩어가는 인간 삶의 유물에 압도될 거예요. 그냥 편지 한 장일 수도 있지만 그걸 읽고 문득 눈을 뜰 수도 있어요. 그저 몇 개의 문장일 수도 있지만 그로부터 드넓은 풍경이 펼쳐질 수도 있고요.

이따금 이야기 전체가 얼마나 멋진 유머와 정서로 버무려져 완벽하게 완성되어 있는지 위대한 소설가의 작품이 아닌가 싶을 때도 있어요. 사실은 원로배우인 테이트 윌킨슨이 존스 대령의 기이한 이야기를 떠올리는 것이거나, 아서 웰슬리를 모시는 젊은 소위가 리스본에서 어여쁜 아가씨와 사랑에 빠지는 이야기에 불과한데 말이죠. 마리아 앨런이 텅 빈 응접실에서 바느질거리를 툭 떨어뜨리고 한숨을 쉬며, 버니 박사의 충고대로 리쉬와 야반도주하는 일을 하지 않았다면 얼마나 좋았을까 후회하는 장면일 뿐이죠. 이런 것들은 거의 가치가 없어요. 완전히 무시해도 상관없죠. 하지만 이따금 쓰레기 더미를 뒤지면서 거대한 과거에 묻힌 반지며 가위며 부러진 코 등을 찾아내고, 들판에서 망아지가 뛰놀고 아낙네가 우물에서 물을 긷고 당나귀가 째지게 우는 가운데 그것들을 끼워 맞추는 일은 얼마나 흥미진진한지 모릅니다.

결국엔 쓰레기 더미에 싫증이 나겠죠. 윌킨슨이나 번베리나 마리아 앨런 같은 인물들이 줄 수 있는 반쪽 진실을 완성하기 위해 필요한 것을 찾아다니다가 지치는 것이죠. 그들에게는 뺄 건 빼면서 전체를 장악하는 예술가의 능력이 없어요. 본인의 삶에 대해서조차 온전한 진실을 말해줄 수 없는 거죠. 아주 괜찮을 수도 있는 이야기를 망가뜨리고 말아요. 그들이 제공할 수 있는 건 사실밖에 없고, 사실이란 허구의 형식으로는 아주 열등한 것이거든요. 그러다 보니 반쪽짜리 진술과 근사치의 것들은 이제 그만 보고 싶다는 욕구가 커지는 겁니다. 인격의 좀스러운 면모를 찾아보는 일은 그만두고 그보다 광대한 추상성, 허구의 순수한 진실을 즐기고 싶다는 그런 욕구 말이에요. 그래서 보편적이고 강렬한 분위기, 세세한 내용은 개의치 않으며 규칙적이고 반복적인 박자가 강조되는 그런 분위기를 찾게 되는 거죠. 그런 분위기의 자연스러운 표현이 바로 시이고, 우리 스스로도 시를 쓸 수 있을 것 같은 그런 때가 바로 시를 읽을 때이기도 합니다.

서풍이여, 그대는 언제 불어오려는지?
약간의 비라도 내릴 수 있도록.
그리스도여, 당신의 사랑이 내 품 안에 있고
나는 다시 잠자리에 들 수 있다면![1]

시의 영향력은 워낙 견고하고 직접적이라 한순간 시에서 받는 영향력 외에 다른 것은 느낄 수 없어요. 그 순간 얼마나 깊은 심연을 찾아가고 얼마나 갑작스러우면서도 완전하게 그 속으로 침잠하는지! 무엇도 우리를 지탱해주지 않고, 그 무엇도 허공을 비행하는 우리를 떠받쳐주지 않습니다. 소설의 허구 세계에는 점진적으로 빠져들게 되죠. 그 효과란 미리 준비되어 있으니까요. 하지만 이 네 줄짜리 시를 읽었을 때, 누가 쓴 시인지 묻는다든지 존 던의 가옥이나 시드니의 비서에 대한 생각을 끌어낸다든지 복잡한 과거와 수없이 이어진 세대의 복잡한 그물망에 그것을 집어넣고 싶은 사람이 누가 있을까요?

시인은 언제나 우리와 같은 시대를 삽니다. 자신만의 격렬한 감정에 휩싸일 때처럼 우리의 존재가 잠시 압축되며 한 곳에 집중되는 거예요. 그러다가 점차로 그 감각이 우리 정신 속에서 갈수록 날개를 활짝 펼치며 동떨어진 감각도 건드리기 시작해

1 16세기 작자 미상의 시.

요. 그러면 각각의 감각이 소리를 내고 논평을 하고, 우리는 그 반향과 반영을 의식하게 되죠. 시의 강렬함이 포괄하는 정서는 실로 그 범위가 엄청납니다. 다음 시의 단도직입적인 힘을 느껴보세요.

나는 나무처럼 쓰러져, 내 무덤을 찾으리라.
나의 슬픔만을 기억하며[2]

그리고 넘실대는 듯한 다음 시와 비교해보세요.

떨어지는 모래가 흘러가는 일 분 일 초를 알리네,
모래시계처럼. 시간의 흐름으로
우리는 여위어 무덤에 이르고 우리는 그런 시간을 바라만
보네.
밖에서 흥청대던 기쁨의 시대가 마침내
집으로 돌아와 슬픔으로 끝을 맺나니. 하지만
소란스러움에 싫증난 삶은 이제 모래를 한 알씩 세며,
한숨 섞인 울음을 토하네. 마지막 모래알이 떨어져

2 17세기 영국 극작가인 존 플레처와 프랜시스 보몬트가 쓴 『처녀의 비극』의 한 대목.

참담한 삶을 마침내 휴식에 들게 할 때까지.[3]

혹은 다음 시의 차분한 명상의 분위기를 느껴볼까요.

젊었거나 늙었거나
우리 존재의 중심이자 고향인 우리의 운명은
무한과 함께하며 오직 그곳에 있다.
희망과 함께, 절대 사멸하지 않으리라는 희망과 함께,
노력과 기대와 욕망,
그리고 언제나 나타날 그 무엇과 함께.[4]

이 대목을 다음 시의 무궁무진하고 온전한 사랑스러움이나 그
다음 시의 멋지고 환상적인 분위기와 함께 놓아보세요.

달이 움직이며 창공 위로 솟아올라
어느 한 곳에 머무르지 않았네.
가만히 올라가고 올라갔으니

---

3 17세기 초 영국 극작가 존 포드의 『연인의 우울』의 한 대목.
4 윌리엄 워즈워스 『서곡』의 한 대목.

그 곁에 별 한두 개 ― 5

그리고 숲 사냥꾼은
늘 한가로이 거닐고 있을 테고,
저 아래 작은 빈터,
광활한 세상의 타오르는 불길,
거기서 솟구치는 부드러운 불꽃 하나가
그의 눈에는
어둑한 그늘의 한 송이 크로커스 같으니 6

　시인의 다양한 기술을 실감할 수 있겠죠. 시인의 힘으로 우리는 배우이면서 동시에 관객이 되고, 마치 장갑을 끼듯이 인물 속으로 쉽게 들어가 폴스타프도 될 수 있고 리어왕도 될 수 있어요. 그의 힘은 단 한순간에 응집하고 확장하고 진술하는 힘이지요.

　"비교해보기만 하면 돼요." 이 말과 함께 드디어 숨겨진 비밀이 모습을 드러냅니다. 독서의 진정한 복잡성이 등장하는 거죠. 최상의 이해력으로 인상을 받아들이는 첫 번째 과정은 독서

5　새뮤얼 콜리지 「노수부의 노래」의 한 대목.

6　19세기 영국 시인 에베니저 존스의 시 「세상이 불타오를 때」의 한 대목.

의 반쪽일 뿐이에요. 책에서 온전한 즐거움을 얻으려면 다른 반쪽도 필요합니다. 그러니까 무수히 많은 인상에 대해 판단을 내려야 하는 거지요. 스쳐 지나가는 형태들에서 단단하고 오래 지속될 것을 만들어야 하는 거죠. 하지만 당장은 아니에요. 독서로 피어오른 먼지가 가라앉기를 기다려야 해요. 갈등과 의문이 사그라지기를 기다리는 거죠. 걷고, 얘기하고, 장미의 시든 꽃잎을 떼어내고 잠을 청하기도 하면서. 그러면 의도하지 않아도 문득 책이 다시, 다른 모습으로 돌아와요. 자연은 원래 그런 식으로 그런 변화를 일으키거든요. 하나의 전체를 이루며 정신의 꼭대기까지 올라오는 거죠.

온전한 책 전체는 각각의 구문을 그때그때 받아들였을 때의 책과는 달라요. 이제는 세세한 내용이 다 제자리를 찾아 들어갑니다. 처음부터 끝까지 그 형태 전체를 볼 수 있어요. 헛간인지, 돼지우리인지, 성당인지 말이죠. 책을 서로 비교하는 일은 건물을 비교하는 일과 매한가지거든요. 하지만 이렇게 비교한다는 사실 자체가 우리의 태도가 달라졌음을 말해줍니다. 이젠 작가의 친구가 아니라 심판관이 되었다는 거죠.

친구일 때는 무한정 공감을 보여줄 수 있다면, 심판관이 되면 엄격하기 그지없어요. 우리의 시간과 감정을 낭비하는 책들은 범죄자가 아닌가요? 가짜 책, 기만적인 책, 우리가 마시는 공기를 부패와 질병으로 오염시키는 그런 책의 저자는 사회를 타락시키고 더럽히는 가장 음험한 사회의 적이 아닌가요? 그러니까 엄격하게 판단을 내립시다. 각각의 책을 그 부류에서 가장 훌륭한 저작과 비교하는 거예요. 가령 디포의 『로빈슨 크루소』나 하디의 『귀향』처럼, 이미 평가를 거쳐 견고해진 어떤 작품을 마음속에 떠올립니다. 그것을 기준으로 다른 소설을 비교해보세요. 아무리 최근의 별 볼 일 없는 소설이라도 최고의 작품과 비교될 권리는 있으니까요.

시도 마찬가지입니다. 독자를 취하게 만드는 운율이 잦아들고 화려한 어휘도 그 빛이 바래고 나면 어떤 환영 같은 모습이 되돌아오죠. 그러면 그것을 『리어왕』이나 『페드르』,[7] 『서곡』[8]과 비교하는 겁니다. 그게 아니라면 다른 최고의 작품이나 우리가 보기에 그 분야에서 최고인 것들과 비교하는 거죠. 그러면 새로운 시와 소설의 새로움이란 아주 피상적인 특성일 뿐이라 과거 작품을 판단하던 기준을 완전히 개조할 필요 없이 약간만 바꾸면 된다는 사실을 확신하게 될 거예요.

독서의 두 번째 부분인 판단하고 비교하는 일이 당연히 첫 번째 부분—마음을 열고 마구 쏟아져 들어오는 수많은 인상을 받아들이는 일—처럼 단순하다고 볼 수는 없겠죠. 책을 눈앞에

7　장 라신의 비극.

8　윌리엄 워즈워스의 시.

두지 않은 채로 독서를 지속하는 일, 이 그림자 형태와 저 그림자 형태를 나란히 놓는 일, 그렇게 어떤 점을 밝혀주는 생생한 비교를 할 수 있을 만큼 충분한 이해력을 지니고 폭넓게 독서하는 것은 어려운 일이니까요.

더 나아가 이런 식의 판단까지 하려면 그건 더욱 어렵겠죠. "이 책은 이런 부류의 책이고 또한 이런 가치를 지니고 있다. 이 부분은 잘 안 되었고 이 부분은 성공적이다. 이 점은 형편없고 이 점은 훌륭하다." 이런 식의 독자의 의무까지 수행하려면 대단한 상상력과 통찰력, 학식이 필요하기 때문에 어느 한 사람이 이 모두를 충분히 지니고 있다고 상상하기도 힘들어요. 아무리 자신감이 넘치는 사람도 자신이 그러한 능력의 맹아 이상을 지니고 있다고 단언할 수가 없죠.

그렇다면 털이 잔뜩 달린 가운을 입은 서재의 권위자들이 우리 대신 책의 절대적 가치라는 문제를 결정하게 두고 우리는 독서의 이 부분을 면제받는 것이 현명한 일 아닐까요? 하지만 절대 그럴 수가 없어요! 공감의 가치를 강조할 수도 있고 책을 읽으면서 우리 자신의 정체성을 잠시 잊어버릴 수도 있겠죠. 하지만 전적으로 공감하는 일도, 완전히 몰입하는 일도 가능하지 않다는 사실은 우리 자신도 알아요. "이건 정말 싫어. 이건 정말 좋아." 우리의 내면에는 이렇게 속삭이는 악마가 늘 존재하고 그 입을 다물게 할 수가 없으니까요. 우리가 시인이나 소설가와 워낙 친밀해서 제3자가 끼어드는 것을 참을 수 없는 것도 바로 이렇게 싫어하고 좋아하는 우리의 감정 때문입니다. 그래서 참담한 결과가 나오고 우리의 판단이 그릇된 판단일지라도 여전히 우리의 취향이, 온몸을 휩쓸고 지나간 신경의 반응이 우리의 길을 밝혀주는 주된 불빛인 거예요.

독자는 감정을 통해 배워요. 우리 각자의 독특성을 너무 억누르면 그것이 결국 빈약해질 수밖에 없어요. 하지만 시간을 들여 우리의 취향을 훈련할 수는 있지요. 얼마간은 조절할 수 있게 되는 거죠. 시, 소설, 역사, 전기 할 것 없이 닥치는 대로 게걸스럽게 집어넣은 후 한동안 독서를 멈추고 살아 움직이는 세상의 다양함과 모순을 바라보면 그것이 약간씩 달라지는 것을 알아챌 수 있을 겁니다.

이젠 게걸스럽게 집어넣지 않고 좀 더 생각을 하게 되죠. 우리의 취향이 특정한 책에 대해 판단하기 시작할 뿐 아니라 어떤 종류의 책에 공통적인 특질이 있다는 사실을 알려줄 거예요. 이봐요, 이것을 뭐라고 불러야 할까요? 이렇게 묻는 거죠. 그러고는 어쩌면 그 공통의 특질을 이해하기 위해 『리어왕』을 읽고 그 다음엔 『아가멤논』을 읽을지도 모르죠. 그렇게 취향이 안목이 되어 우리를 인도하게 되면, 우리는 특정한 책을 넘어 여러 책을 하나로 묶어주는 특성을 찾아 나서게 될 거예요. 거기에 이름을 붙이면서 우리의 지각을 정리해줄 규칙을 만들어내겠죠.

그렇게 분별해가면서 더 크고 드문 즐거움을 얻게 되고요. 하지만 규칙이란 온갖 책과 접촉하면서 한없이 깨어질 때에만 살아 존재하는 것—사실과 동떨어져 진공 상태에서 존재하는 규칙을 만드는 일만큼 간단하면서도 어리석은 일은 없을 거예요—이잖아요. 그래서 마침내 우리는 이렇게 힘겨운 도전 속에서 버텨나갈 힘을 얻기 위해 예술로시의 문학에 대해 깨우침을 줄 수 있는 아주 귀한 작가들에게 도움을 요청하는 겁니다. 모두들 알아주는 콜리지와 존 드라이든과 새뮤얼 존슨의 비평은 물론, 별로 알아주지는 않지만 시인과 소설가 자신들의 말도 사실 놀랄 만큼 적절할 때가 많아요. 뿌연 머릿속으로 어수선하게 쏟아지는 모호한 생각을 분명히 밝혀주고 구체화해주기 때문이죠. 하지만 그들은 우리가 책을 읽는 과정에서 진솔하게 떠올린 질문이나 암시를 가득 들고 찾아갈 때에만 도움이 돼요. 그 권위를 좇아 양떼처럼 옹기종기 모여 울타리 그늘에 늘어져 있으면 아무런 도움이 되지 못해요. 그들의 판결이 우리 자신의 판결과 상충되며 결국 우리를 승복시킬 때에야 그들의 판결을 제대로 이해할 수 있는 것이죠.

사정이 이러하다면, 그러니까 마땅한 방식으로 책을 읽기 위해서는 상상력과 통찰력과 판단력이라는 아주 드문 자질이 요구된다면, 문학이란 너무 복잡한 예술이라 설사 평생 책을 읽는다 해도 문학비평에 그럴듯한 기여를 하기는 힘들겠다는 결론에 이를 수도 있겠죠. 우리는 그냥 독자로만 살아야겠구나, 그것을 넘어 비평도 할 수 있는 그 드문 존재의 영광은 얻을 수 없겠구나, 그러면서요. 하지만 우리에게는 여전히 독자로서의 책임이 있고 그 역할이 중요하기도 합니다. 우리가 세우는 기준과 우리가 내리는 판단이 어느새 허공으로 퍼져나가, 작가가 글을 쓸 때 들이마시는 대기의 일부를 이루거든요. 인쇄되어 나오지는 못할지라도 그렇게 생겨나는 어떤 영향력이 작가들에게 이르는 거지요. 그리고 그것이 잘 훈련된 것이라면, 활기차고 진지하고 개성 있는 것이라면, 불가피하게 비평이 일시적으로 중단된 지금 같은 때에 상당한 가치가 있을 겁니다. 사격연습장에서 줄줄이 지나가는 동물처럼 책이 비평을 거치고, 비평가는 1초 만에 장전을 해서 조준하고 총을 쏴야 하고, 그래서 혹시 토끼를 호랑이로 잘못 알거나 독수리를 가금류로 알거나, 아예 빗나가 저 멀리 들판에서 평화롭게 풀을 뜯고 있는 소를 맞혔다 하더라도 용서가 되는 지금의 상황에서 말이죠.

작가는 종잡을 수 없는 언론의 총격소리 뒤로 다른 종류의 비평이 존재한다는 사실을 느낄 수 있을 거예요. 책이 좋아서 천천히 소박하게 책을 읽는 사람들, 한없이 공감하지만 판단은 아주 엄격하게 내리는 그런 사람들의 의견이 그들의 작품의 질을 높일 수 있지 않을까요? 이렇게 우리의 힘으로 더 단단하고 풍부하고 다양한 책들이 나올 수 있다면 그것이야말로 도달할 만한 가치가 있는 최종 목적지가 되겠지요.

하지만 아무리 바람직한 목적지인들 누가 책을 읽으면서 최종 목적지를 생각할까요? 그냥 그 자체로 좋아서 계속 추구하는 것이 있지 않나요? 즐거움만이 최종적인 목적인 경우 말이에요. 지금의 경우가 그런 경우가 아닐까요? 적어도 내게는 이런 꿈이 있어요. 심판의 날이 와서 위대한 정복자와 법률가와 정치가 들이 왕관이나 월계관을 쓰고 불멸의 대리석 위에 선명하게 그 이름이 새겨지는 보상을 받을 때, 옆구리에 책을 끼고 다가오는 우리를 보고 신께서 베드로에게 이렇게 말씀하시는 꿈이죠. "보게나, 저들에게는 달리 보상이 필요 없어. 우리가 여기서 줄 수 있는 건 아무것도 없네. 책 읽기를 정말 좋아하는 사람들 아닌가." (1926)

현재 수많은 전설과 추종자를 거느리고 문학의 중심 자리를 차지한 샬럿 브론테가 태어난 지 올해로 백 년이 되었는데, 사실 그녀는 그 백 년 중에 서른아홉 해밖에 살지 못했다. 평균 수명 정도라도 살았다면 얼마나 다른 전설이 나왔을지 생각하면 묘한 기분이 든다. 유명한 다른 동시대인들처럼 런던이나 다른 장소에서 친숙하게 마주치는 인사가 되었을 것이고, 수많은 그림과 일화에 등장했을 것이다. 소설도 많이 쓰고, 확고한 명성의 광휘에 둘러싸인 중년의 기억을 담은 회고록—지금 우리에게 없는—도 썼을 것이다. 부자가 되어 풍요로운 삶을 살았을 수도 있다. 사실은 그렇지 못했다. 그녀를 떠올릴 때 우리는 현대 세상과는 인연이 없는 사람을 상상한다. 1850년대 거친 요크셔 황무지의 외딴 목사관으로 돌아가는 것이다. 그 목사관, 그 황무지에, 가난하지만 강렬했던 그녀가 불행하고 외롭게 영원히 머물고 있다.

그녀의 인성에 영향을 미쳤던 이러한 상황이 작품에도 흔적을 남겼을지 모른다. 소설가는 금방 변해버리는 재료를 잔뜩 들여다가 구조물을 짓는데, 당시에야 그 재료로 작품이 현실성을 입게 되는 거지만 종국에는 잡다한 쓰레기가 되어 거추장스러워진다. 다시 『제인 에어』를 펼치며 우리는 그 상상의 세계가 빅토리아 시대 중반의 고리타분한 세세일 거라는 의심을 떨칠 수가 없다. 호기심 많은 사람이나 일부러 찾고 독실한 사람들이 보존할 뿐인 황무지의 목사관이 시대에 뒤떨어진 장소이듯이. 그런 마음으로 『제인 에어』를 펼치지만, 웬걸 첫 두 쪽만 읽어도 그런 의심은 단박에 사라진다.

오른쪽으로는 주름 잡힌 진홍빛 커튼 자락이 시야를 가렸다. 왼쪽으로는 맑은 유리창이 있어 음산한 11월 날씨에서 날 보호해주었다. 완전히 차단하지는 않은 채로. 때때로 난 책장을 넘기며 그 겨울 오후의 면면을 살펴보았다. 멀리로 안개와 구름이 창백하게 빈 배경을 이루고 가까이로는 태풍에 시달린 관목과 축축한 잔디의 풍경이 펼쳐졌다. 한참을 불어댈 애절한 돌풍에 앞서 비가 줄기차게 퍼붓고 있었다.

황무지만큼 무상한 것도 없을 것이고, "한참을 불어댈 애절한 돌풍"처럼 유행의 흐름에 좌우되는 것도 없다. 이런 들뜬 상태가 잠깐 등장했다가 사라지는 것도 아니다. 처음부터 끝까지 내내 정신없이 몰아쳐, 달리 생각할 시간도 없고 책에서 눈을 뗄 수도 없다. 얼마나 작품에 몰입하게 되는지, 누군가 방 안에서 움직이기라도 하면 그 움직임이 방 안이 아니라 저기 요크셔에서 일어난 것처럼 여겨질 정도다. 작가는 우리의 손을 붙잡고 자신의 길을 따라 우리를 끌고 다니며 자신이 보는 것을 우리도 그대로 보도록 한다. 한순간도 우리 곁을 뜨지 않고 우리는 잠시도 작가를 잊을 수가 없다.

마지막에 이르면 우리는 샬럿 브론테의 천재성과 격렬함과 분노로 흠뻑 젖는다. 눈에 띄는 얼굴, 강렬한 윤곽이나 옹이진 모습의 인물들이 곁을 지나치며 우리에게 강한 인상을 주지만, 우리가 그들을 보는 것은 그녀의 눈을 통해서다. 그녀가 사라지면 그들을 아무리 찾아야 소용이 없는 것이다. 로체스터를 떠올리자면 제인 에어를 떠올리지 않을 수 없다. 황무지를 생각해도 다시 제인 에어가 있다. 응접실을 떠올려봐도, "화려한 꽃다발이 놓여 있는 듯한 흰색 카펫"이나 "루비처럼 붉은" 보헤미아의 유리잔이 놓인 "흰 눈과 불이 고루 섞인" "파리한 백색 대리석 벽난로"까지도 제인 에어가 없다면 다 무엇이겠는가?

제인 에어가 되는 일의 단점은 굳이 멀리에서 찾을 필요도 없다. 늘 가정교사이고 늘 사랑에 빠져 있다는 것은 사실 그 어느 쪽에도 해당되지 않는 사람들 천지인 세상에서는 심각한 한

계다. 이에 비하면 제인 오스틴이나 톨스토이 같은 작가의 인물들은 수많은 면을 지니고 있다. 그들은 정말로 삶을 살아가고, 사방에서 그들을 되비추는 역할을 하는 다른 많은 사람들과 영향을 주고받음으로써 복잡한 인물이 된다. 그들은 자신들을 창조한 작가가 지켜보거나 말거나 이리저리 쏘다니고, 그들이 살고 있는 세계는 그들이 창조했으므로 우리 역시 직접 찾아갈 수 있는 독립적인 세계로 보인다.

강한 작가적 개성과 협소한 시각이라는 면에서 토마스 하디는 샬럿 브론테와 더 가깝다. 하지만 엄청난 차이가 있다. 『비운의 주드』(*Jude the Obscure*)를 읽을 때 우리는 종결을 향해 내달리게 되지 않는다. 생각의 가지가 수없이 뻗어나가 작품에서 멀어지며 곰곰이 생각하고 곱씹게 된다. 그러면서 인물들 주위에 대개 그 자신들은 의식하지 못하는 의문과 암시의 분위기를 쌓아가는 것이다. 단순한 농군들이지만 그들을 보며 우리는 운명의 힘과 엄청난 의미를 지닌 질문을 마주할 수밖에 없어서, 하디의 소설에서 가장 중요한 인물은 이름조차 없는 그들이 아닌가 하는 생각이 들 때가 많다.

샬럿 브론테에게서는 이러한 힘을, 이러한 사색적인 호기심을 찾아볼 수가 없다. 인간 삶의 문제를 풀어보려 시도하지 않는 것이다. 그런 문제가 존재한다는 사실조차 의식하지 못한다. "나는 사랑한다" "나는 증오한다" "나는 고통스럽다"라고 주장하느라 가진 힘을 모두 소진한다. 제약되어 있기에 더욱 굉장한 그 힘을 그렇게 다 쓰는 것이다.

자기중심적이고 자아에 묶인 작가들은 그보다 포용력이 크고 넓은 마음을 가진 사람에게는 없는 힘을 지니고 있다. 좁은 벽 사이에 모든 인상을 빽빽이 채워 넣고 강렬하게 각인시킨다. 그들의 정신에서 나오는 것치고 그들의 인장이 찍히지 않은 것은 없다. 다른 작가에게서 배우는 바가 거의 없고, 다른 곳에서 취한 것을 자기 것으로 동화할 수가 없다. 하디와 샬럿 브론테 둘 다 딱딱하고 점잖은 저널리즘을 그 문체의 토대로 삼았던 것 같다. 산문의 주 성분이 어색하고 유연성이 없으니 말이다. 하지만 완강한 진실함과 불굴의 노력으로, 그리고 무엇이든 그것이 단어로 표현될 때까지 끝까지 생각을 이어감으로써 둘 다 자기 정신의 틀을 온전히 담아내는 산문체를 주조해냈다. 게다가 그것은 아름답고 힘이 있고 속도감까지 지녔다.

적어도 샬럿 브론테는 풍부한 독서 경험에서 배운 바는 없었다. 직업적 작가의 매끄러움도 배우지 못했고, 원하는 대로 언어를 채우고 다루는 능력도 얻지 못했다. "나는 남자건 여자건, 강력하고 신중하고 세련된 정신을 가진 인물과 편안히 소통할 수가 없었다." 그는 지역 신문의 대표 작가가 쓸 법하게 그렇게 말한 적이 있다. 하지만 자신의 진정한 목소리가 점점 그 열기와 속도를 더해가서 "마침내 관습적인 과묵함의 장벽을 지나고 자신감의 문턱을 넘어 그들 마음의 화롯가에 자리를 얻게 되었다"고 적었다. 그리고 그곳에 자리 잡았다. 그녀의 책 낱장들을 환하게 비추는 것은 바로 그 가슴속 화롯불의 단속적인 붉은 빛이다. 다시 말하면 우리가 샬럿 브론테를 읽는 것은 인물을 세밀하게 관찰하기 위해서가 아니고(그녀의 인물은 활기차고 초보적이니까) 희극을 즐기기 위해서도 아니며(그녀의 인물은 음침하고 단순하니까) 삶을 바라보는 철학적 시각을 위해서도 아니고(그 인물은 시골 목사의 딸이니까) 바로 시를 음미하기 위해서다.

그런 압도적인 인성을 가진 작가라면 아마 다 그럴 것이다. 실제로도 하는 말처럼, 그런 작가들의 경우 그저 문이 열리기만 해도 그 존재가 느껴진다. 그들은 용인된 질서와 끊임없이 다투는 길들여지지 않은 맹렬함을 지녀서, 진득이 관찰하기보다는 즉각 창조하기를 바란다. 애매한 그림자나 다른 소소한 장애를 거부하는 바로 그 열의가 힘찬 날갯짓을 하며 보통사람의 일상적 행동을 지나 아직 표현되지 않은 자신들의 열정과 하나가 된다. 그렇게 그들은 시인이 되고, 만약 산문을 쓰기로 했다면 어떤 제약도 참지 못하는 것이다. 그래서 에밀리 브론테와 샬럿 브론테 모두 항상 자연의 도움을 요청한다. 말이나 행동으로 전달하지 못할 정도로 강력한, 잠자고 있는 거대한 열정의 상징이 필요하다고 보았던 것이다.

샬럿은 자신의 훌륭한 소설 『빌레트』를 폭풍우의 묘사로 마무리한다. "하늘이 무겁게 잔뜩 내려앉는다. 조각구름이 무리를 지어 서쪽에서 다가온다. 구름이 기이한 모양을 이룬다." 달리 표현될 수 없는 마음 상태를 묘사하기 위해 자연을 끌어들이는 것이다. 하지만 두 사람은 도로시 워즈워스가 했듯이 정확하게 자연을 관찰하지는 않았고, 테니슨이 했듯이 세밀하게 그려내지도 않았다. 그들은 스스로 느꼈거나 작품 속의 인물에게 귀속시켰던 면과 가장 유사한 지상의 어떤 면모를 붙잡았다. 그래서 그들의 폭풍우와 그들의 황무지와 그들의 사랑스러운 여름 날씨는 지루한 책장을 꾸미거나 작가의 관찰력을 내보이는 장식이 아니라 감정을 전달하고 작품의 의미를 밝혀주는 존재다.

실제 벌어지는 일이나 다뤄지는 사실이 아니라 그 자체로는 서로 다른 상황에 작가가 부여한 연관성에서 작품의 의미가 나올 때면, 아무래도 그 의미는 파악하기가 쉽지 않다. 브론테 자매처럼 시적인 작가들의 경우, 그 의미가 언어와 떨어질 수 없고 특정한 관찰이라기보다 어떤 분위기일 때 특히 더 그러하다.

에밀리는 샬럿보다도 뛰어난 시인이기 때문에 『폭풍의 언덕』은 『제인 에어』보다 더 이해하기 힘든 작품이다. 샬럿은 글을 쓸 때 유창하고 멋지고 열정적으로 "나는 사랑한다" "나는 증오한다" "나는 고통스럽다"라고 말한다. 그 경험은 아주 강렬하기는 하지만 기본적으로 우리의 경험과 같은 차원에 존재한다. 하지만 『폭풍의 언덕』에 그런 '나'는 없다. 가정교사도 없고 주인집도 없다. 사랑은 있지만 남녀의 사랑이 아니다. 에밀리는 그보다 보편적인 어떤 개념에서 영감을 받았다. 그녀의 경우 창작을 추동하는 힘은 자신의 고통도 아니고 자신의 상처도 아니다.

에밀리는 엉망으로 쪼개져 거대한 무질서로 존재하는 세상을 바라보았고, 작품을 통해 그 세상을 통합힐 힘이 자신에게 있다고 느꼈다. 그 어마어마한 야망을 작품을 읽는 내내 실감하게 된다. 반쯤 좌절되지만 대단한 확신을 가진 분투, 인물의 입을 빌려 뭔가를 말하고자 하는 분투를 말이다. 그것은 단지 "나는 사랑한다"나 "나는 증오한다"가 아니다. "우리, 전 인류"이고 그 끝을 맺을 수 없는 "당신, 영원한 힘…"이다. 그런데 그것이 이상하지 않다. 오히려 그녀에게 그것을 표현할 능력이 있고 또한 독자가 그것을 느낄 수 있다는 사실이 놀랍다.

그것은 등장인물 캐서린 언쇼의 그 뜻이 명확하지 않은 이런 말에서 솟구쳐 오른다. "모든 것이 다 죽어 없어지고 그 혼자 남는다 해도, 난 계속 살아가겠지. 하지만 모든 것이 다 그대로인데 그 혼자 사라진다면 우주 전체가 낯설고 거대한 존재가 될 거야. 나와 전혀 상관없는." 죽은 자를 앞에 두고 다시 터져 나온다. "이승도 지옥도 깨버릴 수 없는 편안한 휴식이네. 그들이 찾아든 영원한 세계, 삶이 한없이 지속되고 사랑의 공감과 충만한 기쁨도 한이 없는, 그늘도 없고 끝도 없는 저 세상을 확실하게 느낄 수 있어."

혼령 같은 인간 본성 아래에 존재하며 그것을 끌어올려 대단한 실체로 빚어내는 이러한 힘을 통해 이 소설은 다른 소설들 사이에서 거대한 위상을 차지한다. 에밀리 브론테는 서정시 몇 편 쓰고 한번 크게 소리쳐보고 어떤 신조를 주장하는 일로는 성에 차지 않았다. 이런 것이라면 시로 이미 다 했고, 어쩌면 그녀의 시가 소설보다 오래 갈 수도 있다. 하지만 에밀리는 시인이면서 동시에 소설가였다. 더 고되지만 보람은 별로 없는 일을 스스로 떠맡았다. 다른 존재가 있다는 사실을 직시하고 외적 존재의 기제를 붙들고 씨름했다. 알아볼 수 있는 형태로 농장과 주택을 세우고 자신과 상관없는 남녀의 말을 그대로 옮겼다. 우리가 이 고양된 감정에 이르는 것은 절규나 열광적인 외침을 통해서가 아니다. 나뭇가지에 앉아 그네를 타며 한 소녀가 흥얼거리는 옛 노래를 들으며, 황무지 양떼가 풀을 뜯는 모습을 보면서, 풀을 쓸고 지나가는 부드러운 바람소리를 들으며 감정의 절정에 이르는 것이다.

있을 법하지 않은 터무니없는 일이 가득한 농장의 삶이 우리 앞에 펼쳐져 있다. 『폭풍의 언덕』을 실제 농장과 비교하고 히스클리프를 실제 남자와 비교하는 일이야 원하면 얼마든지 할 수 있다. 현실에서 실제로 만나는 사람들과 거의 닮은 구석이 없는 남녀에게 어떻게 진실이나 통찰력이나 섬세한 감정의

결이 존재할 수 있느냐는 질문도 충분히 가능하다. 하지만 그렇게 묻는 중에도 우리는 히스클리프에게서 천재적인 어떤 자매가 보았을 법한 형제의 모습을 알아본다. 말도 안 되는 인물이라고 하지만, 그럼에도 문학 속의 어떤 젊은 남자인물도 그보다 생생한 존재감을 가진 적이 없다. 두 캐서린도 마찬가지다. 저런 식의 감정을 갖고 저런 식으로 행동하는 여자가 어떻게 있을 수 있느냐고 우리는 말한다. 그렇지만 여전히 두 사람은 영국 소설에서 가장 사랑스러운 여성들이다. 마치 지금까지 인간을 분별하는 기준으로 알고 있던 것을 갈가리 찢어버리고는, 형체를 알아볼 수 없게 된 그 빈 공간을 현실성을 초월하는 삶의 광풍으로 채워 넣은 것만 같다. 그렇다면 에밀리의 힘은 정말 드문 힘이 아닐 수 없다. 사실에 대한 의존에서 삶을 해방시킬 수 있었으니. 약간의 손질로 얼굴의 영혼을 드러내어 몸이 굳이 필요하지 않게 했고, 황무지에 대해 들려주는 동안 바람이 휘몰아치고 천둥이 울리게 할 수 있으니 말이다. (1916)

이곳 협회 간사께서 연사로 나를 초청하며 말씀하시기를,[1] 이 협회는 여성의 고용과 관련된 단체이므로 내 직업 경험을 들려주면 좋겠다고 했습니다. 내가 여자인 것은 맞지요. 고용이 된 것도 맞고요. 하지만 내게 어떤 직업 경험이 있을까요? 답하기가 쉽지 않아요. 내 직업은 문학이거든요. 공연 분야를 제외한다면, 그 분야에서 여성이 가져온 경험은 다른 어떤 직업에서보다 일천합니다. 그러니까 여성에게 독특한 경험을 말하는 거예요. 길이야 이미 오래전에 닦였죠. 페니 버니, 애프러 벤, 헤리엇 마티뉴, 제인 오스틴, 조지 엘리엇 같은 유명한 여성들과, 이제는 잊힌 그보다 훨씬 많은 무명의 여성들이 나보다 먼저 길을 잘 닦아놓아 걷기는 편해졌어요.

1 여성 참정권자이자 활동가인 필리퍼('피퍼') 스트레치가 1931년에 자신이 간사로 있던 '전국여성고용협회' 회원을 대상으로 연설을 해달라고 울프를 초청했다.

그래서 내가 처음 글을 쓰기 시작했을 때 내 앞을 가로막는 물리적인 장애물은 별로 없었어요. 글쓰기는 평판도 좋고 무해한 직업이니까요. 펜을 놀린다고 가족의 평화가 깨지는 법은 없고, 가족에게 돈을 달라고 손을 벌리지도 않죠. 10실링 6펜스만 있으면 셰익스피어의 희곡을 다 쓰고도 남을 종이를 살 수 있어요. 그럴 생각이 있다면 말이죠. 작가는 피아노도 모델노 필요 없고, 파리나 빈이나 베를린에 갈 필요도 없고 대단한 스승님이 필요하지도 않아요. 당연히 종이가 값싼 물건이라 여성들이 애초에 다른 직업보다 먼저 작가로서 성공하게 되었던 거예요.

이제 내 얘기를 해보도록 하죠. 간단한 이야기예요. 손에 펜을 쥐고 방에 앉아 있는 한 젊은 여자를 떠올리기만 하면 돼요. 그 젊은 여자는 그 펜을 왼쪽에서 오른쪽으로, 열 시 방향에서 한 시 방향으로 움직이기만 하면 되고요. 그러다가 역시 간단하고도 돈도 별로 안 드는 일을 해보고 싶다는 생각이 떠올라요. 몇 쪽에 이르는 그 글을 봉투에 넣고 한구석에 1페니짜리 우표를 붙인 뒤, 길모퉁이의 빨간 우체통에 넣는 거죠. 그렇게 해서 나는 잡지와 신문에 글을 쓰게 되었습니다.

그에 대한 보상은 다음 달 1일에 왔어요. 1파운드 10실링 6펜스라는 액수가 적힌 수표와 함께 편집자가 보낸 편지였죠. 내게는 정말 영광스러운 날이었어요. 그런데 내가 그 돈으로 무엇을 했는지를 보면, 내가 얼마나 직업여성의 자격이 부족한 사람인지, 고군분투해야 하는 고된 그 삶에 대해 얼마나 아는 바가 없는지 금방 알 수 있을 겁니다. 그 돈으로 빵과 버터를 산 것도 아니고, 신발이나 스타킹을 산 것도 아니며, 정육점에서 고기를 산 것도 아니고, 바로 고양이 한 마리를 샀거든요. 예쁘장한 페르시아 고양이였는데, 그 때문에 곧 이웃들과 지독한 분쟁에 휩싸이게 되었죠.

신문에 실을 글을 쓰고 그렇게 번 돈으로 페르시아 고양이를 사는 일보다 더 쉬운 일이 또 뭐가 있을까요? 글이란 어떤 주제를 갖고 써야 하죠. 내 기억에 내 글은 유명한 남성 작가의 소설에 대한 것이었어요. 그리고 그 서평을 쓰면서, 앞으로 서평을 쓸 작정이라면 어떤 유령과 싸워야 한다는 사실을 깨달았습니다. 어떤 여자의 유령이었죠. 그 여자를 더 잘 알게 되었을 때, 유명한 시 제목을 따서 그녀를 '집 안의 천사'라고 불렀어요.[2] 그 여자는 서평을 쓰고 있는 종이와 내 사이를 비집고 들어오곤 했어요. 얼마나 날 귀찮게 하고 시간을 허비하게 만들고 날 괴롭혀대던지 결국 그 여자를 죽여버렸지요.

나보다 행복한 세대인 젊은 여러분은 그 여자 얘기를 들어본 적이 없을지도 모르겠네요. '집 안의 천사'가 뭔지 모를 수

---

2 부부 간의 사랑을 찬양한 19세기 중반 커벤트리 팻모어의 연작시인 「집 안의 천사」는 대중적으로 엄청나게 인기가 있었다.

도 있겠어요. 가능한 한 간단하게 설명하도록 할게요. 그 여자는 온정이 넘치고 매력도 넘칩니다. 이기심이라곤 전혀 없고 가정생활이라는 어려운 기술에 아주 능해요. 매일 자신을 희생했죠. 닭고기를 먹을 때는 다리를 먹고, 웃풍이 있으면 그 앞을 막고 앉아요. 한마디로 절대 자기 자신의 생각이나 바람은 지니지 않고 늘 다른 사람의 생각과 바람에 동감하도록 생겨먹은 거죠. 무엇보다 순결하다는 건 두말할 나위가 없죠. 순결함이 아름다움의 주된 부분이고 부끄러워 얼굴을 붉히는 것이 최고의 우아함이에요.

당시에, 그러니까 빅토리아 시대 말기에는 어느 집에나 그런 천사가 있었습니다. 그리고 내가 글을 쓰기로 마음먹었을 때 첫 글자를 적자마자 그 여자가 나타났어요. 그 날개가 종이 위에 그림자를 드리웠죠. 치맛자락으로 방을 쓸고 돌아다니는 소리도 들렸고요. 그 유명한 남자 소설가의 작품에 대한 글을 쓰려고 펜을 들자마자 어느새 내 뒤에 서서 이렇게 속삭였어요. "얘야, 넌 젊은 여자잖아. 그런데 남자가 쓴 책에 대해 글을 쓴다고? 호의적으로 부드럽게 써야 해. 좋은 말만 해주고. 사실이 아니어도 상관없어. 우리 여자의 기술과 간계를 다 동원하라고. 너만의 생각을 갖고 있다는 사실을 절대 누구도 눈치 채게 해서는 안 돼. 무엇보다 순결해야 하고." 그러면서 내 손을 자기 마음대로 움직였어요.

바로 그때 내가 보였던 행동은… 마치 순전히 내가 잘나서 그랬다는 듯이 말을 하고 있지만, 사실 그 공은 훌륭한 나의 조상에게 돌아가야 마땅합니다. 그들이 내게 얼마간의 돈—예를 들어 일 년에 500파운드라고 할까요—을 물려줬기 때문에 나의 생계가 여성으로서의 매력에 걸려 있지 않았거든요. 그때 내가 한 일은 몸을 돌려 그 여자의 목을 조른 거예요. 온 힘을 다해 목을 졸라 아예 죽여버렸죠. 내가 만약 이 일로 법정에 서게 된다면, 그건 정당방위였다고 주장할 수 있습니다. 내가 그녀를 죽이지 않았다면 그녀가 날 죽였을 테니까요. 내 글의 정수를 뽑아버렸을 테니까요.

내가 깨닫게 된 바는 이러했거든요. 손에 펜을 들었을 때 여러분이 자신의 정신을 갖고 있지 않다면, 인간관계와 도덕과 성과 관련된 진실이라고 여러분 자신이 생각하는 바를 표현할 수 없다면, 하다못해 소설의 서평 하나도 쓸 수가 없다는 사실이지요. 집 안의 천사에 따르면 이 모든 주제들은 여성이 거리낌 없이 공개적으로 다룰 수 있는 문제가 아니거든요. 성공하려면 여자는 애교를 떨며 잘 달래야 한다는 거예요. 직설적으로 말하자면 거짓말을 해야 한다는 거죠.

그래서 그 날개 그림자가 어른거린다거나 후광의 빛이 내 종이 위에 비추기만 하면 난 잉크병을 집어던졌어요. 여간해선 죽지 않더군요. 허깨비라는 특성이 그녀에겐 대단한 도움이 되었지요. 실재를 죽이는 것보다 유령을 죽이는 일이 훨씬 더 힘드니까요. 이제 정말 끝냈구나 싶으면 어느새 또 기어 들어와 있는 거예요. 종국에는 완전히 죽였고 그러고 나서 스스로도 뿌듯했지만, 그러기까지 정말 힘겨운 싸움을 해야 했습니다. 엄청난 시간을 들여야 했는데, 차라리 그 시간에 그리스 문법을 배우거나 뭔가 신나는 모험을 찾아 세상을 쏘다녔다면 더 나았겠죠. 하지만 그것은 진정한 경험이었어요. 당시 모든 여성 작가들에게 벌어질 수밖에 없었던 경험이었죠. 집 안의 천사를 죽이는 일이 여성 작가라는 직업의 한 부분이었던 겁니다.

다시 내 이야기로 돌아와보죠. 집 안의 천사가 그렇게 죽고 난 뒤에 뭐가 남았을까요? 남은 것은 평범하고 단순한 대상, 즉 잉크병을 앞에 두고 방 안에 앉은 젊은 여성이라고 할 수 있겠죠. 다른 말로 하면, 이제 거짓된 면을 없애버렸으니 그 젊은 여성은 본연의 자신의 모습을 찾기만 하면 되는 거예요. 아, 하지만 '본연의 자신'이란 무엇인가요? 그러니까 여성이란 무엇인가요? 확실히 말하지만 나도 모릅니다. 여러분도 모르리라고 봐요. 온갖 다양한 예술 작업과 인간의 기술을 사용하는 온갖 직업에서 여성이 스스로를 표현하기까지는 그 누구도 알 수 없다고 봅니다. 바로 그것이 내가 오늘 여러분을 존경하며 이 자리에 서 있는 이유입니다. 여러분이야말로 각자의 실험으로 여성이 무엇인지 보여주고 있고, 여러분의 실패와 성공을 통해 극히 중요한 정보를 우리에게 제공하고 있기 때문이지요.

다시 나의 직업 경험으로 돌아가보죠. 처음 발표한 서평으로 1파운드 10실링 6펜스를 벌었고 그 돈으로 페르시아 고양이를 샀다고 했죠. 그러자 야망이 생겼어요. 페르시아 고양이만 해도 아주 좋았어요. 하지만 페르시아 고양이로는 충분하지 않았죠. 자동차가 있어야 했던 거예요. 그렇게 해서 소설가가 되었어요. 참 이상한 일이지만, 사람들에게 이야기를 들려주면 사람들은 자동차를 주거든요. 더 이상한 일은 이야기를 지어내고 들려주는 일만큼 재미난 일이 세상에 또 없다는 거예요. 유명한 소설가들에 대한 비평을 쓰는 것보다 훨씬 즐거운 일이지요.

어쨌든 간사께서 원했던 대로 여러분에게 소설가로서의 내 직업 경험을 들려주려면, 소설가로서 내가 경험했던 아주 기이한 일을 들려줘야겠네요. 그것을 이해하려면 여러분은 우선 소설가의 정신 상태를 상상해봐야 해요. 소설가의 가장 주된 욕망은 가능한 한 의식에서 벗어나려는 것이에요. 이런 말을 한다고 무슨 직업상 기밀을 누설하는 일은 아니겠지요?

소설가는 끊임없이 자신을 기면 상태로 이끌어야 해요. 극히 고요하면서 규칙적으로 삶이 진행되기를 바라는 거죠. 글을 쓰는 동안은 날이면 날마다, 달이면 달마다, 같은 얼굴을 보고, 같은 책을 읽고, 매일 똑같은 일을 반복하기를 원해요. 그래야 그가 살아가는 허구의 삶이 깨지지 않거든요. 그래야 워낙 수줍음이 많아서 도대체 눈에 띄질 않는 상상력이라는 그 정령을 찾아 냄새를 맡고 더듬거리고 뛰어나가 획 덮쳐보기도 하다가 문득 발견하는 그 신비로운 과정을 방해하거나 뒤흔들지 않을 수 있거든요.

이러한 상태는 남녀가 다 똑같지 싶어요. 여하간 지금 내가 그런 최면 상태에서 글을 쓰고 있는 모습을 여러분이 상상해봤으면 해요. 손에 펜을 들고, 하지만 몇 분이 지나도, 아니 몇 시간이 지나도 잉크를 묻히지도 않고 앉아 있는 젊은 여성을 눈앞에 그려보세요. 이 젊은 여성을 떠올릴 때면, 깊은 호수 가장자리에 낚싯대를 물속에 드리운 채 누워 꿈에 빠져 있는 어부의 모습이 떠올라요. 자신의 상상력이 무의식 저 깊이 가라앉아 있는 세상의 모든 바위와 구멍을 아무런 제약 없이 돌아다니도록 내버려두는 거죠.

여기서 경험이 등장해요. 남성 소설가보다 여성 소설가에게 훨씬 공통적으로 나타나는 그런 경험이죠. 낚싯줄이 손가락 사이에서 팽팽해져요. 상상력이 저 멀리로 마구 달려가는 거죠. 움푹한 곳, 엄청나게 큰 물고기가 잠자는 어둡고 깊은 장소를 찾은 거예요. 그런데 와장창하고 뭔가 폭발하고 거품이 일며 난장판이 됩니다. 달려가던 상상력이 뭔가 단단한 것에 정통으로 부딪힌 거예요. 그러면서 꿈에서 깨어납니다. 정말이지 심하고 예리한 고통에 시달렸던 거예요.

직설적으로 말하자면 뭔가 머리에 떠올랐던 겁니다. 몸과 관련하여, 여성이 입에 올릴 만한 것이 아니라고 생각되는 욕망과 관련해서요. 남자들이 충격을 받을 거야, 그녀의 이성이 그렇게 말해요. 자신의 욕망을 사실대로 말하는 여자를 보면 남자들이 과연 뭐라고 할까, 그런 자의식이 들면서 예술가의 무의식 상태에서 후다닥 깨어난 거예요. 더 이상 글을 쓸 수 없게 돼요. 최면 상태가 깨져버렸거든요. 상상력이 더 이상 작동하지 않아요. 이러한 경험이 여성 소설가들에게는 아주 흔하다는 것이 내 생각이에요. 남성이 지닌 극도의 관습성에 방해를 받는 거죠. 자신들은 이런 면에서 보란 듯이 자유로움을 만끽하면서도 여성들이 그런 자유를 누리려고 하면 얼마나 혹독한 비난을 퍼붓는지 남성들이 과연 의식하기는 할까요. 그런 태도를 스스로 제어할 수나 있는 건지 모르겠어요.

이것이 내가 겪었던 두 가지 진정한 경험입니다. 직업생활 중에 내게 있었던 두 가지 모험이지요. 첫 번째인 집 안의 천사를 죽이는 일은 이제는 다 끝냈다고 봐요. 정말 죽었거든요. 하지만 두 번째 문제, 몸과 관련한 내 경험을 진실하게 전하는 일은 아직 해결하지 못했어요. 아직 어떤 여성도 해결하지 못했다고 봐요. 여전히 어마어마하게 강력한 장애물이 그 앞을 가로막고 있거든요. 그러면서도 정확히 꼬집어 정의하기가 힘들어요. 겉보기로는 책 쓰는 일처럼 간단한 일이 뭐가 있겠어요? 겉보기로는 남성에게는 없는 여성만의 장애물이 뭐가 있겠어요? 하지만 안을 들여다보면 상황은 아주 다릅니다. 여전히 싸워야 할 유령이 많고 극복해야 할 편견도 많아요. 사실 여성들이 자꾸 달려드는 유령을 베어버리지 않고도, 난데없이 날아오는 돌에 맞지 않고도 가만히 자리에 앉아 글을 쓸 수 있게 되기까지는 상당한 시간이 지나야 할 기라고 봅니다. 게다가 어떤 직업보다 여성에게 가장 열려 있다는 문학에서 상황이 이러하니, 여러분들이 이제 처음으로 진입하려고 하는 여러 새로운 직업의 경우엔 어떻겠어요?

지금 시간이 더 있다면 여러분에게 묻고 싶은 질문이 그것입니다. 이러이러한 나의 직업 경험을 주로 강조했지만, 그것은 형태는 다를지라도 여러분의 경험 역시 마찬가지일 거라고 믿기 때문이에요. 명목상으로 여성에게 길이 열려 있다 할지라도, 여성이 의사가 되고, 변호사나 공무원이 되는 일을 가로막는 것이 없다고 해도, 그 길에는 수많은 유령과 장애물이 위압적으로 모습을 드러낼 테니까요. 그것을 정의하고 그에 대해 논의하는 일이 무척 중요하다고 봐요. 그렇게 해야만 함께 일을 나누면서 어려움을 해결할 수 있을 테니까요.

또한 우리가 싸우는 목적이 무엇인지, 무엇을 위해서 그 가공할 장애물과 싸우는 건지 함께 논의하는 일 역시 꼭 필요합니다. 목표를 그냥 당연시해서는 안 되거든요. 끊임없이 그에 대해 질문하고 검토해야 해요. 내가 바라보는 지금의 상황, 역사상 처음으로 수많은 다양한 직종에 참여하고 있는 여성들이 가득한 지금 이 강당의 모습이야말로 놀랍도록 흥미롭고 중요한 상황이니까요.

여러분들은 지금까지 남성들만이 집 안에서 가질 수 있었던 자기만의 방을 얻어냈어요. 엄청난 노동과 노력이 드는 일이지만 어쨌든 집세도 낼 수 있게 되었지요. 일 년에 500파운드의 돈을 벌게 된 거예요. 하지만 이러한 자유는 시작일 뿐입니다. 자기만의 방을 갖게 되었지만 방 안은 아직 휑뎅그렁해요. 가구를 들여놓고 장식을 해야 하지요. 누군가와 함께 쓸 수도 있고요. 여러분은 그 방에 어떤 가구를 들여놓고 어떤 장식을 하려 하나요? 누구와 어떤 조건에서 함께 쓸 생각인가요? 이것이야말로 극히 중요한 질문입니다. 역사상 처음으로 여러분은 이제 그러한 질문을 할 수 있게 되었어요. 역사상 처음으로 여러분은 그 질문에 어떤 답을 해야 하는지 스스로 결정할 수 있게 되었어요. 지금 이 자리에서 그 질문과 답을 기꺼이 함께 논의해보고 싶지만, 다음 기회로 미뤄야겠네요. 시간이 다 되었으니 여기에서 마무리를 해야겠습니다.(1931)

이 글의 제목은 두 가지 방식으로 읽을 수 있다. 여성과 여성이 쓴 소설을 가리킬 수도 있고 여성과 여성을 다룬 소설을 가리킬 수도 있다. 이런 이중적 의미는 일부러 의도한 것이다. 작가로서의 여성을 다루려면 가능한 한 탄력적일 필요가 있기 때문이다. 다시 말해 그들의 작품이 예술과 전혀 상관없는 조건들에 상당한 영향을 받아왔기 때문에 작품 외에 다른 문제를 다룰 여지를 남겨놓아야 하는 것이다.

여성의 글쓰기를 아무리 수박 겉핥기로 대충 살펴본다 해도 당장 무수한 질문들이 생겨난다. 먼저 떠오르는 질문은 어째서 18세기 이전에는 여성의 글쓰기가 지속적으로 이루어지지 않았을까 하는 것이다. 그리고 왜 그 시점에 거의 남성과 다를 바 없이 일상적으로 글을 쓰기 시작해서 영국 소설의 고전에 들 만한 작품들까지 생산하게 되었을까? 지금도 어느 정도는 그렇지만 왜 당시 여성들의 예술 활동이 소설이라는 형식으로 나타났을까?

　잠깐만 생각해봐도 알게 되겠지만, 이런 질문들의 답으로 우리가 얻을 수 있는 것은 또 다른 허구밖에 없다. 현재 그 답은 오래된 일기 속에 갇혀 있거나 오래된 서랍장에 처박혀 있거나, 나이 많은 사람들의 기억 속에 반쯤 지워진 채 존재하기 때문이다. 그 답은 무명의 여성들의 삶에서, 수세대에 걸친 여성들의 모습이 아주 희미하게 잠깐씩만 눈에 띄는, 거의 불빛이 없는 역사의 통로에서 찾아야 하기 때문이다. 여성에 대해서 알려진 사실이 거의 없으니 말이다. 영국의 역사는 남성의 계보를 따라 이루어진 역사이지 여성의 역사가 아니다. 남성 조상에 대해서 우리는 언제나 얼마간의 사실이나 특별한 점을 알고 있다. 군인 이었거나 선원이었을 것이고, 어떤 자리에서 어떤 직무를 수행 했거나 법을 제정했다. 하지만 우리의 어머니, 할머니, 증조할 머니에 관해 지금 무엇이 남아 있나? 아름다웠다든가 붉은 머 리칼을 가졌다든가, 여왕이 입맞춤을 해줬다던가 하는 식의 전 해 내려온 말밖에 없다. 이름과 결혼한 날짜와 자식을 몇 명 낳 았는지 말고는 알려진 바가 없는 것이다.

　그래서 어떤 특정 시점에 여성들이 왜 이러저러한 일을 했 는지 알고 싶다 해도, 어째서 어느 기간에는 전혀 글을 쓰지 않 다가 또 다른 때는 걸작을 써냈는지 이유를 알고 싶다 해도 그 것을 알아내기란 무척 어렵다. 누군가 그 오래된 문서들을 뒤져

서 찾고자 한다면, 역사를 거꾸로 뒤집어 셰익스피어나 밀턴이
나 존슨의 시대에 살았던 평범한 여성의 일상을 충실하게 재구
성하고자 한다면, 그 사람은 놀랍도록 흥미로운 책을 쓰게 될
것이고 또한 지금 비평가가 갖지 못한 무기도 제공하게 될 것
이다.

특출한 여성은 평범한 여성들의 존재에 의존한다. 평균적인
여성의 삶의 조건—아이들은 몇을 두었는지, 자기 소유의 돈이
있었는지, 자기만의 방이 있었는지, 하인을 두었는지, 어떤 집
안일을 해야 했는지—을 알아야만, 평범한 여성에게 가능했던
생활 방식과 경험을 가늠할 수 있어야만 작가라는 특출한 여성
의 성공과 실패를 설명할 수 있는 것이다.

여성들이 활발한 활동을 보였던 시기가 몇 차례 있긴 하지
만 그사이에는 기이한 침묵의 공간이 자리 잡고 있다. 기원전
600년경 그리스 어느 섬에 함께 모여 시를 썼던 사포와 한 무
리의 여성들이 있었다. 그 이후 침묵의 세월이 이어졌다. 기원
후 1000년경의 일본에서 무라사키라는 궁녀가 아주 길고 아름
다운 소설을 썼다.[1] 하지만 영국의 경우, 극작가들과 시인들이
왕성한 활동을 했던 16세기에도 여성들의 목소리는 전혀 들리

1   1001~1005년경 무라사키 시키부(紫式部)가 쓴 『겐지 이야기』. 최초의 소설로
평가받기도 하는 이 소설은 1925~33년에 영어로 번역되었다.

지 않았다. 엘리자베스 시대 문학은 전적으로 남성적이었다. 그러다가 18세기 말에서 19세기 초에 걸쳐, 이번엔 영국에서 여성들이 다시 아주 활발하게 글을 쓰기 시작했고, 성공적이기도 했다.

물론 이렇게 침묵과 발화가 기이하게 반복되는 것은 대개법과 관습의 탓이다. 15세기에 그랬듯이 부모가 골라준 남자와 결혼하지 않는다고 여자를 때리고 바닥에 패대기치는 상황에서 예술 창작에 우호적인 정신적 분위기가 생겨날 리가 없기 때문이다. 스튜어트 시대처럼, 자신의 동의와는 상관없이 한 남자와 결혼을 하고 그 남자가 '적어도 법과 관습이 허용하는 대로' 그녀의 군주이자 주인 노릇을 한다면, 글을 쓸 시간도 없을뿐더러 글을 쓰고 싶다는 마음은 더욱 생기지 않을 것이다. 정신분석학의 시대를 사는 우리는 주변 환경이 알게 모르게 정신에 가하는 영향력이 얼마나 대단한지를 비로소 깨닫기 시작했다. 회고록과 편지의 도움으로, 예술 창작에 얼마나 비상한 노력이 요구되는지, 예술가의 마음은 어떤 쉼터와 원조를 요구하는지를 다시금 이해하기 시작했다. 키츠나 칼라일이나 플로베르 같은 문인의 삶과 편지로 이러한 사실을 확신하게 된 것이다.

따라서 19세기 초 영국에서 소설이 유례없이 폭발적으로 생산된 것은 법과 관습과 예절에 생겨난 수많은 자잘한 변화에서 예고된 것이 분명하다. 19세기 여성들은 얼마간의 여가를 가질 수 있었고 어느 정도의 교육도 받았다. 중산층과 상류계급에서는 여성들이 직접 결혼 상대를 정하는 일도 예외적인 일이 아니었다. 그리고 네 명의 위대한 여성 소설가―제인 오스틴, 에밀리 브론테, 샬럿 브론테, 조지 엘리엇―모두 아이가 없었고, 그중 두 사람은 미혼이었다는 사실도 의미심장하다.

이제 더 이상 글쓰기가 금지된 활동이 아닌 것은 분명하지만 소설을 쓰고자 하는 여성에게는 여전히 상당한 압박감이 존재한다. 앞의 네 사람만큼 그 천재성이나 성격이 천차만별인 경우도 없을 것이다. 조지 엘리엇과 제인 오스틴은 공통되는 면이 하나도 없어 보인다. 조지 엘리엇은 에밀리 브론테와도 정반대다. 그런데도 모두 같은 일을 하게 되었다. 글을 쓰겠다고 마음먹었고 소설을 썼던 것이다.

지금도 여전히 그렇지만 소설은 여성이 가장 쉽게 쓸 수 있는 형식이다. 그 이유도 어렵지 않게 찾을 수 있다. 소설은 집중력을 가장 덜 요구하는 예술 형식이기 때문이다. 희곡이나 시에 비해 소설은 중단했다가 다시 시작하기가 수월하다. 조지 엘리엇은 글을 쓰는 중간 중간 아버지 병간호를 했다. 샬럿 브론테는 글을 쓰다 말고 감자 싹을 잘라내야 했다. 또한 여성은 대개 공용 응접실에서 여러 사람들에 둘러싸여 시간을 보내기 때문에 관찰력과 인물을 분석하는 능력을 발전시킬 수 있었다. 시인이 아니라 소설가가 되는 훈련을 받았던 것이다.

19세기에도 여성들은 거의 내내 집 안에 머물며 자기만의 정서에 빠져 살았다. 그래서 19세기 소설들이 분명 주목할 만한 작품이기는 하지만, 그 소설들에서는 작가가 여성이라는 이유로 특정한 부류의 경험에서 배제되면 작품에 어떤 심대한 영향을 끼치는지가 나타나기도 한다. 경험이 소설에 지대한 영향을 끼친다는 사실은 이론의 여지가 없다. 예를 들어 콘래드가 선원이 될 수 없었다면 그의 소설 태반이 사라질 것이다. 톨스토이에게서 군인으로 전쟁에 참전했던 경험이나, 부잣집 아들로서 좋은 교육을 받아 온갖 것들을 누렸던 생활과 폭넓은 사교 관계를 다 빼버린다면 『전쟁과 평화』는 말도 못하게 빈약해질 것이다.

　『오만과 편견』과 『폭풍의 언덕』『빌레트』『미들마치』는 중산층 응접실에서 할 수 있었던 경험을 제외한 다른 모든 경험을 강제로 박탈당한 여성들의 소설이다. 그들에게는 전쟁도 먼 여행도 정치도 사업도 가능하지 않았다. 정서적인 삶조차 관습과 법에 엄격하게 규제되었다. 조지 엘리엇은 정식 결혼을 하지 않고 루이스 씨와 함께 살기로 했는데,[2] 그러자 이를 비난하는 여론이 들끓었다. 결국 그 압박을 견디지 못하고 한적한 교외로

2　작가였던 G. H. 루이스는 기혼이었지만, 두 사람은 루이스가 죽을 때까지 함께 살았다.

내려갈 수밖에 없었고, 그 상황은 불가피하게 그녀의 작품 활동에 악영향을 끼쳤다. 사람들이 원해서 자신을 보러 오겠다고 하지 않는 한 그 누구도 절대 집에 초대하지 않았다고 그녀는 적었다. 같은 시기 유럽의 반대쪽에서 군인 생활을 하던 톨스토이는 온갖 계층의 남녀를 만나며 자유로운 생활을 누렸다. 그런 삶에 대해 누구도 질책하지 않았고, 그의 소설의 놀라운 활력과 폭넓음이 상당 부분 여기에서 나왔다.

여성들의 소설에 영향을 주는 요소는 불가피하게 협소한 경험 말고도 또 있다. 적어도 19세기 소설에 한해서는 여성이라는 작가의 성에서 그 원인을 찾을 수 있는 다른 특성 역시 존재한다. 예를 들어 찰스 디킨스 작품을 읽을 때 우리는 당연히 작가의 특성을 의식하게 되는데, 『미들마치』와 『제인 에어』를 읽다 보면 그러한 작가의 특성만이 아니라 어떤 여성의 존재, 여성의 처지에 대해 분노하며 여성의 권리를 호소하는 존재를 의식하게 된다. 이로써 여성의 글에는 남성의 글에서는 전혀 찾아볼 수 없는 요소가 들어온다. 노동자나 흑인이나, 혹은 어떤 다른 이유에서 자신의 불리함을 의식하는 남자의 글이 아니라면 말이다. 그런 요소가 생기면 일종의 뒤틀림이 생겨나고 약점이 나타나는 경우도 잦다. 이렇게 어떤 개인적인 명분을 호소하고 싶은 마음, 혹은 작품 속 인물을 개인적인 불만이나 고충의 대변인으로 만들고 싶은 마음을 마주하면 독자는 마치 주의를 집중

해야 할 지점이 난데없이 하나가 아니라 두 개가 된 것처럼 곤혹스러운 상황에 처하게 된다.

제인 오스틴과 에밀리 브론테의 천재성은 무엇보다 그러한 요구와 권유를 무시하고 어떤 경멸이나 비난에도 흔들리지 않은 채 자신의 길을 고수했다는 점에서 확실히 증명된다. 하지만 분노를 터뜨리고 싶은 유혹에 서항하려면 대단한 평정심과 아주 강력한 정신이 있어야 한다. 예술 창작을 하는 여성들에게 이런저런 형태로 퍼부어졌던 조롱과 질책, 열등함을 당연시하는 태도 등을 생각하면 그런 반응이 나오는 것도 당연하다. 샬럿 브론테의 분노와 조지 엘리엇의 체념에서도 그러한 영향을 찾아볼 수 있다. 그보다 못한 여성 작가들의 수많은 작품에서는 더욱 빈번히 나타난다. 주제의 선택에서, 부자연스러운 자기주장이나 부자연스러운 유순함에서 그 영향들이 나타나는 것이다. 더구나 위선적인 면모가 거의 무의식적으로 작품에 스며든다. 권위의 눈치를 보게 되는 것이다. 지나치게 남성적이거나 지나치게 여성적인 시각을 보인다. 그렇게 온전한 진실함을 상실하고 예술작품의 가장 본질적인 특성도 함께 잃고 만다.

여성의 글에 어느새 커다란 변화가 일어났는데, 그것은 태도의 변화다. 여성 작가들은 이제 더 이상 원한에 차 있지 않다. 비분강개하지도 않는다. 글을 쓰면서 호소하거나 항의하지도 않는다. 아직 도달하지는 못했지만, 어떤 종류이든 글쓰기를 방해하는 외적인 요소가 여성 작가들의 글에 전혀, 혹은 거의 들어가지 않는 그런 시대가 다가오고 있는 것이다. 어떤 외적인 것에도 방해받지 않고 자신의 시각과 전망에 집중할 수 있게 된 것이다. 예전에는 독창성과 천재성을 지닌 인물에게나 가능했던 초연함을 마침내 평범한 여성도 지닐 수 있게 되었다. 따라서 오늘날의 여성들이 창작하는 평균적인 소설이 백 년이나 오십 년 전에 나온 소설보다 훨씬 진솔하고 훨씬 흥미로운 것이다.

하지만 여성들이 정말로 자신이 원하는 대로 글을 쓸 수 있기까지 수많은 어려움에 직면하리라는 것은 여전한 사실이다. 일단 문장의 형식 자체가 여성에게 맞지 않는다는 기술적인 어려움이 있다. 겉보기에는 단순해 보이지만 현실에서는 무척이나 혼란스러운 문제다. 남성이 만든 문장이라 여성이 사용하기에는 너무 느슨하고 너무 묵직하고 너무 거만하다. 그런데 소설은 워낙 다루는 범위가 넓기 때문에 평범하고 일상적인 문장 유형을 찾아 사용해야 독자들이 책을 처음부터 끝까지 자연스럽고 수월하게 읽을 수 있다. 여성 작가는 자기 사고의 자연스러운 형태를 망가뜨리거나 깨뜨리지 않고 그대로 담아낼 수 있는 문장을 쓰게 될 때까지 현재의 문장을 바꾸고 응용하면서 알아서 이 일을 해나가야 한다.

그러나 그것 또한 결국은 목적을 위한 하나의 수단일 뿐이다. 온갖 반대를 극복할 용기와 스스로에게 충실하겠다는 굳은 결심이 있을 때라야 여성들은 〔원하는 글을 쓴다는〕 그 목적에 이를 수 있을 것이다. 결국 소설은 인간이나 자연이나 신과 관련된 수천 가지 서로 다른 대상에 대한 진술이며, 서로를 이어주려는 시도다. 좋은 소설이라면 작가의 시각이 힘을 발휘하여 서로 다른 요소들을 제자리에 놓는다. 그런데 거기에는 관습이 부과하는 또 다른 질서도 존재한다. 남성들이 이러한 관습을 만들어냈고 삶과 관련된 가치의 질서를 확립했기 때문에, 대체로 삶에 기초하는 소설에서도 이러한 가치가 상당한 힘을 발휘한다.

문제는 삶에 있어서나 소설에 있어서나 여성의 가치와 남성의 가치가 다를 수 있다는 것이다. 소설을 쓰는 여성에게 기존의 가치를 바꾸고 싶은 마음이 줄곧 드는 것도 그 때문이다. 물론 그렇게 하는 여성들에게는 비판이 쏟아진다. 현재의 가치 체계를 바꾸려는 시도가 남성 비평가들에게는 진정 놀랍고 당혹스럽다. 그래서 그것을 시각의 차이로 보기보다는 자신의 것과 다르다는 이유로 유약하고 하찮고 감상적이라고 보는 것이다.

여성들은 이제 그런 의견에도 좌우되지 않는다. 가치와 관련한 자신들의 인식을 존중하기 시작한 것이다. 그러면서 소설의 주제에서도 어떤 변화가 나타나기 시작한다. 자기 자신에 대한 관심이 줄어들고 다른 여성을 향한 관심이 커지는 것이다. 19세기 초 여성 작가의 소설은 대개 자서전적이었다. 자신의 고통을 밖으로 내보이고 싶은 욕망, 자신들의 대의명분을 주장하고 싶은 욕망이 그들이 글을 쓰게 된 하나의 주된 동기였기 때문이다. 그런 욕망이 그렇게 절박하지 않은 지금 여성들은 여성이라는 성을 탐구하기 시작했고, 예전에 전혀 없었던 방식으로 여성에 대해 글을 쓰기 시작했다. 아주 최근까지도 문학 속 여성 인물은 남성의 창작물이었으니 당연한 일이다.

여기서 또 다른 어려움이 등장한다. 일반화하자면 여성의 삶은 남성의 삶에 비해 관찰하기가 쉽지 않은 데다가 그들의 삶 자체가 일반적인 사회 과정 속에서 그만큼 점검되거나 시험을 거치지 못한다. 여성의 일상적인 삶에는 구체적이고 확실한 무엇이 남지 않는 일이 비일비재하다. 조리한 음식은 먹으면 사라지고 공들여 키운 아이들은 곧 세상 밖으로 나가버린다. 그러니 어떤 면에 강조를 두어야 할까? 소설가가 잡아챌 만한 두드러진 면모는 무엇일까? 대답하기가 쉽지 않다. 여성의 삶에 등장하는 인물은 정말 이해하기 힘들고 당혹스러운 익명의 인물인데, 처음으로 소설이 이 어둠의 나라를 탐구하기 시작했다. 여성에게 여러 직업의 길이 열리면서 정신과 생활습관상의 변화가 생겨나기 시작했으므로 이것 역시 기록해야 한다. 여성의 삶이 지하세계에서 벗어나게 된 그 상황을 살펴봐야 하는 것이다. 이제 바깥세상으로 나온 그들의 삶에 어떤 새로운 색깔이 입히고 어떤 새로운 그림자가 지는지를 알아내야 한다.

현재 여성 소설의 특성을 한마디로 요약해본다면 담대하고 진술하고 여성들의 실제 정서와 가깝다고 할 수 있다. 원한에 차 있지 않다. 여성성을 주장하지도 않는다. 그러면서도 여성의 작품은 남성의 작품과는 다르다. 이런 특성이 예전에 비해 훨씬 공통적으로 나타나서, 이류나 삼류 작품조차 사실의 측면에서 든 진솔함에서든 가치가 있다.

이러한 훌륭한 특성 외에 논의가 더 필요한 두 가지 특성이 또 있다. 기복이 심하고 모호하고 특징 없는 영향력[3]에 불과했던 영국 여성이 선거권자가 되고[4] 밥벌이를 하고 책임감 있는 시민으로 변화하면서 그 삶에서나 예술에서나 비인격적인 경향이 나타나게 되었다. 이제 그들에게 관계는 정서적인 것만이 아니라 지적이기도 하고 정치적이기도 하다. 구체제에서 여성들은 남편이나 남자 형제의 눈으로, 그들의 이해관계를 매개로 하여 곁눈으로 세상사를 볼 수밖에 없었다. 그와 달리 현재의 체계는 그저 다른 사람의 행위에 영향을 주는 데 그치지 않고 스스로 행동해야 하는 직접적이고 실질적인 이해관계의 체

3 빅토리아 시대에는 여성들이 정치에 직접 참여하지는 못하지만 남성을 통해 영향력을 끼칠 수 있다는 식의 주장이 여성의 참정권에 반대하는 논리로 널리 퍼져 있었다. 우리 식으로 말하면 '베갯머리 송사'라고 하겠다.

4 영국에서는 1918년에 30세 이상의 여성이 선거권을 얻었고 1929년이 되어서야 21~30세 여성에게도 선거권이 주어졌다.

계다. 따라서 과거에는 여성의 관심사가 전적으로 사적인 관계에 집중되었다면 이제는 거기서 벗어나 비인격적인 부분으로 옮겨갔고, 소설 역시 자연스럽게 개별 삶의 분석보다 사회 비판의 경향이 강해진다.

국가를 향한 쇠파리 잔소리꾼의 역할은 지금까지 남성만의 특권이었는데 이제 여성도 그 일을 하게 되었다고 기대할 법도 하다. 여성의 소설도 사회의 악과 그 개선책을 다룰 수 있는 것이다. 남녀 인물도 오직 정서적인 관계만이 아니라, 여러 집단과 사회계층과 인종 속에서 긴밀히 협업하기도 하고 충돌하기도 하는 관계로 등장할 것이다. 이는 상당히 중요한 변화다.

하지만 쇠파리보다 나비를, 그러니까 개혁가보다 예술가를 더 좋아하는 사람에게 더 흥미로울 만한 변화가 또 있다. 여성의 삶이 비인격적이 되면 시적인 정신이 왕성해질 것이다. 여성 소설에 부족한 부분이 있다면 바로 시적인 면모다. 이제 여성 소설에서 사실에 몰두하는 경향이 줄어들 것이다. 관찰한 사항을 아주 세세하게, 놀랍도록 정확하게 기록하는 데 만족했던 것에서 조금 벗어나게 될 것이다. 개인적이고 정치적인 관계를 넘어 시인들이 붙들고 씨름하는 더 폭넓은 질문, 우리의 운명과 삶의 의미라는 문제로 관심을 돌릴 수 있는 것이다.

당연히 시적 태도는 대체로 물질적인 상황이라는 기반이 있어야 만들어진다. 여가와 얼마간의 돈이 있어야 하고 그 돈과 여가를 통해 비인격적이고 사심 없이 관찰할 수 있는 기회가 주어져야 한다. 이제 돈과 여가가 생겼으므로 여성들은 당연히 지금껏 가능했던 이상으로 학문의 문제에 전념하게 될 것이다. 글쓰기 도구를 더 풍부하고 영리하게 사용할 것이다. 더 대담하고 다채로운 기술을 쓸 수 있을 것이다.

과거에는 여성의 글쓰기의 미덕이 찌르레기나 개똥지빠귀의 노래처럼 어떤 신성한 자발성에 있다고 보았다. 배워서 되는 것이 아니라 가슴에서 나온다는 것이다. 하지만 또한 수다스럽고 장황해지는 때가 아주 많았다. 그냥 종이 위에 마구 말을 쏟아낸 후 여기저기 웅덩이와 얼룩을 남기며 마르도록 내버려두었다고나 할까. 미래에는 시간과 책이 있고, 집 안에 자신의 방이 있으므로 남성에게 그랬듯이 여성에게도 문학은 공부할 만한 예술이 될 것이다. 여성적 재능을 훈련시키고 강화하는 것이다. 소설은 더 이상 사적인 감정을 쏟아놓은 쓰레기장이 아니게 될 것이다. 지금보다 더욱, 다른 예술과 다름없는 예술작품이 될 것이고 그 자원과 한계를 탐색하게 될 것이다.

여기서 한순간에 세련된 예술 활동으로 나아갈 수 있다. 지금까지 여성은 거의 손을 대지 못했던 산문과 비평, 역사와 전기라는 분야로 말이다. 그것은 소설에도 유익한 일이 될 것이다. 소설 자체의 수준을 높일 수 있을 뿐 아니라, 마음은 다른 곳에 있으면서도 단지 소설이 진입이 쉬운 분야라 그쪽으로 몰린

이질적인 존재들을 빼낼 수 있기 때문이다. 우리 시대에 소설은 역사와 사실로 이루어진 돌출 부분으로 인해 뭐가 뭔지 모를 존재가 되었는데, 이처럼 여성이 여러 다른 분야로도 진출하게 되면 그런 부분을 제거할 수 있을 것이다.

그래서 한번 예견해보자면, 앞으로 여성들은 소설을 덜 쓰게 되겠지만 더 훌륭한 소설을 쓸 것이다. 소설 외에도 시와 비평과 역사 분야에도 진출할 것이다. 그리고 틀림없이 이는 오랫동안 여성들에게 허락되지 않았던 여가와 돈과 자기만의 방을 마침내 여성들이 갖게 되는 그 황금시대, 아마 환상적일 그 시대를 내다보는 일이기도 하다.(1928)

이 글의 제목 "여자는 울어야 할 뿐"은 찰스 킹슬리의 시 「세 어부」(Three Fishers) 의 한 대목이다. 이 시는 가족을 부양하기 위해 바다로 나간 세 어부가 태풍에 휩쓸려 목숨을 잃는 비극적 이야기인데, "남자는 일을 해야 하고 여자는 울어야 할 뿐" 이라는 후렴구가 남성이 생계를 책임지고 여자는 무력하기만 한 가정의 성별 분업을 단적으로 보여준다.

1.

귀하의 편지처럼 놀라운 편지에 답을 하지 않을 수는 없겠죠. 분명 서신 왕래의 역사에서 유례가 없을 편지니까요. 교육받은 남성이 여성에게 편지를 보내 전쟁을 어떻게 막을 수 있을지 그 의견을 물었던 적이 과연 언제 있었겠어요? 그러니 참담하게 실패할 수밖에 없더라도 시도는 해보도록 하죠.

우선 모든 편지에서 본능적으로 그려지는 것을 먼저 그려보도록 합시다. 그러니까 편지를 받을 사람의 개략적인 모습이죠. 반대쪽에 몸이 따뜻하고 숨을 쉬는 누군가가 없다면 편지는 아무런 가치가 없으니까요. 질문을 하는 당신은 예상컨대 이마 위의 머리칼이 희끗희끗할 겁니다. 법조계에서 일하며 수월하게 중년에 이르렀겠죠. 지금까지의 여정은 대체로 순조로웠을 것이고요. 당신의 표정에는 메마르거나 비열하거나 불만스러운 기색은 전혀 없어요. 아첨할 생각은 없지만 부인과 자식, 당신의 집 등 풍족한 삶을 누릴 자격이 충분히 있지요. 또 다른 사실로는, 유명한 사립학교에서 교육을 받기 시작해서 대학까지 마쳤다는 사실이 있을 겁니다.

이제 우리가 서로 소통하는 일의 첫 번째 어려움이 등장합니다. 그 이유를 얼른 알려드리죠. 출생 신분은 뒤섞이고 있지만 계층 구분은 여전히 확고한 현재의 이행기에 우리는 둘 다 편의상 식자층이라 불리는 계층에 속합니다. 실제 만난다면 말할 때의 억양이 똑같을 것이고, 정치나 대중, 전쟁과 평화, 야만과 문명 등에 대해 큰 어려움 없이 대화를 나눌 수 있겠죠. 당신의 편지에서 거론된 모든 주제들에 대해서 말이죠. 그리고 우리둘 다 일을 해서 생계를 꾸려갑니다. 그러나… 이 세 개의 점이 나타내는 것은 어떤 협곡입니다. 너무나 깊은 심연이라, 이편에 앉은 저로서는 그것을 사이에 두고 말을 하는 게 무슨 소용이 있을까 싶기도 합니다.

지금 우리는 전쟁 방지라는 이 중요한 문제와 관련하여 교육이 중요하다는 명백한 사실만을 다루고 있습니다. 전쟁을 유발하는 원인들을 이해하기 위해서는 정치와 경제, 국제관계에 대한 얼마간의 지식이 필요하다는 거죠. 철학이나 나아가 신학도 그것 나름의 도움을 줍니다. 그런데 당신도 동의하겠지만 당신들 중 지식인이 아닌 이들은, 그러니까 교육받지 못한 남성들은 십중팔구 그런 문제를 만족스럽게 다루지 못할 겁니다. 비인격적인 여러 힘들의 결과인 전쟁은 교육받지 못한 비식자층이 이해할 수 있는 게 아니니까요. 하지만 인간 본성의 결과로서의 전쟁은 다른 문제입니다. 인간 본성으로 인해, 평범한 남녀의 이성과 감정으로 인해 전쟁이 일어나기도 한다는 사실을 믿지 않았다면 당신이 우리의 도움을 바라는 편지를 쓸 일도 없었겠지요.

다행히 '무상 교육'이라는 항목 아래에 들어갈 교육 분야가 있습니다. 인간과 그 동기의 이해라는 분야죠. 과학을 연상시키는 면을 빼버린 심리학이라고 할 수도 있겠습니다. 그런데 남녀에게 공통으로 해당되는 본능이 많기는 하지만 싸움은 늘 남성의 습관이지 여성의 습관은 아니었습니다. 교육과 학문이 발달하면서, 심리적 차이라고 할 것들이 분비샘이나 호르몬 같은 신체적 차이로 이해되기도 했죠. 아무리 그렇더라도 인류 역사에서 여성의 총칼에 스러져간 사람은 거의 없다는 것은 부인할 수 없는 사실입니다. 새와 짐승도 대부분 우리가 아닌 당신들에 의해 죽임을 당했고요.

그러니 우리가 당신들의 문제를 어떻게 이해할 수 있겠으며, 이렇게 이해할 수 없는데 전쟁을 어떻게 막을 수 있느냐는 그 질문에 어떻게 답할 수 있겠습니까? 우리의 경험과 심리에 근거한 대답인 '왜 싸우지?'라는 것은 당신들에게는 전혀 도움이 되지 못할 테니까요. 확실히 당신들은 싸우는 일에 어떤 필요성이 있다고 보고 거기에서 영광이나 만족을 얻죠. 우리로서는 전혀 그런 마음이 들지 않고 그것을 즐길 수도 없는데 말입니다. 완벽하게 이해하려면 수혈하여 피를 바꾸거나 기억을 투입하는 수밖에 없을 것 같은데 현재의 과학 수준으로 아직 그런 기적을 이룰 순 없습니다. 하시만 현재의 우리에겐 수혈이나 기억 투입의 대체물이라 할 것이 있어서 꼭 필요하면 쓸 수가 있지요. 바로 우리 시대의 전기와 자서전과 일간신문입니다. 끊임없이 갱신되는 경이로운 그것들이 인간적 동기를 이해하는 데 풍부한 도움을 제공함에도 지금껏 거의 활용되지 않고 있었어요. 전쟁이 당신들에게 어떤 의미인지 이해하기 위해 재빠르고 간단하게 우선 전기를 살펴보도록 하죠.

첫 번째 것은 한 군인의 전기입니다.

나는 내가 가질 수 있는 가장 행복한 삶을 살았다. 언제나 전쟁에 나가 싸웠고, 군인 인생의 한창인 지금 가장 대규모의 전쟁에 참여하고 있다. (…) 다행히 한 시간 뒤면 출발이다. 얼마나 훌륭한 여단인지! 멋진 군인들과 멋진 군마들! 열흘 안에 프랜시스와 함께 나란히 말을 타고 독일군에게 돌격할 수 있기를 바란다.[1]

여기에 어느 공군 병사의 기록도 덧붙여봅시다.

우리는 국제연맹에 대해, 그리고 평화와 군비 축소의 전망을 놓고 이야기를 나누었다. 이 주제에 대한 그의 입장은 군국주의적이라기보다는 군인다운 것이었다. 만약 평화가 영구적으로 정착하여 육군과 해군이 더 이상 존재할 필요가 없게 되면 싸움을 통해 발달하는 남성다움의 특질을 발현할 통로가 없어지고, 그러면 인간의 체격과 인간적 특성이 퇴화하지 않겠느냐 하는 질문에 답하기 쉽지 않다는 것이다.[2]

이에 따르면 당신네 남성이 싸움을 벌이는 이유로는 세 가지가 있습니다. 첫째, 전쟁은 하나의 직업이다. 둘째, 행복과 자극의 원천이다. 셋째, 전쟁은 또한 남성적 특질을 발현할 통로로서, 전쟁이 없으면 남성은 퇴화할 것이다. 하지만 남성이라고 모두 이런 정서와 의견을 지지하지는 않습니다. 그건 다른 전기에 나온 다음의 대목에서도 확인할 수 있어요. 전사한 시인인 윌프리드 오언의 전기입니다.

---

1 존 버컨 『프랜시스 그렌펠과 리버스데일 그렌펠』의 한 대목.
2 리튼 백작 『앤토니』의 한 대목.

나는 어느새 어느 민족의 기독교 신조에도 절대 스며들 수 없는 빛 하나를 파악했다. 예수의 핵심적 명령 가운데 하나가 "어떤 대가를 치르더라도 달게 감수하라!"였다는 것이다. 차라리 불명예와 치욕을 감수하지 절대 무기를 들지 말라. 누가 겁을 주거나 화를 내면 그냥 당하고, 그가 죽이면 차라리 죽을지언정 죽이지 말라. (…) 그러니 진정한 기독교는 진정한 애국주의와 어울릴 수가 없는 것이다.

결국 시로 쓰지는 못했지만 나중을 위해 적어놓은 글귀 중에는 이런 말도 있습니다.

무기의 비정상성… 전쟁의 비인간성… 정당화할 수 없는 전쟁… 전쟁의 끔찍한 잔인함… 전쟁의 어리석음

이런 대목을 보면 같은 남성이라도 같은 문제를 두고 아주 다른 견해를 가질 수 있다는 건 분명해 보입니다. 하지만 요즘 신문을 보면 그렇게 의견이 다른 사람들이 얼마나 되건 당신네 남성 대부분이 현재 전쟁에 찬성한다는 것도 분명합니다. 그들은 윌프리드 오언의 생각이 틀렸다고 합니다. 죽임을 당하는 것보다 죽이는 것이 낫다는 것이죠. 전기를 보면 상당히 다른 견해들이 있는데, 그럼에도 이렇게 압도적인 의견의 일치가 생겨

나려면 틀림없이 뭔가 우세한 하나의 이유가 있을 것입니다. 그걸 편의상 간단하게 '애국심'이라고 불러볼까요? 그런데 교육받은 남성의 여자 형제에게 '애국심'이란 무엇을 의미할까요? 그녀가 영국을 자랑스러워하고 영국을 사랑하고 영국을 지키려는 것이 같은 이유에서일까요? 그녀는 지금까지 영국에서 '대단히 축복받은' 존재였을까요?

역사와 전기에서 이 질문의 답을 찾아보면, 자유로운 고국에서의 그녀의 지위는 그 오빠의 지위와 사뭇 달랐다는 사실을 알 수 있어요. 그리고 심리학에 따르면 역사가 인간의 심신에 끼치는 영향이 적지 않죠. 따라서 그녀가 '애국심'이라는 단어를 이해하는 방식은 오빠의 방식과 다를 겁니다. 그렇기 때문에 그녀는 오빠의 애국심 개념과 애국심이 부과하는 의무를 이해하기가 극히 어려운 거죠. 태어나길 다르게 태어나니까 생각도 다르다는 건 간단하면서도 명백한 사실이겠지요. 육군과 공군 병사의 시각이 있고 윌프리드 오언 같은 사람의 시각이 있어요. 애국자의 시각이 있고 교육받은 남성의 딸의 시각도 있어요. 도덕을 직업의 본질로 삼는 성직자조차 그에 대해서는 의견이 갈립니다. 어떤 상황에서는 싸우는 게 옳다는 사람도 있고 어떤 경우에도 싸우는 건 옳지 않다는 사람도 있죠.

그런데 누군가의 생각과 생애를 그려 보이는 이런 묘사 말고도, 이러한 전기나 역사서 말고도 다른 식의 묘사가 있습니다. 실제 사실을 그려 보이는 사진이지요. 물론 사진은 이성에 호소하는 주장은 아닙니다. 그저 시각에 호소하는 사실의 진술이지요. 그렇다면 우리가 같은 사진을 보면서 같은 느낌을 받을지 한번 보도록 하죠.

　여기 탁자 위에 사진이 있습니다. 스페인 정부가 일주일에 두 번씩 지치지 않고 보내는 편지예요. 보기 좋은 사진은 아닙니다. 대개가 시신이거든요. 오늘 아침에 받은 사진에는 남자의 시신일 수도 있고 여자의 시신일 수도 있는 사진이 있어요. 사실 얼마나 엉망으로 훼손되었는지 돼지 사체로 보일 수도 있어요. 하지만 아이들의 시신임이 확실하고 저쪽의 형체는 일부만 남은 집이 틀림없습니다. 폭탄이 떨어져 다른 부분은 완전히 날아갔죠. 아마 응접실이었을 자리에는 새장이 여전히 매달려 있지만 집의 다른 부분은 공중에 매달린 성냥갑처럼 보여요.

　이 사진은 어떤 주장이 아닙니다. 시각에 호소하는 날것으로서의 사실을 진술하는 것이지요. 하지만 시각은 두뇌와 연결되어 있고 두뇌는 신경체계와 이어져 있습니다. 신경체계가 눈 깜짝할 새에 과거의 모든 기억과 현재의 모든 감정에 전언을 보내죠. 그래서 이 사진들을 보면 우리 내부에서 어떤 융합이 일어납니다. 아무리 교육 수준이 다르고 전통이 달라도 우리에게 느껴지는 감정은 똑같죠. 당신은 그것을 '경악과 혐오감'이라고 부를 테고 우리도 마찬가지입니다. 우리 입에서도 똑같은 말이 튀어나와요. 당신은 전쟁이 야만스럽고 혐오스럽다고 말합니다. 무슨 일이 있어도 전쟁을 끝내야 한다고 말하죠. 우리도 똑같이 되풀이합니다. 전쟁은 야만스럽고 혐오스럽다, 전쟁을 끝내야 한다. 적어도 지금 당장은 우리가 같은 사진을 보고 있으니까요. 당신과 마찬가지로 똑같은 시신과 폐허가 된 집을 보고 있으니까요.

그 감정, 아주 실질적인 그 감정은 종이에 이름을 적는다든지 한 시간 동안 강연을 듣는다든지 얼마가 되었든 형편이 되는 대로―예를 들어 1기니라고 하죠―돈을 기부하는 일보다 좀 더 실질적인 일을 요구합니다. 전쟁은 야만적이고 비인간적이라는 우리의 믿음을 표현할 만한 좀 더 기운차고 적극적인 방법이 요구되는 것이죠. 윌프리드 오언의 표현처럼 전쟁은 끔찍하고 잔인하고 정당화될 수 없다는 그런 믿음 말입니다. 그런데 수사적인 질문이 아니라, 정말이지 우리가 쓸 수 있는 적극적인 방법이 과연 무엇이 있을까요?

당신이야 평화를 지키기 위해 다시 무기를 들 수도 있겠죠. 가령 스페인에서 말이에요. 짐작건대 그런 방법은 거부했을 테지만요. 어쨌든 우리로서는 그런 방법이 아예 가능하지가 않아요. 육군이든 해군이든 여성은 받지 않으니까요. 또한 주식 거래에 참여할 수도 없어요. 그러니 우리는 압력의 수단으로 무력도 돈도 사용할 수가 없는 거죠. 설교를 할 수도 없고 협정을 체결할 수도 없어요. 언론사에 기사나 편지를 써 보낼 수 있는 것은 사실이지만, 그 언론사는 전적으로 당신네 남성들이 장악하고 있지요. 그러니까 무엇을 싣고 무엇을 싣지 않을지 그런 결정 말입니다. 지난 이십 년간 여성들이 공직이나 법조계에 진출하게 된 것도 사실이지만, 그곳에서의 여성의 지위는 여전히 위태롭고 권한은 보잘것없습니다.

우리는 우리 계층의 남성들보다 훨씬 힘이 없을 뿐 아니라 노동계급 여성에 비해서도 힘이 없습니다. 만약 노동계급 여성들이 "당신들이 전쟁을 일으키겠다면 우리는 탄약을 생산하는 일을 거부하고 물품의 생산도 돕지 않겠다"라고 선언한다면 전쟁 수행에 심각한 어려움이 초래되겠지요. 하지만 교육받은 남성의 딸들이 다들 힘을 합쳐 내일 당장 도구를 내려놓더라도, 그 사회의 생활에서든 전쟁 수행에서든 어떤 핵심 부분도 영향을 받지 않을 겁니다. 우리 계층의 여성이 이 나라에서 가장 힘없는 계층인 거지요. 우리의 의지를 관철시킬 무기라고는 전혀 없으니까요. 있는 무기라고는 허깨비 같은 '간접적인' 영향력과 어렵게 얻어낸 투표권뿐입니다. 그리고 하나가 더 있어요. 그 이유가 한번도 만족스럽게 해명된 바는 없지만, 어쨌든 교육받은 남성의 딸들의 경우 그 자체로도 절대 하찮지 않은 투표권이 엄청나게 중요한 또 다른 권리와 불가사의하게 연결되어, '영향력'이라는 단어를 비롯하여 사전의 모든 단어가 그로 인해 바뀌게 되었죠. 그 권리는 바로 밥벌이를 할 권리이니, 이 말이 과장이라고 생각하지는 않으시겠죠.

2.

교육받은 남성의 딸은 이제 예전에 소유했던 어떤 영향력과도 다른 영향력을 손에 넣게 되었습니다. 위대한 여성 세이렌이 행사했던 그런 영향력이 아니에요. 또한 투표권이 없었을 때 교육받은 남성의 딸이 행사했던 영향력도 아닙니다. 투표권은 얻었지만 밥벌이를 할 권리가 차단되었을 때 가졌던 영향력도 아니지요. 그 영향력이 달라진 이유는 거기서 매력이라는 요소가 사라졌기 때문입니다. 돈이라는 요소가 사라졌기 때문이지요.

그녀는 더 이상 아버지나 남자 형제로부터 돈을 얻어내기 위해 매력을 동원할 필요가 없습니다. 가족의 권한으로도 경제적으로 그녀에게 벌을 내리는 일이 더 이상 가능하지 않게 되었으므로 그녀는 이제 자신의 의견을 피력할 수 있습니다. 예전에는 돈이 필요해서 종종 무의식적으로 찬탄과 반감이라는 감정에 휘둘렸다면 이제는 정말로 좋은 건 좋고 싫은 건 싫다고 말할 수 있는 것이죠. 마침내 사심 없는 영향력을 소유하게 된 것입니다. 따라서 이제 해야 할 질문은 전쟁을 막으려는 당신을 돕기 위해 이 새로운 무기를 어떻게 사용할 수 있을까입니다.

여기서 다시 1919년이라는 신성한 연도가 우리에게 도움이 됩니다.[3] 그해에 영국에서는 교육받은 남성의 딸들이 밥벌이를 할 수 있는 권리를 획득했고, 그들이 마침내 교육 분야에서 진정한 영향력을 행사하게 된 것입니다. 어떤 대의를 지지하고 후원한 돈을 갖게 되었어요.

단체의 총무들이 이제 그들에게 도움을 요청합니다. 그렇게 도움을 요청한다는 건 당연히 내 쪽에서 협상을 할 수도 있다는 뜻이죠. 마침맞게도 당신 편지 바로 옆에 다른 편지가 하나 있어서 이 점을 증명할 수 있겠어요. 여성대학 재건을 위한 후원금을 요청하는 어느 총무의 편지입니다. 따라서 우리는 곧바로 이런 요구를 할 수 있는 거죠. 지금 내 앞에 놓인 편지를 쓴 이 신사분과 힘을 합해 전쟁을 막기 위한 노력을 할 때에만 후원금을 내겠다고 말입니다. 그런데 그 말이 무슨 의미일까요? 어떤 단서를 달아야 할까요? 협상을 통해 어떤 교육을 요구해야 할까요? 어떤 식의 교육을 해야 젊은이들이 전쟁을 증오하게 될까요? 대학에서 교육을 받으면 곧 전쟁에 반대할 거라고 생각할 수 있는 근거는 무엇일까요?

---

3 1919년에 영국에서 제정된 '성에 따른 채용제한 금지법'(Sex Disqualification Act)은 여성이 전문직업을 갖거나 대학의 학위를 받을 수 있는 권리를 명시했다.

그 총무가 후원금을 요청하니까, 그리고 후원금을 낸다면 거기에 단서를 달 권한도 생기는 거니까 그 총무에게 쓸 편지를 한번 구상해보도록 하죠. 대학 재건을 위한 후원금을 받을 수 있는 조건을 명시하는 겁니다. 이런 식으로 쓸 수 있을 것 같네요.

귀하의 편지에 답이 늦었습니다. 의문과 의구심이 좀 있었기 때문입니다. 외부인이라 아무래도 잘 몰라서 그렇겠지만, 그래도 후원금을 부탁받은 입장에서 솔직하게 그것들을 털어놔도 될까요? 당신은 대학을 재건할 기금으로 십만 파운드가 필요하다고 했습니다. 무관심한 대중에게서 품위 있게 십만 파운드를 모금할 생각에 골몰하다가 겨우 생각해낸 것이 바자회와 음료수, 크림 얹은 딸기인가요?

그럼 제가 알려드리죠. 우리나라에서 육군과 해군에 들어가는 비용이 연간 3억 파운드입니다. 당신 편지 바로 옆에 놓인 편지에 따르면, 그건 심각한 전쟁의 위험이 있기 때문이라는군요. 이런 상황에서 어떻게 진지한 마음으로 당신의 대학 재건에 후원금을 내달라고 부탁할 수 있는 건가요? 당신의 대학은 유수의 제조업자들이 기금을 내놓을 마음이 생길 어떤 일을 했나요? 전쟁의 도구를 발명하는 일에서 주도적인 역할을 했나요? 자본가로 성공한 졸업생들은 얼마나 되나요? 상황이 이러할진대 상당한 유산의 기부와 후원금이 들어오리라는 기대를 어떻게 할 수 있겠어요?

또한 이 사진을 보세요. 시신과 폐허가 된 집의 사진입니다. 이 사진, 그리고 그것과 관련된 문제를 앞에 두고 당신은 대학을 재건하기에 앞서 교육의 목적이 무엇인지를 아주 면밀히 따져봐야 합니다. 교육으로 어떤 종류의 인간, 어떤 종류의 사회를 만들어내고자 하는지 말입니다. 당신이 전쟁을 막는 데 보탬이 되는 인간과 사회를 만들어내기 위한 교육에 나의 후원금을 쓰겠다고 다짐할 때에만 1기니를 보낼 생각이니까요.

그럼 아주 간단하게 지금 필요한 교육에 대해 논의해보도록 하죠. 역사와 전기—외부인에게 주어진 유일한 증거—를 보면 예전의 대학교육이 딱히 자유를 존중하거나 전쟁을 증오하는 사람들을 길러낸 것 같지 않으니 당신의 대학은 분명 다른 식이어야 합니다. 당신의 대학은 별로 오래되지 않았고 돈도 많지 않죠. 그러면 그 특성을 이용하여 가난과 젊음을 그 기초로 삼아봅시다. 당연히 모험을 하는 실험적 대학이 되어야겠죠. 그 나름의 방식으로 지어봅시다. 당연히 조각을 새긴 돌과 스테인드글라스가 아니라 싸고 쉽게 타는 재료로 지어야 해요. 먼지가 켜켜이 내려앉고 전통이 한없이 이어지지 않도록 말이죠. 예배당은 없어야 해요. 책을 쇠줄로 묶어놓는다든지, 초판본 책들을 유리 상자 안에 보관하는 도서관이나 박물관도 필요 없어요. 그림과 책은 늘 새로운 것으로 바꿔야 해요. 세대가 바뀔 때마다 큰돈 들이지 않고 각자 새로 장식하도록 하는 거죠. 생존한 작가의 작품은 값이 싸죠. 도서관에 넣을 거라고 하면 저자들이 그냥 줄 때도 많고요.

다음으로 가난한 새 대학에서는 무엇을 가르쳐야 할까요? 다른 사람을 지배하는 기술은 안 됩니다. 통치하고 죽이고 토지나 자본을 획득하는 기술도 안 돼요. 그건 간접비가 너무 많이 들거든요. 월급이나 제복이나 격식 같은 것 말이에요. 가난한 대학은 값싸게 배울 수 있고 가난한 사람들이 직접 쓸 수 있는 기술만 가르쳐야 합니다. 의학이나 수학, 음악, 미술, 문학 같은 것 말이죠. 인간 소통의 기술, 다른 사람의 생각과 삶을 이해하는 기술을 가르쳐야 하고, 그와 관련된 기술인 말하는 법, 옷 입는 법, 요리 등을 가르쳐야 합니다.

새로운 대학, 값싸게 배울 수 있는 대학의 목적은 서로 구분하여 전문화하는 것이 아니라 결합하는 것이어야 합니다. 정신과 육체가 협동하는 방법을 탐구하고, 어떤 방식의 결합으로 우리 삶에서 온전한 존재를 만들어낼 수 있을지 찾아야 합니다. 훌륭한 사상가만이 아니라 훌륭한 삶을 사는 사람들을 스승으로 모셔 와야 합니다. 그런 스승을 찾는 일은 어렵지 않을 겁니다. 지금 유서 깊은 부자 대학들을 그렇게 살기 불편한 장소로 만드는 부와 격식, 광고와 경쟁이라는 장벽이 없으니까요. 사방을 걸어 잠그고 쇠줄로 막아놓은 그 대학들은 혹시 어떤 금을 넘을까, 어떤 고관대작의 심기를 거스를까 겁이 나서 누구도 자유롭게 걸어 다니거나 자유롭게 말할 수 없는 곳입니다. 갈등의 도시이지요.

대학이 가난하다면 '제공할' 것이 하나도 없을 테니 경쟁이 완전히 사라질 겁니다. 개방되고 수월한 삶을 살게 되는 거지요. 그저 배우는 것을 좋아하는 사람들이 기꺼이 그 학교로 올 겁니다. 음악가와 화가, 작가는 보수가 많지 않아도 그곳에서 가르치려 할 거예요. 그들 자신도 그곳에서 배움을 얻으니까요. 가령 시험이나 학위, 혹은 문학으로 어떤 명예나 이득을 얻을까 하는 궁리라고는 없이 글쓰기라는 예술에만 관심이 있는 사람들과 예술을 논의하는 일보다 작가에게 더 도움이 되는 일이 무엇이 있겠어요?

다른 예술과 예술가도 마찬가지죠. 그들도 그곳에서 자신의 예술을 발전시킬 수 있기 때문에 가난한 대학으로 올 겁니다. 부자와 가난한 자, 똑똑한 자와 어리석은 자라는 참담한 잣대로 사람들을 분류하지 않는 사회, 다양한 수준과 다양한 종류의 정신과 육체와 영혼이 모여 협력하는 자유로운 사회이기 때문이지요. 그러니 배우는 일이 좋아서 배움을 찾는 이런 새 대학교를, 이런 가난한 대학교를 세워봅시다. 광고도 없고 학위도 없는 곳, 강의나 설교를 늘어놓지도 않고 경쟁심과 시기심을 조장하는 케케묵고 해로운 허영과 열병식도 없는 곳…

편지는 거기서 중단되었습니다. 할 말이 없어서가 아닙니다. 그게 아니라 편지를 쓸 때면 늘 눈앞에 보이는 상대편의 표정이 문득 어두워지며 권위 있는 책 속의 문장 하나에 그 시선이 붙박히는 것이 눈에 띄었기 때문이지요. "그러니까 학교의 교장들이란 학식만 중시하는 교원을 선호하는 것이다. 뉴넘대와 거튼대 학생들의 취직에 불리하건 말건."⁴ 대학재건기금을 담당하는 총무의 시선이 그 문구에 박혀 있습니다. 이렇게 말하는 것도 같아요. "어차피 대학이라는 곳이 학생들 직업교육을 시키는 곳인데 다른 식의 대학을 만들 수 있다고 생각해봐야 무슨 소용이 있다는 거지?" 아마 이러저러한 축제와 바자회를 준비하고 있었을 책상 쪽으로 몸을 돌리며 이렇게 덧붙이기도 했을 겁니다. "무슨 꿈이든 꿀 수 있고 어떤 이론을 들이대도 상관

4　거튼대는 케임브리지 대학교의 단과대로 1869년 케임브리지에서 최초로 설립된 여자대학이고 뉴넘대는 두 번째 여자대학으로 1871년에 설립되었다.

없지만 우리는 현실을 대면해야 한다."

그것이 바로 총무의 시선이 고정된 '현실'입니다. 학생들은 자기 밥벌이를 할 수 있는 교육을 받아야 한다는 거죠. 그러한 현실에 따르면 그 학교도 다른 학교와 마찬가지 방식으로 경영해야 하는 거니까, 교육받은 남성의 딸들을 위한 대학교 역시 연구조사를 통해 돈 많은 남성들의 유산과 기부를 받아낼 수 있는 실질적인 결과를 내놓아야 한다는 결론에 이르게 됩니다. 학위도 주고 학위에 따라 다른 색깔의 휘장도 둘러야 하고 막대한 재산을 쌓으면서 다른 사람들이 그 재산을 함께 나누지 못하게 막아야 하는 거죠. 그러면 오백 년 정도 지난 후 그 대학 역시 지금의 당신처럼 '당신 생각에는 어떻게 해야 전쟁을 막을 수 있겠습니까?'라는 똑같은 질문을 던져야 할 겁니다.

그러니 안타깝지만 이런 결론에 이르는 거죠. '그런 일을 하라고 1기니를 기부할 필요가 뭐가 있나?'

어쨌든 그 질문에 대답은 했습니다. 애써 번 1기니의 돈이 낡은 방식에 따른 대학의 재건에 들어가서는 절대 안 된다는 것이죠. 그렇다고 새로운 계획에 따른 대학교의 건립에 그 돈을 쓸 수도 없습니다. 따라서 그 1기니 옆에는 '헝겊, 석유, 성냥'이라고 적어둡니다. 그리고 이런 메모를 첨부하는 거죠. "이 1기니의 돈으로 그 대학을 완전히 불태워버려라. 낡은 위선에 불을 질러라. 활활 타는 건물에 나이팅게일이 겁을 집어먹고 갈대가 붉게 물들도록. 교육받은 남성의 딸들이 타오르는 불 주변을 돌며 춤을 추고 낙엽을 한 아름 안고 와서 불길에 집어던지도록 하라. 그러면 그들의 어머니들이 위층 창문에서 몸을 빼고 이렇게 소리치겠지. '활활 잘도 타버려라! 다 태워버려! 그놈의 교육은 이제 지긋지긋하니까!'"

비록 변변치 못하고 우울한 대답이기는 하지만, 교육받은 남성의 딸들을 위한 대학이 그 교육으로 전쟁 방지를 위한 어떤 영향력을 행사할 수 있을지에 대한 대답은 그러합니다. 아무것도 하지 말라고 부탁할 수는 있을 것 같습니다. 그러면 그들은 예전의 목적지에 이르는 예전의 길을 따르겠죠. 외부인인 우리야 그저 아주 간접적인 영향력만 행사할 수 있을 것입니다. 학생을 가르치라고 하면 가르침의 목적을 아주 면밀하게 따져봐서 전쟁을 부추기는 학문이나 과학을 가르치는 일을 거부할 수는 있어요. 더 나아가 예배당이나 학위나 시험의 가치에 가벼운 멸시를 던질 수도 있죠. 어떤 상을 받은 시가 상을 탔다는 사실에도 불구하고 얼마간의 장점이 있다고 은근히 비꼴 수도 있고요. 강연 청탁을 거절함으로써 강연이라는 허영 가득하고 포악한 체제를 떠받드는 일을 거부할 수도 있습니다. 또한 어떤 명예직이나 학위를 준다고 하면 그것도 거부할 수 있고요. 사실을 따져봤을 때 달리 할 수 있는 일이 뭐가 있겠어요?

그럼에도 엄연한 사실은, 현 상태에서 우리가 교육을 통해 전쟁 방지를 도울 수 있는 가장 효과적인 방법은 교육받은 남성의 딸들을 위한 대학교에 할 수 있는 한 많은 돈을 기부하는 것이라는 점입니다. 되풀이하자면 그 딸들이 교육을 받지 않으면 자기 밥벌이를 하지 못할 것이고, 자기 밥벌이를 하지 않으면 또다시 사적인 가정교육을 벗어날 수 없을 테니까요. 그리고 사적인 가정교육에서 벗어나지 못하면 그들은 의식적, 무의식적으로 전쟁에 찬성하는 쪽으로 모든 영향력을 행사할 테니까요.

3.

이제 1기니를 대학 재건에 기부했으니 전쟁 방지를 위해 달리 당신을 도울 일이 또 뭐가 있나 생각해봐야겠습니다. 또 다른 편지를 보여드리죠. 당신의 편지만큼이나 진지한 편지인데, 우연찮게 탁자에 나란히 놓여 있네요.

또 다른 단체의 총무가 보낸 편지로, 역시 후원금을 요청합니다. "여성들이 자기 밥벌이를 하는 일에 도움을 주기 위해 '교육받은 남성의 딸들이 직업을 가질 수 있도록 돕는 단체'[5]에 후원금을 보내주시겠어요?" 이어서 이렇게 말합니다. "후원금이

5 전국여성고용협회를 뜻함.

어려우시면 책이나 과일, 헌옷 등 바자회에서 팔 수 있는 어떤 물품도 괜찮습니다." 이 편지를 보면 그 단체는 정말로 가난하다고 생각되는데, 그렇다면 당신의 전쟁 방지 노력에 보탬이 될 것으로 우리가 기대하는 '독립적인 의견'이라는 무기는 아무리 잘 봐줘야 그리 강력한 무기는 못 될 듯합니다. 하지만 가난에는 그 나름의 장점이 있죠. 만약에 저 단체가 가난하다면, 실제로도 정말 가난하다면, 케임브리지의 자매〔앞서 등장했던 총무〕에게 그랬듯이, 흥정을 하고 조건을 내걸 수 있다는 잠재적인 후원자의 권리를 행사할 수 있을 테니까요.

도움을 줄 만한 집단의 목록에서 결혼을 업으로 삼는 커다란 부분은 제외해야겠습니다. 그것은 보수가 없는 일이고, 사실을 따져봤을 때 남편 월급의 반을 정신적으로 공유하는 일이 실질적인 공유는 아니기 때문이지요. 따라서 남편이 무력의 사용을 옹호(그 행위가 보여주듯)한다면, 부인 역시 그럴 것입니다. 다음으로 '수년의 경력을 지닌 자격이 뛰어난 여성일지라도 일 년에 250파운드를 번다면 대단한 일'이라는 진술이 사실 차원에서 순전한 거짓말이 아니라 정말 있을 법한 일임을 알 수 있습니다. 따라서 교육받은 남성의 딸들이 현재 자신의 밥벌이 능력에서 행사할 수 있는 영향력이 그다지 크다고 할 수 없죠. 하지만 그들만이 우리를 도울 수 있으므로 그들에게서 도움을 구해야 한다는 것이 그 어느 때보다 명백하니까 어쨌든 그들에게 호소를 해봐야겠습니다.

기억하시겠지만, 인간 본성의 어떤 특질이 전쟁을 유발할 가능성이 많은지를 알아내기 위해 우리는 심리적 통찰력(그것이 우리가 가진 유일한 자질이니까요)을 활용합니다. 앞에서 드러난 사실로 인해 우리는 후원금 수표에 서명을 하기 전에, 교육받은 남성의 딸들이 직업을 갖도록 격려하는 일이 혹시 우리가 억제하고자 하는 바로 그 특질을 부추기는 건 아닌지 묻게 됩니다. 이삼 세기가 지난 후 비단 직업을 가진 교육받은 남성뿐 아니라 직업을 가진 교육받은 여성들 역시 지금 당신이 물었던 '어떻게 전쟁을 막을 수 있나?'라는 질문을 하는 상황이 되어버린다면—어느 시인의 말처럼 '아, 누구에게 말인가?'—결국 1기니는 제 값어치를 제대로 못한 것이 아닐까요? 그래서 교육받은 남성의 딸들이 직업을 갖는 일을 돕는 단체의 총무에게도 편지를 써서 후원금에 대한 단서를 달아보고자 합니다.

총무님, 저는 어떤 직업인 남성에게서 전쟁 방지에 도움을 달라는 편지를 받았습니다. 또한 스페인 정부는 시신과 부서진 건물의 사진을 거의 매주 보냅니다. 그래서 저는 후원금에 대한 단서를 달기 위한 협상을 하고자 합니다.

그 편지와 사진이라는 증거가 직업과 관련하여 역사와 전기가 제공하는 사실과 결합되면 바로 그 직업들의 면모에 어떤 빛을 비춰줍니다. 빨간 빛이라고 할까요. 직업을 통해 돈을 버는 것은 맞아요. 하지만 저런 사실들을 앞에 두었을 때 돈 자체가 어느 정도까지 바람직한 소유물이 될 수 있을까요?

지나친 재물이 바람직하지 않고 지나친 가난도 바람직하지 않다면, 그 둘 사이에 바람직한 어떤 중간이 있다는 주장이 충분히 가능하죠. 그렇다면 그 중간은 무엇일까요? 오늘날 살아가려면 얼마만큼의 돈이 필요할까요? 그리고 그 돈은 어떻게 지출해야 할까요? 결국 제게 1기니를 받아낸다면 어떤 종류의 삶, 어떤 종류의 인간을 목표로 삼겠습니까?

직업적으로 성공한 남성의 삶을 재빨리 살펴봅시다. 어느 유명한 변호사의 전기에 이런 대목이 나옵니다. "그는 저녁 아홉 시 반이 넘어서야 귀가했다. (…) 변론 취지서를 들고 갔다. (…) 그러니 새벽 한두 시에 잠자리에 들 수 있다면 그나마 다행이었다." 이걸 보면 저녁 모임에서 아주 성공한 변호사 옆에 앉게 되었을 때 그 시간이 왜 그렇게 보람이 없는지 이해가 되네요. 하염없이 하품을 해대거든요. 다음으로는 걸출한 정치가의 연설입니다. "1914년 이래로 전 처음 꽃을 피우는 자두나무 꽃부터 마지막의 사과나무 꽃까지 꽃구경이라고는 해본 적이 없습니다. 1914년 우스터셔에서 본 이후로 정말 단 한 번도요. 그것이 희생이 아니라면 무엇이겠습니까?" 정말이지 희생이 맞아요. 해를 거듭할수록 예술에 대한 정부의 무관심이 어쩌면 그렇게 심해지는지 설명이 되고도 남습니다. 아니, 내각의 장관들은 분명 박쥐처럼 제대로 보는 게 없을 거예요.

다음으로 종교라는 직업을 보죠. 위대한 주교님의 선기에 나오는 대목입니다. "내 정신과 영혼은 삶을 파괴하는 끔찍한 존재다. 정말이지 어떻게 살아야 할지 모르겠다. 해야 할 중요한 일들이 그대로 쌓여 나를 짓누른다." 이것을 보면 현재 많은 사람들이 교회와 우리 민족을 두고 하는 말이 그대로 증명됩니다. 주교와 주임 사제들은 설교할 영혼도 없고 글을 쓸 정신도 없는 것 같다고 하니까요. 아무 교회나 들어가 설교를 들어봐도, 아무 신문이나 펼쳐서 엘링턴 사제나 잉거 사제의 글을 읽어봐도 알 수 있는 일입니다.

다음은 의사라는 직업입니다. "나는 그해에 1만 3,000파운드가 훨씬 넘는 돈을 벌었다. 하지만 이런 식으로 지속되지는 못할 것이다. 게다가 일이 지속되는 동안은 노예와 다를 바 없다. 내가 가장 하고 싶은 일이라면 일요일마다 일라이자와 아이들에게서 가능한 한 자주 벗어나 어디론가 떠나는 것이다. 크리스마스 때도 그렇고." 위대한 의사라는 인물의 불평이 이러합니다. 그의 환자들도 똑같은 소리를 하겠지요. 일 년에 1만 3,000파운드라는 돈의 노예이신 할리가[6]의 전문의께서 인간의 몸을 이해할 시간적 여유가 있으시겠어요? 마음을 이해한다든지 몸과 마음을 함께 이해하는 일은 말할 것도 없겠죠.

전업 작가의 삶이라고 이보다 나을까요? 대단히 성공한 언론인의 전기에 이런 대목이 있습니다. "그 시기의 또 다른 날에도 그는 단 하루에 니체에 대한 1,600자짜리 글을 썼고, 『스탠더드』에 실을 철도파업에 대한 사설을 썼으며, 『트리뷴』에 실을 600자짜리 글을 썼다. 그러고는 저녁에는 슈레인[7]에 있었다." 이걸 보면 무엇보다 왜 대중들이 정치 기사에 냉소적인지, 그리고 왜 저자들은 비평을 대충 읽고 치우는지 그 이유를 알 수 있어요. 중요한 건 광고일 뿐, 칭찬이든 비난이든 이제 아무 의미도 없는 겁니다.

앞의 인용문으로 어떤 사실을 확인하거나 입증할 수 있는 건 아니에요. 단지 우리가 어떤 견해를 갖게 되지요. 그리고 그런 견해를 갖게 되면 직업 생활의 가치에 의구심이 들고 비판적 태도를 취하게 됩니다. 현금 차원의 가치가 아니라(그건 대단하니까요) 정신적·도덕적·지적 차원의 가치 말입

---

6 Harley Street. 19세기부터 전문의 개인병원이 밀집해 있는 런던 중심가의 거리.

7 Shoe Lane. 언론사들이 모여 있는 런던의 플릿가와 이어진 거리로 인쇄소들이 있었다.

니다. 직업에서 대단히 성공하면 시각과 균형 감각을 상실한다고 믿게 되는 거죠. 앞이 안 보이고 걸음도 제대로 못 걷는, 동굴에 갇힌 수인(囚人)이 된다고 말이에요. 돈벌이와 명예에 얼마나 목을 매는지 경쟁심과 소유욕과 시기심에 사로잡히고 전투적인 성향이 됩니다. 우리의 심리학 지식을 믿을 수 있다면, 그들은 전쟁을 옹호할 공산이 큰 것이죠.

교육받은 남성의 딸인 우리는 악마와 깊은 바다 사이에 끼어 있습니다. 뒤로는 공허하고 비도덕적이며 위선적이고 비굴한 가부장제와 사적 가정이 있어요. 앞에는 직업 체계라는 공적 세계가 있는데, 여기에는 소유욕과 시기심과 호전성과 탐욕이 가득합니다. 하나는 하렘의 노예처럼 우리를 가두고, 다른 하나는 재산이라는 뽕나무, 그 신성한 나무 주변을 애벌레처럼 꼬리에 꼬리를 물고 뱅뱅 돌 것을 강요합니다.[8] 두 종류의 악 가운에 어떤 것을 선택할 것인가의 문제인 것이죠.

하지만 당신의 서재 책장에서 그와는 다른 답이 우리를 똑바로 쏘아보고 있을지도 모릅니다. 다시 인물의 전기인데, 이번에는 남성이 아니라 19세기 여성들의 삶, 직업여성들의

---

8 「뽕나무 수풀」이라는 동요의 가사인 'Here we go around the mulberry bush'를 비유한 표현.

삶으로 관심을 돌려보죠. 그런데 당신의 서재에 빈자리가 있는 것 같네요. 19세기 직업여성들의 전기는 보이질 않으니 말이죠.

"독일어를 배웠던 것이 내가 돈을 내고 받을 수 있었던 유일한 교육이었다." 메리 킹슬리[9]가 이렇게 말했는데, 그 말은 사실 그녀가 돈을 내지 않고 받은 교육이 있었다는 겁니다. 그렇다면 좋건 나쁘건 수많은 세월 동안 우리가 받아온 이 '무상 교육'의 본성은 무엇일까요? 무명으로 묻히지 않고 대단한 성공을 거두어 유명해진, 그래서 실제로 그 삶의 기록이 전해지는 네 명의 여성―플로렌스 나이팅게일(Florence Nightingale), 앤 클러프,[10] 메리 킹슬리, 거트루드 벨[11]―의 삶 뒤에 다른 수많은 무명의 삶을 한데 모아보면, 그들이 모두 같은 스승에게서 교육을 받았음이 분명해집니다. 그들의 전기가 완곡하고 우회적이긴 하지만 그럼에도 반박의 여지

---

9 Mary Kingsley. 아프리카를 탐험한 19세기 탐험가이자 작가.

10 Anne Clough. 19세기 여성참정권자이자 교육자로 뉴넘대학의 초대 학장이 되었다.

11 Gertrude Bell. 19세기 후반에서 20세기 초반에 활동했던 영국의 작가이자 행정가. 1차대전 이전부터 1926년까지 유럽과 오스만 제국의 여러 나라를 돌면서 남긴 자료인 '거트루드 벨의 기록물'은 중동의 역사를 담은 귀중한 자료로 유네스코 세계기록유산으로 등재되어 있다.

없이 힘주어 알려주다시피 그 스승이란 가난과 정조와 조롱, 그리고… '권리와 특권이 없는' 상태를 어떤 단어로 표현할 수 있을까요? 오랜 단어인 '자유'를 다시 한번 동원해볼까요? 그러면 '가짜 충성심으로부터의 자유'가 네 번째 스승이 되겠네요. 그러니까 낡은 학교와 낡은 대학과 낡은 교회와 낡은 국가에 대한 충성심으로부터의 자유 말입니다. 앞선 저 여성들이 향유했고 우리도 여전히 상당히 향유하고 있는 자유이지요.

유상과 무상의 두 교육, 두 직업 중에서 어느 쪽이 나을지를 따져볼 시간은 없습니다. 우리가 지금 제기한 질문―직업세계에 들어가서도 어떻게 문명화된 인간으로, 전쟁을 반대하는 인간으로 남을 수 있을 것인가?―에 대해 전기 작가들은 이렇게 대답하는 것 같습니다. 교육받은 남성의 딸들을 위한 위대한 네 스승―가난과 정조와 조롱과 가짜 충성심으로부터의 자유―으로부터 절대 떨어지지 않고, 그것을 얼마간의 부와 얼마간의 지식과 진정한 충성심에 대한 얼마간의 봉사와 결합한다면 직업세계에 들어가더라도 그것이 손상될 위험에서 벗어날 수 있다고 말입니다.

신탁이 주는 대답은 그러합니다. 이 1기니에 붙는 단서도 그러합니다. 다시 요약하자면, 성과 계급과 피부색에 상관없이 적절한 자격을 갖춘 사람이라면 모두 직업을 가질 수 있도록 돕는다는 단서하에 이 돈을 후원금으로 내겠습니다. 또한 그 직업을 갖고 살면서 가난과 정조와 조롱과 가짜 충성심으로부터의 자유에서 벗어나지 말아야 한다는 단서도 달도록 하겠습니다.

가난이란 생계를 꾸려갈 만한 돈을 뜻합니다. 그러니까 다른 누구에게 의존하지 않고도 심신의 온전한 발전에 필요한 약간의 건강과 여가와 학식 등을 얻을 수 있을 만큼의 돈을 벌어야 한다는 거지요. 하지만 그 이상은 안 됩니다. 단 한 푼도 안 돼요.

정조란 직업을 통해 먹고 살 만큼 돈을 벌었다면 돈을 위해 정신을 팔아먹는 일은 하지 말아야 한다는 뜻입니다. 그러니까 그때는 직업에 종사하는 일을 그만두어야 한다는 거지요. 아니면 하더라도 연구나 실험을 위해서 하는 거죠. 예술가라면 오로지 예술을 위해 일할 수 있고요. 혹은 직업을 통해 얻은 지식을 그것을 필요로 하는 사람에게 공짜로 전해줄 수 있겠죠. 신성한 뽕나무가 당신에게 맴돌이를 시킬 기세가 보이면 당장 떨어져 나오세요. 나무를 향해 실컷 비웃음을 날려주세요.

조롱이란, 물론 안 좋은 낱말이지요. 몇 번인가 거론했지만 영어에는 정말 새로운 낱말이 필요해요. 어쨌든 조롱이란 당신의 장점을 광고할 모든 방법을 거부하는 것을 뜻합니다. 심리적인 차원에서 명성과 칭찬보다 조롱과 무명과 비난이 차라리 낫다고 주장하는 것이죠. 누군가 배지나 훈장이나 학위를 주겠다고 하면 바로 그것을 그 사람 면전에 던져버리세요.

가짜 충성심으로부터의 자유를 위해서는 무엇보다 먼저 자기 민족에 대한 자부심을 없애기 위해 최대한 노력해야 합니다. 또한 종교적 자부심, 대학의 자부심, 학교의 자부심, 가족의 자부심, 특정한 성으로서의 자부심은 물론 그로부터 파생하는 온갖 가짜 자부심도 없애야 하죠. 뇌물로 당신을 사로잡으려는 자가 다가와 유혹하면 바로 그 문서를 갈기갈기 찢어버리세요. 절대 서명을 해서는 안 됩니다.

이러한 단서에 동의한다면 당신은 직업세계에 들어가더라도 그로부터 물들지 않을 수 있습니다. 그 세계의 소유욕과 시기심과 호전성과 탐욕을 제거할 수 있는 것이죠. 당신 자신의 정신과 의지를 세우는 일에 직업을 활용할 수 있게 돼요. 나아가 비인간적이고 야만적이고 끔찍하고 어리석은 전쟁을 끝장내기 위해 그 정신과 의지를 사용할 수 있습니다. 그러면 저의 1기니를, 집을 태워버리는 일이 아니라 그 창문을 훤히 밝히는 일에 쓰세요. 교육받지 못한 여성의 딸들이 그 새 집 주변을 춤추며 뛰어다닐 수 있도록 말이죠. 버스가 지나다니고 행상들이 목청껏 물건을 팔고 강변 포구의 온갖 소리들이 들려오는 좁은 도로에 늘어선 가난한 집에서 그들이 "전쟁을 끝냈다! 폭정을 끝장냈다!"라고 노래하도록 말입니다. 그러면 무덤에 묻힌 그 어머니들이 웃으며 이렇게 말하겠죠. "우리가 이것을 위해 온갖 오명과 멸시를 견딘 것이었네! 새 집의 창문마다 불을 밝혀라, 딸들아! 불을 훤히 밝혀라!"

이런 단서를 붙여, 교육받지 못한 여성의 딸들이 직업을 얻을 수 있도록 도와주는 일에 이 1기니를 드리겠습니다. 값싼 양초에 불과하겠지만 그것으로 시신과 박살 난 집의 사진에 불을 붙이는 데 보탬을 줄 수는 있겠죠. 이후 세대들은 우리가 목격한 것들을 보지 않아도 되도록 말입니다.

교육받은 남성의 딸들이 직업을 얻는 일에 도움을 주는 단체의 총무에게 쓴 편지는 이러합니다. 이러한 단서를 달아 그 단체에 후원금을 보냈죠. 그 단체가 전쟁 방지를 위한 당신의 노력에 힘을 보태기 위해 할 수 있는 일은 확실히 다 하도록 그런 단서를 달았습니다. 당신도 알게 되겠지만, 당신의 편지에 답하기 전에 이 편지와 대학 재건 기금을 원하는 총무의 편지에 먼저 답을 하고 그곳에 후원금을 보내야 했습니다. 먼저 그들을 돕지 않으면, 그러니까 교육받은 남성의 딸들이 교육을 받고 그 다음에 직업을 얻어 밥벌이를 하는 일을 돕지 않는다면, 그 딸들은 당신의 전쟁 방지 노력을 도울 독립적이고 사심 없는 영향력을 가질 수 없기 때문입니다. 그 대의들은 다 연결되어 있으니까요.(1938)

소설 쓰기라는 어리석은 일을 해봤거나 하려고 애쓰고 있거나 하려다 실패한 사람이 지금 이 자리에 나 혼자일 수도 있겠는데, 어쩌면 그 편이 더 나을지도 모르겠네요. 현대소설을 주제로 강연을 해달라는 부탁을 받고 과연 어떤 악령의 쏘삭거림 때문에 내가 소설 쓰기라는 비운에 빠져들게 되었을까 자문해보았을 때 한 자그마한 인물이 내 앞에 솟아났어요. 남자일 수도 있고 여자일 수도 있는 그 인물은 이렇게 말했죠. "내 이름은 브라운입니다. 할 수 있으면 날 한번 잡아보시든지."

소설가라면 대부분 이런 경험이 있을 겁니다. 브라운이나 스미스나 존스가 앞에 나타나 더없이 매혹적인 말투로 "할 수 있으면 날 잡아보시든지"라고 유혹하는 경험 말이죠. 그래서 이 도깨비불이 이끄는 대로 허우적거리면서도 연달아 책을 써내느라 인생의 좋은 시절 대부분을 보내지만, 그 대가로 손에 쥐게 되는 현금은 대체로 참 보잘것없습니다. 그 환영을 정말 붙잡아본 사람도 거의 없어서, 대부분 옷자락 끝이나 머리칼 몇 가닥에 만족할 뿐이고요.

남녀를 불문하고 다들 그렇게 들이밀 듯 나타나는 인물을 창조해보라는 꾐에 빠져 소설을 쓰게 된다는 것이 내 믿음인데, 아널드 베닛 씨도 그 점에 대해서는 이미 이렇게 인정했어요. 그의 글 한 대목을 인용해보겠습니다. "좋은 소설은 오로지 인물의 창조에 그 기초를 두어야 한다. (…) 문체도 중요하고 줄거리도 중요하고 관점의 독창성도 중요하다. 하지만 그 무엇도 설득력 있는 인물만큼 중요하지 않다. 어느 인물이 실제 인물로 다가온다면 그 소설은 가능성이 있다. 그렇지 않다면 망각이라는 운명만을 맞게 될 것이다." 이어서 그는 요즘 젊은 소설가들은 살아 있고 진실하고 설득력 있는 인물을 창조하지 못하기 때문에 일급 소설가가 없다고 결론을 내립니다.

이것이 바로 내가 오늘 신중하기보다는 오히려 대담한 방식으로 다루고자 하는 문제입니다. 소설의 '인물'이라고 할 때 그게 정확히 무슨 의미인지 알아보고자 해요. 베닛 씨가 제기한 사실성이라는 문제를 따져보고, 만약 베닛 씨 말처럼 젊은 소설가들이 인물을 창조하지 못한다면 그 이유는 무엇인지 알아보고자 합니다. 그러다 보면 무척 포괄적이고 막연한 주장으로 이어질 공산이 큽니다. 문제 자체가 워낙 까다롭기 때문이지요. 인물에 대해 우리가 아는 것이 얼마나 보잘것없는지 한번 생각해보세요. 예술에 대해서도 그렇고요.

본격적으로 시작하기 전에 좀 정리를 할 필요가 있으니 일단 에드워드 시대 인물과 조지 시대 인물, 두 진영의 구분부터 해보겠습니다. 웰스 씨와 베넷 씨와 골즈워디 씨는 에드워드 시대 인물이라 하고, 포스터 씨와 로런스 씨, 스트레이치 씨, 조이스 씨, 엘리엇 씨는 조지 시대 인물로 칭하겠습니다.[1] 그리고 '나'라는 일인칭으로 얘기를 할 텐데, 그것이 참을 수 없는 자기중심주의로 들려도 이해해주시기 바랍니다. 별로 아는 것도 없고 엉뚱한 생각을 하는 고독한 개인의 의견을 마치 세상 전체의 의견인 양 내세우고 싶지 않아서 그러는 거니까요.

가장 먼저 하고 싶은 주장은 바로 여기 있는 여러분 모두 인물 판단의 전문가라는 것입니다. 아마 여러분도 다들 인정하실

---

1   에드워드 시대는 빅토리아 여왕의 뒤를 이어 1901년부터 1910년까지 통치한 에드워드 7세의 통치 기간을 말한다(1차대전 전까지를 의미하기도 한다). 조지 시대는 18~19세기 조지 왕조가 아닌 1910~36년의 조지 5세의 통치 기간을 의미한다. 웰스 씨는 『투명인간』으로 유명한 H. G. 웰스, 베넷 씨는 '파이브타운즈'라는 가상의 공장 지역을 배경으로 소설을 쓴 아널드 베넷, 골즈워드 씨는 사회비판적 작품을 주로 쓴 존 골즈워디를 말한다. 포스터 씨는 『인도로 가는 길』을 쓴 E. M. 포스터, 로런스 씨는 『사랑에 빠진 여인들』을 쓴 D. H. 로런스, 스트레이치 씨는 『빅토리아 시대 명사들』을 쓴 리턴 스트레이치, 조이스 씨는 『율리시스』를 쓴 제임스 조이스, 엘리엇 씨는 『황무지』를 쓴 T. S. 엘리엇을 가리킨다. 앞으로 '씨'라는 호칭은 빼고 성만 적기로 한다.

거라고 봅니다. 사실 인물 파악을 연습하고 그 기술을 어느 정도 습득하지 않는다면, 무참한 실패 없이 무사히 일 년을 보내는 것조차 불가능할 겁니다. 결혼 생활과 우정이 그 기술에 기초하죠. 사업도 대체로 그래요. 평범한 일상 속에서도 인물 파악이라는 능력의 도움을 받아야만 해결할 수 있는 문제들이 많죠.

그다음으로 하려는 두 번째 주장은 아마 첫 번째 주장보다 논란의 여지가 많을 수도 있겠는데, 그것은 1910년 12월 혹은 대략 그즈음에 인물이 달라졌다는 것입니다.

마당에 나갔더니 장미꽃이 피었다거나 암탉이 알을 낳았다는 식으로 달라졌다는 뜻은 아닙니다. 그렇게 갑작스럽고 뚜렷한 변화는 아니에요. 하지만 어쨌든 변화가 일어났습니다. 그리고 그 시기는, 이런 문제에서는 어차피 자의적일 수밖에 없으니까 그 시기를 1910년으로 잡아보죠. 변화의 첫 번째 조짐은 특히 새뮤얼 버틀러의 『만인의 길』(*The Way of All Flesh*)이라는 책에 기록되어 있습니다. 버나드 쇼의 희곡이 그 뒤를 이었고요. 그 변화는 실제 삶에서도 알아볼 수 있는데, 소박한 예로 요리사라는 인물을 들 수 있어요. 빅토리아 시대의 요리사는 깊은 바닷속 괴물처럼 과묵하고 파악할 수 없이 모호하면서도 무시무시한 존재였어요. 이와 달리 조지 시대의 요리사는 햇빛과 상쾌한 공기의 인물입니다. 응접실을 들락날락하면서 『데일리헤럴드』

를 빌리기도 하고 모자를 들고 와 의견을 묻기도 하지요.

인류의 변화 가능성을 이보다 더 잘 보여주는 사례가 또 있을까요?『아가멤논』을 읽는다고 했을 때, 시간이 지나면서 여러분의 공감이 거의 전적으로 클리템네스트라에게 쏠리게 되지 않는지 생각해보세요. 혹은 칼라일 부부의 결혼 생활을 생각하면, 아무리 천재적인 여성이라도 저작 활동이 아니라 평생 딱정벌레나 쫓아다니고 프라이팬이나 문질러 닦는 것을 마땅하게 여기는 끔찍한 가정의 전통이 남편에게나 아내에게나 얼마나 헛된 삶의 낭비를 초래하는지 비통한 마음이 들지 않나요. 주인과 하인, 남편과 아내, 부모와 자식 등 모든 인간관계가 달라졌습니다. 그리고 인간관계가 달라지면 동시에 종교와 정치, 행동거지와 문학에도 변화가 일어나죠. 이 전환기가 1910년경이라는 데 일단 동의를 해봅시다.

앞에서 인물 파악이라는 기술을 습득하지 못하면 무참한 실패 없이 겨우 일 년도 무사히 넘기기 힘들다고 했죠. 하지만 그것은 젊은 시절의 기술이에요. 중년이나 노년에 접어들면 대개 있는 기술을 활용할 뿐이지, 우정이라든지 인물 파악의 다른 모험이나 실험을 벌이는 일은 거의 없어지죠. 하지만 실질적인 목적에 필요한 기술을 충분히 연마한 뒤에도 계속해서 인물에 관심을 보이는 소설가들은 대부분 세상 사람들과는 다릅니다. 그들은 한 걸음 더 나아가 인물 자체에 뭔가 한없이 흥미로운 점이 있다고 보거든요. 실질적인 일상사를 다 떼어버린 후에도 여전히 사람들에게 압도적으로 중요한 어떤 면이 있다고 보는 거지요. 그것이 그들의 행복이나 위안이나 수입과 아무런 관계가 없더라도 말입니다. 인물 연구 자체가 아주 흥미로운 일이 되어 인물 창조가 일종의 강박이 되죠. 설명하기가 참 어렵긴 해요. 소설가들이 인물에 대해 말할 때 그것이 무슨 뜻인지, 때로 글로 자신의 견해를 구현할 수 있을 만큼 강력하게 그들을 추동하는 충동이 무엇인지 말이죠.

그래서 여러분이 괜찮다면 추상적인 설명과 분석 대신에 리치먼드에서 워털루까지의 여정을 담은 간단한 이야기를 들려드릴까 해요. 종잡을 수 없는 이야기일 수는 있지만 진실하다는 장점은 있습니다. 이 이야기를 통해, 인물이라는 말로 내가 뜻하는 바를 여러분이 이해하게 되면 좋겠어요. 인물에 얼마나 다른 면모가 있는지, 그리고 그것을 단어로 표현하려 하자마자 얼마나 끔찍한 위험이 닥치는지를 여러분들이 깨달았으면 합니다.

몇 주 전 어느 날 밤, 기차 시간에 늦어서 일단 눈앞에 보이는 기차 칸으로 뛰어 들어갔어요. 자리에 앉자마자 내가 그 칸에 이미 자리 잡은 두 사람의 대화를 끊어놓았다는 묘하면서도 불편한 느낌을 받았습니다. 행복한 젊은이들이어서가 아니에요. 전혀 그런 게 아니라 둘 다 나이가 지긋한 사람들로 여자는 예순이 넘고 남자는 마흔은 한참 넘은 것으로 보였어요. 두 사람은 마주 보고 앉아 있었지요. 그 태도와 상기된 얼굴로 보건대 남자는 몸을 숙이고 뭔가를 힘주어 주장하고 있었던 모양인데 나를 보자 몸을 뒤로 빼고 입을 닫았어요. 나 때문에 말이 끊어졌고 그래서 기분이 상했던 거죠.

하지만 이제부터 내가 브라운 부인이라고 부를 노부인은 오히려 안도하는 듯했어요. 남루하지만 깔끔한 옷차림의 노부인이었어요. 단추란 단추는 다 잠그고 단단히 여미고 잡아 묶은, 말끔히 수선하고 열심히 털어 입은 극도의 깔끔함이 오히려 더럽고 너덜대는 옷보다도 극도의 궁핍을 더욱 드러내는 그런 부류였죠. 그 표정이 고통스럽달까 걱정스럽달까, 뭔가 초췌한 면이 있는 데다가 정말이지 몸이 왜소했어요. 깨끗한 작은 부츠를 신은 발이 바닥에 닿지도 않았죠. 그녀를 부양하는 사람이 전혀 없고 무슨 결정이든 혼자 해야 할 거라는 느낌이 들었어요. 수년 전에 남편에게서 버림을 받았거나 사별한 후 아들 하나를 키우며 맘고생에 시달리는 고된 세월을 보냈는데 십중팔구 그 아들은 지금쯤 잘못된 길로 들어섰을 것이고요.

대개 그렇겠지만 나와 어떤 식으로든 관련이 있지 않은 다음에야 낯선 이들과 함께 기차를 타고 가는 일은 불편할 수밖에 없죠. 내가 그런 기분으로 자리에 앉았을 때 이 모든 생각이 머릿속을 스쳐갔습니다. 다음으로 남자 쪽을 보았어요. 브라운 부인의 가족이나 친척은 아니라고 거의 확신했죠. 몸집이 크고 더 건장하면서 세련됨은 덜한 유형이었으니까요. 사업을 하는 사람일 거라고 보았는데, 북부 출신의 그럴듯한 잡곡상일 가능성이 많았죠. 근사한 푸른색 모직 옷에 주머니칼과 실크 손수건, 튼튼한 가죽 가방을 지니고 있었습니다. 그런데 브라운 부인과 처리해야 할 뭐가 불쾌한 일이 있는 게 분명했어요. 내 앞에서 논의할 마음은 없는, 비밀스러운, 어쩌면 음흉한 일인지도 모르죠.

"그래요, 크로프트 집안이 하인 복은 참 없어요." 내가 앞으로 스미스 씨라고 부를 그 남자가 체면을 차리려는 듯이 앞서의 주제로 되돌아가며 판정을 내리듯 말했어요.

"아, 안된 일이죠." 아주 약간 도도한 태도로 브라운 부인이 대답했죠. "내 조모께서는 열다섯 살에 하녀로 들어온 사람을 팔십이 될 때까지 데리고 있었는데." (이 말에는 어쩌면 우리 두 사람 모두에게 깊은 인상을 남기려는 일종의 상처받은 공격적 자만심이 담겨 있었을지도 모르겠어요.)

"요즘엔 그런 일은 찾아보기 힘들어요." 스미스 씨가 달래듯이 말했어요.

그러곤 둘 다 말이 없었죠.

"거기에 골프장을 세우지 않는 게 참 이상해요. 젊은 세대가 분명 그러리라 생각했는데." 침묵이 확실히 그를 불편하게 하는지 스미스 씨가 입을 열었어요.

브라운 부인은 굳이 대꾸하려고도 하지 않았죠.

"지금 이 지역에 얼마나 엄청난 변화가 일어나고 있는지." 스미스 씨가 창밖에 눈길을 둔 채 이렇게 말하면서 슬그머니 내쪽을 보았어요.

브라운 부인의 침묵을 봐도 그렇고 스미스 씨가 말을 건네는 어색한 상냥함을 봐도 그렇고, 그가 브라운 부인에게 어떤 압력을, 그것도 무례하게 행사하고 있었던 게 분명했습니다. 아들의 몰락일 수도 있고, 부인에게 있었던 과거의 어떤 고통스러운 사건일 수도 있고, 아니면 딸의 문제일 수도 있겠죠. 재산 일부를 넘겨준다는 문서에 서명을 하러 런던에 가는 중일 수도 있고요. 부인을 보며 연민의 감정이 마구 솟아나기 시작했는데, 그때 그녀가 갑자기 뜬금없이 이렇게 말했어요.

"송충이가 두 해를 끊임없이 잎을 갉아 먹으면 떡갈나무가 죽을까요, 안 죽을까요?"

호기심을 보이는 교양 있는 말투로 꽤 명랑하게, 게다가 또박또박 이렇게 물었던 거예요.

스미스 씨는 깜짝 놀랐지만, 곧 무난한 대화의 주제가 생겨 안심이 되는 모양이었어요. 병충해에 대해 속사포처럼 말을 늘어놓았죠. 켄트에서 과수원을 하는 동생이 있다면서, 과수원을 경영하는 사람들이 매년 하는 일이 무엇인지 아느냐며 온갖 얘기를 늘어놓았어요. 그런데 그가 그렇게 떠들어대는 중에 아주 기이한 일이 벌어졌습니다. 브라운 부인이 작고 흰 손수건을 꺼내더니 눈물을 찍어내기 시작한 거예요. 울고 있었던 거죠. 그러면서도 상대의 말을 꽤나 침착하게 계속 들었고, 그는 그녀가 우는 모습을 전에도 자주 봤다는 듯이, 그게 무슨 고약한 습관이라도 되는 듯이 약간 더 목소리를 높여, 약간 화가 난 투로 말을 이어갔습니다. 그러다가 말을 뚝 멈추고는 창밖을 한번 내다보더니, 내가 열차 칸에 들어왔을 때 했던 대로 몸을 그녀 쪽으로 숙이며 이 멍청한 짓은 더 이상 못 참겠다는 듯이 겁박하는 투로 말했어요.

"그러니까 우리가 논의하던 그 문제는, 그렇게 하면 되겠죠? 조지가 화요일에 오는 겁니다?"

"늦지 않게 갈게요." 브라운 부인이 무척 위엄 있는 태도로 몸과 마음을 가다듬으며 대답했어요.

스미스 씨는 아무 말도 하지 않았어요. 자리에서 일어나 코트 단추를 잠그고 바닥에 놓인 가방을 집어 들더니, 클레펌 분기점에 들어선 기차가 미처 정차하기도 전에 기차에서 뛰어내렸어요. 원하는 것을 얻어냈지만, 본인도 창피했던 거죠. 노부인의 눈앞에서 사라지면서 안도했던 겁니다.

열차 칸에는 브라운 부인과 나만 남았습니다. 맞은편 구석 자리에 앉은 부인은 말끔하고 자그마하고, 좀 기이했고, 극도로 괴로워하고 있었어요. 그녀가 풍기는 인상은 가히 압도적이었죠. 문을 열자마자 불어닥치는 찬바람처럼, 뭔가 타는 냄새처럼 그렇게 확 끼쳐왔어요. 그 압도적이면서 독특한 인상은 무엇으로 이루어져 있었을까요? 그런 경우 서로 무관하고 어울리지도 않는 오만 가지 생각이 머릿속으로 밀려들어옵니다. 온갖 다양한 장면의 중심에서 그 인물을, 브라운 부인을 보는 거죠.

해변 주택 안에서 유리 상자에 든 배 모형이나 해삼 같은 기묘한 장식에 둘러싸여 있는 부인을 생각해봅니다. 벽난로 위에는 남편의 훈장이 있어요. 부인은 방 안을 들락날락하면서 의자 끝에 걸터앉기도 하고 냄비에서 음식을 덜어내기도 하고 아무 말 없이 한참을 앞쪽만 응시하고 있기도 합니다. 송충이와 떡갈나무에는 이 모두가 함축되어 있지요. 그리고 이 환상적인 은둔의 삶에 스미스 씨가 불쑥 쳐들어옵니다. 세찬 바람이 부는 날 말하자면 바람에 날리듯 휙 집 안으로 들어오는 거지요. 문을 쿵쿵 두드리고는 쾅 닫습니다. 우산에서 물이 뚝뚝 떨어져서 현관에 물웅덩이를 만들어놓았죠. 두 사람이 방 안에 마주 앉습니다.

거기서 브라운 부인은 무시무시한 사실을 대면합니다. 그리고 영웅적인 결단을 내리죠. 새벽같이, 동이 트기도 전에 짐을 싸서 역으로 나갑니다. 스미스 씨는 건드리지도 못하게 할 겁니다. 자존심에 상처를 입었고, 정박해 있던 곳에서 닻을 올리고 움직이게 된 거죠. 부인은 하인을 거느리던 신사 계급 출신인데―하지만 자세한 내용은 당장 급할 건 없어요. 중요한 것은 그 인물을 인식하는 일이에요. 그 분위기에 흠뻑 젖는 거죠. 어째서 그 인물이 내게 좀 비극적이고 영웅적으로 다가왔는지 설명할 시간은 없는데, 어쨌든 기차가 정차하기 전에 순간적으로 어떤 환상적인 빛이 번쩍하듯이 다가왔어요. 그렇게 부인이 가방을 들고 번쩍거리는 거대한 역사 안으로 사라지는 것을 지켜보았죠. 아주 왜소하면서도 억척스러워 보였어요. 무척 허약하면서도 동시에 아주 영웅적이고요. 그런 후 부인을 다시 본 적은 없었고, 그녀가 어떻게 되었는지도 절대 알 수 없겠죠.

이 이야기는 특별한 요지도 없이 이렇게 끝납니다. 하지만 이 일화를 여러분에게 들려준 것은 내 기발한 재주를 보여주기 위해서도 아니고 리치먼드에서 워털루까지 여행의 즐거움을 알려주기 위해서도 아니에요. 여러분이 이 이야기에서 알아차렸으면 하는 점은 이것입니다. 여기 다른 사람의 이목을 끄는 인물이 있어요. 이 이야기의 브라운 부인은 거의 자동으로 소설을 쓰게 만드는 그런 인물이지요. 모든 소설이 맞은편 구석자리에 앉은 노부인과 함께 시작한다고 나는 믿습니다. 그러니까 모든 소설은 인물을 다루는 것이고, 소설이라는 형식이, 그렇게 어설프고 장황하고 별로 극적이지도 않지만 그렇게 풍부하고 탄력적이고 살아 있는 그 형식이 진화해온 것은 무슨 교리를 설파한다거나 노래를 읊는다거나 대영제국의 영광을 찬양하기 위해서가 아니라 인물을 표현하기 위해서라는 거죠.

인물을 표현한다고 말했습니다. 하지만 여러분은 그 말이 아주 다양한 방식으로 해석될 수 있다는 사실을 곧장 떠올리겠죠. 예를 들어 여러분이 어느 시대, 어느 나라에 태어났는가에 따라 연로한 브라운 부인이라는 인물에게서 상당히 다른 인상을 받을 겁니다. 기차에서 벌어진 이 사건을 가지고 영국식, 프랑스식, 러시아식으로 서로 다른 이야기를 쓰는 일은 전혀 어렵지 않습니다. 영국 작가는 노부인을 '특정한 인물'로 만들 겁니다. 부인의 특이성과 틀에 박힌 생활, 단추나 주름살, 리본이나 사마귀 등을 끄집어내겠지요. 그녀의 인성이 소설을 지배하는 거죠. 프랑스 소설가라면 이 모든 것을 지워버릴 겁니다. 인간 본성에 대한 좀 더 보편적인 견해를 나타내기 위해서, 좀 더 균형 잡힌, 추상적이고 조화로운 전체를 만들어내기 위해 개인으로서의 브라운 부인은 희생시키는 거지요. 러시아 소설가는 육체를 뚫고 들어가 영혼을 드러낼 겁니다. 오로지 워털루로(路)를 쏘다니는 영혼만을, 우리가 마지막 책장을 덮고 난 뒤에도 여전히 귓속을 울리는 어마어마한 인생의 질문을 던지는 그 영혼만을 말입니다.

시대와 나라만이 아니라 작가 자신의 기질도 고려해야 합니다. 같은 인물을 두고 누군가는 이런 면을 보는 반면 나는 그와 다른 걸 보니까요. 누구는 그것이 이런 뜻이라고 하지만 나는 다른 뜻이라고 할 수 있죠. 더 나아가 글을 쓰는 문제에서 글쓴이 각자는 자기 나름의 원칙에 따라 선택을 내립니다. 따라서 브라운 부인은 시대와 나라와 작가의 기질에 따라 셀 수 없이 다양한 방식으로 다뤄질 수 있겠죠.

하지만 이쯤에서 베넷 씨가 한 말을 다시 상기해야겠군요. 그는 소설 속 인물이 사실적일 때라야만 소설이 계속 살아남을 수 있다고 했죠. 그렇지 못하면 소설은 사멸할 수밖에 없다는 겁니다. 그런데 이런 의문이 듭니다. 사실성이란 무엇인가? 사실성의 판단은 누가 내리는가? 어떤 인물이 베넷 씨에게는 사실적이지만 내게는 별로 사실적이지 않을 수도 있습니다. 예를 들어 앞에서 인용한 글에서 그는 『셜록 홈즈』의 왓슨이 사실적이라고 말합니다. 내가 보기에 왓슨은 지푸라기 가득한 자루나 마네킹처럼 웃기는 인물일 뿐이에요. 그런 식의 인물을 대자면 끝도 없고 그런 식의 책도 마찬가지입니다. 인물의 사실성만큼 사람들의 의견이 갈리는 주제가 없고, 현대 소설의 경우엔 특히 그렇죠.

하지만 넓게 보자면 베넷 씨의 말은 전적으로 옳은 주장입니다. 여러분들이 위대한 소설로 여기는 작품들, 곧 『전쟁과 평화』나 『허영의 시장』 『트리스트럼 샌디』 『보바리 부인』 『오만과 편견』 『캐스터브릿지 시장』 『빌레트』 등을 생각해보면 곧장 아주 사실적(이것은 사실 그대로라는 의미가 아닙니다)인 인물들을 떠올리게 되니까요. 그저 우리의 머릿속에 떠오르는 정도가 아니라, 종교와 사랑에서부터 전쟁과 평화, 가족생활, 시골 읍내의 무도회, 일몰과 월출, 영혼의 불멸성까지 그들의 눈으로 바라보게 만드는 힘을 지닌 인물들이지요. 내 생각에『전쟁과 평화』에 나오지 않는 인간 경험의 주제는 거의 없는 것 같아요. 그리고 이 모든 소설에서 이 위대한 소설가들은 우리가 보았으면 하는 것들을 이런저런 인물을 통해 보여줍니다. 그게 아니라면 소설가라고 할 수가 없지요. 시인이거나 역사가거나 논문 저자면 모를까.

이제 베넷 씨가 이어서 하는 이야기를 살펴보도록 하죠. 조지 시대 소설가들은 사실적이고 진실하고 실감 나는 인물을 창조하지 못하기 때문에 위대한 소설가가 못 된다는 것이 그의 주장이었죠. 난 동의할 수 없어요. 이 문제를 다른 방식으로 바라볼 수 있는 이유와 구실과 가능성은 차고 넘치니까요. 적어도 내가 보기에는 그런데, 이 문제에서 내가 편견이 있다거나 너무 낙천적이고 근시안적일 수도 있다는 사실은 잘 알고 있습니다. 그래서 공평하고 공정한 판단을 바라는 마음으로 내 의견을 여러분 앞에 펼쳐 보이고자 합니다.

왜 요즘 소설가들은 베넷 씨만이 아니라 대부분의 세상 사람들에게도 사실적으로 느껴지는 인물을 창조하기가 그렇게 힘든 걸까요? 때가 되면 시월이 오듯이 출판사에서 대중에게 늘 명작을 제공하지 못하는 이유는 무엇일까요?

확실한 이유 하나는 1910년이나 그즈음에 소설을 쓰기 시작한 작가들은 남녀 모두 다음과 같은 커다란 어려움에 직면했기 때문입니다. 즉 소설에 관해 배울 수 있는 살아 있는 영국 소설가가 존재하지 않는다는 것이죠. 조지프 콘래드는 폴란드 출신이라 아무래도 좀 거리가 있어서, 훌륭하기는 하지만 딱히 도움이 되지는 않습니다. 토머스 하디는 1895년 이후로는 소설을 쓰지 않았습니다.

1910년이라는 해에 가장 눈에 띄는 성공적인 작가는 아마 웰스와 베넷과 골즈워디일 겁니다. 그런데 이들에게 가서 소설 쓰는 법―사실적인 인물을 창조하는 법―을 가르쳐달라고 하는 건 제화공에게 가서 시계 만드는 법을 가르쳐달라고 하는 것과 매한가지입니다. 내가 그들의 책을 좋아하지 않는다는 말이 아닙니다. 그들의 책은 대단히 중요하고 아주 필요한 종류의 소설입니다. 시계보다 장화를 구하는 게 더 중요한 계절이 있지요. 이런 은유가 아니라도, 빅토리아 시대의 엄청난 창작 활동 이후에 웰스나 베넷이나 골즈워디 같은 작가들이 쓴 그런 종류의 책을 누구라도 썼어야 했고 그것은 문학을 위해서만이 아니라 삶을 위해서도 아주 필요한 일이었다고 봅니다.

하지만 사실 얼마나 이상한 책들인가요! 때로는 저것을 과연 책이라고 불러도 되는 건지 의구심이 들기도 해요. 왠지 불완전해서 만족스럽지 않다는 아주 기이한 느낌이 드니 말이죠. 그 책들을 완전하게 만들려면 뭔가 다른 일을 해야만 할 것 같아요. 협회에 가입을 한다든가, 더 절박하게는 수표를 써준다거나 하는. 그렇게 하고 나서야 왠지 불안하던 마음이 사라지고 책이 완성되는 거죠. 책장에 꽂아두고 이제 다시는 읽을 필요가 없는 겁니다. 하지만 앞의 다른 소설가들의 작품은 다릅니다. 『트리스트럼 섄디』나 『오만과 편견』은 그 자체로 완벽하고 완결되어 있어요. 뭔가 다른 일을 해야 한다는 마음이 들지 않아요. 다시 읽고 좀 더 잘 이해하고 싶다는 마음이 아니라면 말이죠. 기존 작가와의 차이라면 아마 로런스 스턴과 제인 오스틴은 상황 자체에, 인물 자체와 책 자체에 관심이 있었기 때문일 겁니다. 그래서 모든 것이 책 안에 자리를 잡고 밖에는 아무것도 없는 거죠. 하지만 에드워드 시대 작가들은 인물 그 자체에, 혹은 책 그 자체에 관심을 두는 경우가 절대 없습니다. 바깥의 무언가에 관심이 있지요. 그래서 그들의 책은 책으로서 불완전하고, 사실상 독자들이 직접 나서서 완성을 해야 하는 겁니다.

열차 칸에서 벌어지는 작은 파티를 한번 상상해보면 이 점이 좀 더 분명해질 것 같아요. 웰스와 베넷과 골즈워디가 브라운 부인과 함께 워털루까지 갑니다. 앞에서 말했다시피 브라운 부인은 아주 왜소하고 차림새도 남루해요. 세상살이에 시달린 근심스러운 표정이죠. 보통 말하는 교육받은 여자라고 하기는 힘들어요. 웰스는 우리 초등교육의 불만족스러운 상태를 나타내는 이 모든 징후를, 그것도 나로서는 제대로 평가할 수도 없을 만큼 순식간에 포착합니다. 그러곤 퀴퀴한 열차 칸이나 케케묵은 할망구는 존재하지 않는, 더 훌륭하고 활기차고 쾌활하고 행복한, 모험 가득하고 용맹한 세계를 곧장 유리창에 비춰 보이겠지요. 아침 여덟 시쯤이면 마술처럼 너벅선이 열대 과일을 캠버웰로 실어다주는 세계. 탁아소, 분수, 도서관, 식당 방, 응접실, 그리고 결혼이 존재하고, 작가 자신과도 좀 비슷하게 모든 시민이 관대하고 솔직하고 남자답고 멋진 그런 세상 말이에요. 브라운 부인 같은 부류라고는 없어요. 유토피아에는 브라운 부인 같은 사람은 없으니까요. 사실 웰스로서는 브라운 부인을 자신이 보기에 마땅한 인물로 만들려는 열망이 워낙 강해서 부인의 실상을 조금도 살펴보려 하지 않을 거예요.

골즈워디에게는 어떤 것이 보일까요? 틀림없이 덜튼[2] 공장의 담벼락이 그의 관심을 끌겠죠. 그 공장에는 매일 수백 점의 도자기를 만드는 여성들이 있습니다. 그리고 마일엔드로(路)에는 그 여성들이 벌어다주는 푼돈으로 생계를 꾸려가는 어머니들이 있지요. 그런데 서리[3]의 고용주들은 지금도 나이팅게일의

---

2 유명한 도자기 회사 로열 덜튼.

3 Surrey. 런던 남쪽의 부유층 거주지.

노래를 들으며 값비싼 시가를 피우고 있습니다. 온갖 자료를 잔뜩 모으고 분기탱천하여 문명에 그 죄를 묻는 골즈워디가 브라운 부인에게서 보는 것은 바퀴에 깔려 부서져 구석으로 내던져진 도자기 그릇뿐입니다.

에드워드 시대 작가 가운데 베넷 씨만이 열차 칸 안에 내내 시선을 고정하고 있을 겁니다. 정말이지 대단한 주의를 기울이며 세세한 면을 모두 관찰하겠지요. 광고가 눈에 띌 거고, 스와니지[4]와 포츠머스[5]의 사진, 단추 사이가 불룩해진 쿠션의 모습도 놓치지 않을 겁니다. 브라운 부인이 위트워스의 시장에서 3파운드 10실링 3페니를 주고 산 브로치를 달고 있는 모습이나 장갑 두 짝을 모두 수선했다는 사실도 그렇고요. 그리고 이 기차가 윈저에서 출발한 직행열차이지만 리치먼드에 잠깐 정차한다는 사실도 결국 알게 되겠죠. 극장에 갈 여유는 되지만 아직 자동차를 살 수 있는 사회적 지위에는 이르지 못한 중산층 주민의 편의를 위해서 말입니다. 물론 그들이 회사(어떤 회사인지도 알려줄 겁니다)에서 자동차를 빌리는 경우(어떤 경우인지 말해줄 겁니다)도 있긴 하지만 말이죠.

그렇게 조금씩 슬쩍슬쩍 브라운 부인 가까이 다가갈 것이

4 Swanage. 영국 남단의 항구도시로 유명한 휴양지.
5 Portsmouth. 영국 남단의 항구도시.

고, 대칫에 자유소유권은 아니지만 등본소유권을 가진 재산이 있는데 어쩌다가 그것을 사무변호사인 번가이 씨에게 저당 잡히게 되었는지 말해줄 텐데… 그런데 지금 내가 왜 주제넘게 베넷 씨를 창조해내고 있는 거죠? 그가 직접 쓴 소설이 있잖아요? 우연히 제일 먼저 손에 잡힌 『힐다 레스웨이즈』(*Hilda Lessways*)를 펼쳐보겠습니다. 소설가라면 마땅히 그래야 하듯이 베넷 씨가 어떻게 힐다를 사실적이고 진실하고 그럴듯하게 그리고 있는지 한번 봅시다. 힐다는 『모드』(*Maud*)[6]를 즐겨 읽습니다. 그는 무엇인가를 강렬하게 느낄 수 있는 능력을 지니고 태어났지요. 여기까지는 좋아요. 베넷 씨는 특유의 느긋하고 자신만만한 방식으로, 만사를 솜씨 있게 다뤄야 하는 처음 몇 쪽에 걸쳐 그녀가 어떤 종류의 인물인지를 보여주고자 합니다.

그런데 집세를 걷는 스켈론 씨의 모습이 나타났다는 구실로 힐다 레스웨이즈가 아니라 그녀 침실 창문에서 내다보이는 광경을 묘사합니다. 소설의 대목은 이렇게 이어집니다.

"그녀 뒤쪽으로는 턴힐 관할 구역이 있었다. 그리고 턴힐이 북쪽 끝을 이루는 파이브타운즈의 희부연 구역 전체가 남쪽으로 뻗어 있었다. 채털리 숲 기슭으로는 운하가 커다란 만곡을 이루며 체셔의 때 묻지 않은 평원과 바다를 향해 나아간다.

6 앨프리드 테니슨의 시.

힐다의 창문에서 바로 마주보이는 운하 위쪽으로 제분소가 있는데, 때로 양편의 전망을 가로막은 가마와 굴뚝만큼이나 시커먼 연기를 뿜어낸다. 한참을 줄 지어 늘어선 새로 지은 오두막과 거기 딸린 정원 사이를 가르며 제분소에서 이어지는 벽돌길이 레스웨이즈 씨 집 앞의 레스웨이즈가(街)로 곧장 이어진다. 맨 끝의 오두막에 살고 있는 스켈론 씨는 그 길로 올 것이 분명했다."

통찰력 있는 한 줄의 글이 이 장황한 묘사보다 더 나을 수도 있겠죠. 하지만 일단 이 모두가 소설가라면 어쩔 수 없이 해야 하는 지루한 작업이라고 보고 넘어갑시다. 그런데, 지금 힐다는 어디 있죠? 여전히 창밖을 내다보고 있네요. 삶이 불만스러운 열정적인 처녀인데, 주택을 보는 눈도 있어요. 이 나이 많은 스켈론 씨를 자기 침실 창문에서 내다보이는 빌라와 종종 비교하거든요. 베넷 씨의 글은 이렇게 계속 이어집니다.

"줄 지어 선 주택들은 자유소유지 빌라라고 불렸다. 이 지역의 땅 대부분이, '벌금'을 물고 장원의 영주 대리인이 주재하는 '법정'에서 봉건적 동의를 얻어야만 소유권을 이전할 수 있는 등본소유지라는 사실을 생각하면, 누가 봐도 자랑스러운 명칭이었다. 대체로 그 집에 사는 사람이 그 주택의 소유주라, 그 땅의 절대군주라 할 그들은 널어놓은 옷가지며 수건이 펄럭거리는 검댕 날리는 마당에서 괜한 수선을 떨었다. 자유소유지 빌라는 빅토리아 시대 경제의 최종적인 승리이자 신중하고 근면한 장인의 절정의 순간을 상징했다. 그것은 건축협회 총무가 꿈꾸는 낙원과도 맞아떨어졌다. 정말이지 진정한 의미의 성취였던 것이다. 그럼에도 힐다의 불합리한 경멸감은 이 사실을 인정하려 하지 않았다."

너무 고마워서 눈물이 날 지경이네요! 드디어 힐다를 만나게 되었으니까요. 하지만 아직은 아닙니다. 힐다는 이럴 수도 있고 저럴 수도 있고, 아예 다른 것일 수도 있지만, 지금 힐다는 집을 바라보고 있을 뿐 아니라 집에 대해 생각하고 있습니다. 집 안에 살고 있기도 하죠. 그럼 힐다가 사는 집은 어떤 종류의 집일까요? 소설은 이렇게 계속됩니다.

"그것은 찻주전자 공장을 운영했던 그녀의 할아버지 레스웨이즈 씨가 지은, 네 채씩 붙어 있는 빌라의 가운데 두 집 중 하나였다. 네 채의 집 중 우두머리 격으로 분명 전체 건물의 소유주가 사는 곳이었다. 모퉁이 집 중 하나는 식료품 가게였는데, 그 집 마당 몫 일부를 빼앗아 빌라 주인집 마당을 약간 넓혔다. 이 빌라는 좁아터진 오두막이 아니라 집세가 일 년에 26파운드에서 36파운드까지 나가는 집이었다. 장인이나 소규모 보험 대리점이나 집세 수금원 같은 직업으로는 감당할 수 없는 수준이었다. 게다가 비용을 아끼지 않고 잘 지은 집이었다. 망가지긴 했지만 건축적인 측면에서 조지 시대 경쾌함의 흔적이 흐릿하게나마 남아 있었다. 그 마을의 새 주택구역에서 단연코 최고의 주택이었다. 자유소유지 빌라에서 나와 그 집으로 다가오는 스 켈론 씨는 분명 더 우월하고 더 넓고 더 후한 곳으로 발을 들여 놓는 것이다. 그런데 문득 힐다의 귀에 엄마의 목소리가 들려 왔다…"

하지만 우리는 엄마의 목소리도, 힐다의 목소리도 들을 수 가 없습니다. 오직 집세와 자유소유권과 등기소유권과 벌금에 대한 사실을 늘어놓는 작가의 목소리만 들릴 뿐이지요. 베넷 씨 는 지금 뭘 하는 걸까요? 베넷 씨가 뭘 하는 건지 저 나름으로는 생각하는 바가 있습니다. 바로 독자인 우리가 그를 대신하여 상 상하도록 만들려는 겁니다. 집을 만들었으니 분명 그 안에 사는 사람도 있다고 믿게 하려고 최면을 거는 거지요. 놀라울 정도의 관찰력이 있는데도, 상당한 공감과 인간성을 지녔으면서도 베 넷 씨는 구석자리에 앉은 브라운 부인에게는 눈길도 주지 않습 니다. 그렇게 열차 칸 구석에 앉아 있는 그녀에게는 말이죠.

이 열차는 리치먼드에서 워털루로 가는 것이 아니라 영국 문학의 한 단계에서 다음 단계로 넘어가는 기차입니다. 왜냐하 면 브라운 부인은 영원하기 때문이에요. 브라운 부인은 인간성 자체여서 단지 표면만이 달라질 뿐이라, 그 안을 들락날락하는 것은 소설가거든요. 그렇게 부인은 앉아 있지만 에드워드 시대 작가들 누구도 그녀를 거들떠보지 않습니다. 온 힘을 다해서 열심히 무언가를 찾으면서 공감하는 마음으로 창밖을 내다볼 뿐이죠. 공장을, 유토피아를, 심지어 열차 칸의 장식과 가구를 바라보면서도 절대 그녀를, 삶을, 인간 본성을 보는 법은 없습니다. 그렇게 그들은 자신의 목적에 맞는 소설 기법을 발전시킨 겁니다. 자신들이 원하는 일을 해줄 도구를 만들고 관습을 확립한 거죠. 하지만 그 도구는 우리의 도구가 아니고 그들이 하는 일은 우리의 일이 아닙니다. 우리에게 그러한 관습은 파멸이고 그러한 도구는 죽음입니다.

여러분으로서는 그런 식의 표현이 너무 모호하지 않느냐고 불평할 수도 있겠죠. 아니, 관습이니 도구니 그게 다 뭐냐고 물을 만합니다. 베넷과 웰스와 골즈워디의 관습이 조지 시대 작가에게는 맞지 않는 관습이라는 말이 도대체 무슨 뜻이냐고요. 어려운 질문인데, 한번 지름길로 가보겠습니다. 글쓰기의 관습이란 예절의 관습과 크게 다르지 않습니다. 실생활에서나 문학에서나, 그러니까 여주인과 처음 보는 손님 사이든 작가와 익명의 독자 사이든 그 사이의 간극을 넘어 서로를 이어줄 수단이 필요해요. 여주인은 그 수단으로 날씨를 생각해냅니다. 날씨가 우리 모두 신뢰할 만한 보편적인 관심사라는 사실을 수 세대에 걸친 여주인들이 확립했기 때문이에요. 올해 5월 날씨는 정말 형편없다는 말로 처음 보는 손님과 말길을 트고는 이내 더 큰 관심사로 옮겨가는 것이죠.

문학도 마찬가지입니다. 작가도 독자가 알아볼 만한 어떤 것, 독자의 상상력을 자극하여 친밀함에 이르는 훨씬 어려운 일에 기꺼이 나서게 만들 만한 어떤 것을 그 앞에 내놓는 식으로 독자와 말길을 터야 하는 거죠. 이 공통된 만남의 장에 쉽게 이를 수 있어야 한다는 점이 무엇보다 중요합니다. 거의 본능적으로, 어둠 속에서 눈을 감고도 찾을 수 있을 만큼 쉽게 말이죠.

방금 인용한 대목에서 베넷 씨는 그 공동의 장을 이용하고 있는 겁니다. 그의 앞에 놓인 문제는 우리가 힐다 레스웨이즈의 현실성을 믿게 만드는 것입니다. 그래서 에드워드 시대 작가인 그는 힐다가 사는 주택이나 창밖으로 보이는 주택을 아주 정확하고 세세하게 묘사하는 일로 시작하는 것이죠. 주택이라는 재산은 에드워드 시대 사람들이 서로 친밀해지기 위해 쉽게 거쳐 갈 수 있는 공동의 장이었으니까요. 우리에겐 직접적으로 다가오지 않지만, 이 관습은 훌륭하게 그 역할을 해냈고 바로 이러한 수단을 통해 수천의 힐다 레스웨이즈들이 세상에 태어났어요. 그 시대와 그 세대에게 이 관습은 효과적이었던 거죠.

앞에서 들려드린 일화를 이제 꼼꼼히 따져보면, 여러분들은 내가 관습의 부재를 얼마나 통감하는지, 한 세대의 도구가 다음 세대에게 쓸모없게 된 상황이 얼마나 심각한 문제인지 알 수 있을 겁니다. 그 사건에서 나는 엄청난 인상을 받았어요. 그런데 그걸 어떻게 여러분들에게 전달할 수 있을까요? 내가 할 수 있는 일이라고는 그들이 했던 말을 가능한 한 정확히 기록하고 그들이 입은 옷을 자세히 묘사하고, 온갖 장면이 내 마음속으로 밀려들었다고 절박하게 주장하며 이어서 그것들을 정신없이 마구 꺼내 보이고, 훅 끼치는 바람이나 뭔가 타는 냄새에 비유함으로써 내게 압도적으로 다가온 생생한 인상을 묘사하는 수밖에 없습니다. 사실 대서양을 건너 모험에 나선 그 노부인의 아들과 웨스트민스터에서 모자가게를 운영하는 그 딸에 대해, 그리고 스미스 자신의 과거와 셰필드에 있는 그의 집에 대해 3부작 소설을 써볼까 하는 강한 유혹을 느끼기도 합니다. 내게는 그런 이야기가 세상에서 가장 음울하고 생뚱맞은, 협잡에 가까운 일로 여겨지지만 말입니다.

만약 그런 소설을 썼다면 내가 정말 뜻한 바를 전달하기 위한 지독한 노력은 면할 수 있었겠죠. 내가 뜻한 바에 도달하려면 거듭 뒤로 돌아가 이것저것 실험해봐야 했을 테니까요. 어떻게든 우리 사이에 공동의 장을 마련해야 한다는 것을 아니까, 여러분들에게 너무 이상하거나 비현실적이거나 믿을 수 없이 황당하지는 않은 어떤 관습을 찾아내야 하는 것을 아니까 이런 저런 문장을 써보고 각 단어를 나의 비전과 비교해보며 가능한 한 그 둘을 서로 맞춰봐야 했겠죠.

내가 그렇게 고생스러운 과업을 회피했다는 사실은 인정합니다. 나의 브라운 부인이 손가락 사이로 다 빠져나가게 내버려두었다는 것을요. 부인에 대해 딱히 여러분에게 알려준 것이라고는 없으니까요. 하지만 그것은 얼마간 그 대단하신 에드워드 시대 작가님들의 잘못입니다. 그들이 선배이자 나보다 나은 사람들이므로 이 여성의 인물됨을 묘사하려면 어떻게 시작하면 되겠느냐고 내가 물었더랬죠. 대답은 이러했어요. "그 부친이 해로게이트에서 상점을 하고 있다는 말로 시작하게. 가겟세가 얼마인지도 꼭 알려주고. 1878년에 점원의 임금이 얼마였는지도. 모친은 어쩌다가 돌아가셨는지도 알아봐. 암이면 암에 대해 묘사하고, 옥양목도 묘사하고, 또…" 난 여기서 소리를 지릅니다. "그만! 그만해요!" 그러고는 그 흉측하고 어설프고 어울리지 않는 도구를 창밖으로 던져버리고 말았어요. 암과 옥양목을 묘사하기 시작하면 내 브라운 부인이, 여러분에게 어떻게 전달해야 할지 모르겠지만 그래도 내가 고수하고 있는 그 비전이 색이 바래며 칙칙해지고 영원히 사라질 것이 분명했기 때문이지요.

에드워드 시대의 도구가 우리가 쓰기에 적합하지 않다는 말은 이런 뜻입니다. 그들은 사물의 짜임새를 엄청나게 강조했거든요. 집을 제대로 보여주면 독자들이 그 집 안에 사는 사람을 추론해낼 수 있으리라는 희망이 있었어요. 집을 제대로 대접하기 위해 훨씬 살기 좋은 집으로 만들어냈죠. 하지만 소설은 일차적으로 사람에 대한 것이고 그들이 사는 집은 이차적인 문제라고 생각한다면 그런 식으로 소설을 시작할 수는 없어요. 그렇기 때문에 조지 시대 작가들은 당시 널리 쓰이던 그 방법을 집어던지기 시작했어요. 그래서 브라운 부인을 독자에게 전달할 방법이라고는 없이 홀로 부인을 대면하게 되었던 거죠. 하지만 이 말은 아주 정확하진 않아요. 작가는 절대 혼자인 법이 없거든요. 늘 대중과 함께하니까요. 같은 자리에 앉아 있지 않더라도 적어도 옆 칸에는 있는 거죠.

대중이란 여행을 함께하는 낯선 동행입니다. 영국의 대중은 아주 민감하고 유순해서, 어떤 말이든 일단 그 말을 듣고 관심이 쏠리면 한동안은 그 말을 암묵적으로 믿습니다. 대단한 확신을 갖고 '모든 여자에게 꼬리가 있고 모든 남자의 등에는 혹이 있다'고 말하면 대중들은 정말로 꼬리 달린 여자와 등에 혹 달린 남자를 보게 될 거예요. "말도 안 돼. 꼬리는 원숭이한테나 있고 등에 혹이 달린 건 낙타지. 남녀에겐 두뇌가 있고 심장도 있어서 그들은 생각을 하고 감정도 있어." 당신이 이렇게 반박하면 그것이 아주 혁명적이고 아마 꼴사납다고도 여기겠지요. 형편없고, 심지어 부적절한 농담이라고 말입니다.

다시 하던 얘기로 돌아가보죠. 여기 영국 대중이 작가 곁에 앉아서 한목소리로 소리 높여 이렇게 말합니다. "노부인에겐 집이 있겠죠. 부친도 있고, 수입도 있고, 하인도 있을 테고요. 보온병도 있고. 우리가 아는 노부인은 그렇다고요. 그런 식으로 그 인물을 알아볼 수 있다고 웰스 씨와 베넷 씨와 골즈워디 씨가 늘 가르쳐줬는걸요. 그런데 당신의 브라운 부인은요? 그 사람의 존재를 어떻게 믿을 수 있죠? 부인의 빌라 이름이 앨버트인지 발모럴인지도 알려주지 않았잖아요. 장갑을 얼마 주고 샀는지, 모친이 암으로 돌아가셨는지 폐렴으로 돌아가셨는지도요. 그런데 어떻게 살아 있는 인물일 수가 있어요? 아니죠. 그녀는 그저 당신 상상으로 만들어낸 존재일 뿐이에요."

그러니까 노부인들은 당연히 상상력이 아니라 자유소유 빌라나 등기소유 빌라에서 만들어져야 한다는 거죠.

그래서 조지 시대 작가들은 어정쩡한 곤경에 빠지게 되었어요. 한편으로는 자신은 사람들이 이해하는 바와 다른 인물이라고, 상당히 다르다고 주장하는 브라운 부인이 있어요. 아주 잠깐이긴 하지만 정말로 멋지게 본인의 매력을 살짝 보여주면서 자신을 구해달라고 소설가들을 유인하죠. 다른 한편으로는 집을 짓고 부수는 일에나 알맞은 도구를 나눠주는 에드워드 시대 작가들과, 무슨 일이 있어도 보온병을 먼저 봐야겠다고 요구하는 영국 대중이 있어요. 그러는 사이 돌진하는 열차는 어느새 다들 내려야 할 역에 가까워지고요.

내 생각에 이것이 바로 1910년에 젊은 조지 시대 작가들이 처한 곤경이었습니다. 많은 작가들이 — 특히 포스터와 로런스를 떠올리게 되는데요 — 그 도구를 던져버리지 않고 계속 사용했기 때문에 초기 작품을 망쳤어요. 어떻게든 타협을 해보려고 했던 거지요. 자신들의 인물이 특이하고 중요하다는 사실을 직접 인식하고 있었으면서도, 그것을 공장법에 대한 골즈워디의 지식이나 파이브타운즈에 대한 베넷의 지식과 결합해보려 했던 겁니다. 그런 시도를 하긴 했지만, 아주 진심한 작가늘인 그들이 브라운 부인에게서 받은 인상이 워낙 압도적이라 그 시도가 오래 가지는 못했습니다.

무슨 수를 써야 했어요. 기차가 멈추고 브라운 부인이 영영 사라지기 전에 그녀를 구출해서 표현하고 세상과의 도드라진 관계 속에 놓아야 했던 것이죠. 목숨을 잃거나 사지가 잘리더라도, 귀중한 재산을 잃는 손해를 입더라도 말이에요. 그래서 요란스러운 좌충우돌이 벌어지게 된 겁니다. 시와 소설에서, 전기에서, 심지어 신문 기사와 사설에서까지 주변에서 온통 부서지고 떨어지고 충돌하고 망가지는 소리가 요란했던 거예요. 그런 소리가 조지 시대에 우리 주변에 만연했죠. 과거에는 아름다운 곡조가 들려오던 시절이 얼마나 많았나를 생각하면, 셰익스피어나 밀턴, 하물며 제인 오스틴과 새커리와 디킨즈를 생각해봐도, 좀 우울한 소리가 아닐 수 없죠. 언어의 측면에서도 그래요. 언어가 자유로울 때 얼마나 높이 날아오를 수 있는지 모르는데, 지금은 그 똑같은 매가 사로잡혀 깃털을 잃은 채 꺽꺽거리기만 하는 모습을 보면 말이에요.

이런 사실들을 앞에 두고도, 귀에는 저 요란한 소리가 울리고 머릿속에는 저런 상상이 가득하지만, 조지 시대 작가들이 실제 인물처럼 믿을 만한 인물을 창조하지 못한다는 베넷 씨의 불평에 그 나름의 근거가 있다는 것을 부정하지는 않습니다. 그들이 빅토리아 시대의 작가들처럼 가을마다 불멸의 대작을 세 권씩 쏟아내지 못한다는 사실은 인정하지 않을 수 없으니까요. 하지만 나는 그래서 침울해지는 게 아니라 오히려 낙관적인 마음이 들어요. 이런 현재 상황이란 호호백발 때이든 풋내기 젊은 시절이든, 관습이 더 이상 작가와 독자의 소통 수단이 되지 못하고 오히려 장애이자 걸림돌이 되었을 때 불가피하게 발생하는 것이기 때문이죠.

지금 우리가 겪고 있는 것은 쇠퇴의 과정이 아닙니다. 그보다는 더 신나는 우애의 교류를 위한 서막을 열어줄 어떤 관례, 작가와 독자가 함께 받아들일 관례가 부재하다는 것을 보여줍니다. 각 시대의 문학적 관습은 워낙 작위적—누군가를 방문하면 내내 날씨 얘기를 해야 하고, 오직 날씨 얘기만 해야 한다는 식으로—이라 약한 사람은 울화통이 터지고 강한 사람은 문학계의 기초와 규칙 자체를 아예 파괴해버리는 것도 당연해요.

어딜 보나 이런 징조가 뚜렷이 나타나고 있어요. 문법을 어기고 문장을 해체하죠. 주말에 숙모 댁에서 지내는 소년이 엄숙하기만 한 안식일의 시간이 얼마나 더디게 흘러가는지 자포자

기식으로 제라늄이 피어 있는 화단 위를 마구 뒹구는 식이죠. 물론 그보다 성숙한 작가들은 그저 분에 못 이겨 그런 식의 악의적인 일을 벌이지는 않아요. 그들의 진지함은 절박하고 용기도 엄청나니까요. 단지 문제는 그들이 무엇을 사용해야 할지를, 포크를 써야 할지 손가락을 써야 할지를 모른다는 겁니다. 그래서 조이스와 엘리엇 작품을 읽으면, 조이스는 음란하고 엘리엇은 모호하다는 인상을 받는 거죠. 『율리시스』의 음란함은 숨을 쉬기 위해 창문을 깨뜨려야 했던 절박한 사람의 의식적이고 계산된 음란함이라고 봐요. 창문이 깨질 때마다 잠깐씩 그의 찬란한 모습이 드러나죠. 하지만 얼마나 부질없는 에너지의 낭비인가요! 과도할 정도로 많아 자연스럽게 넘쳐흐르는 에너지나 야만성이 아니라 신선한 공기가 필요한 남자의 공공심에서 나온 단호한 행위로서의 음란함이라니, 그건 또 얼마나 따분한가요!

엘리엇의 모호함도 마찬가지입니다. 내 생각에 엘리엇의 몇몇 시행은 정말 멋진 현대 시의 정수를 보여주지요. 하지만 그는 약자를 존중하고 따분함을 배려하는 사교계의 예의범절과 낡은 용례에 얼마나 성마른 태도를 보이나요! 그의 시를 읽으며 마음을 휘어잡는 강렬한 아름다움에 흠뻑 빠져 있다가도 그다음 감동을 위해 위험하면서도 현기증 나는 도약을 해야 한다는 사실을 떠올릴 때면, 공중의 막대 사이를 위험천만하게 날아다니는 곡예사처럼 시행과 시행을 뛰어넘어야 한다는 사실을 떠올릴 때면, 고백하건대 예전의 '예법'[7]을 간절히 바라게 돼요. 미친 듯이 허공에서 공중제비를 넘는 대신 책을 들고 나무 그늘에서 조용히 꿈을 꾸었던 조상들의 게으름이 부러워지죠.

스트레이치의 『빅토리아 시대 명사들』(*Eminent Victorians*)이나 『빅토리아 여왕』(*Queen Victoria*)에서도 시대의 추세를 거슬러 글을 쓰려는 노력과 그 긴장이 고스란히 드러납니다. 물론 앞의 경우보다 덜 두드러지긴 해요. 지속적인 실체인 사실을 다루고 있어서만이 아니라 주로 18세기의 재료를 갖고 자신만의 수수한 관례를 만들어냈기 때문이지요. 그 덕에 그는 아주 높으신 분들과 함께 식탁에 앉아 세련된 복장으로 정체를 숨기고 수많은 담화를 나눌 수 있었는데, 아마 그런 복장을 벗어버렸다면 하인들에게 쫓겨났겠죠.

『빅토리아 시대 명사들』을 매컬리 경의 산문[8]과 비교해보면, 물론 매컬리 경은 언제나 그르고 스트레이치는 언제나 옳긴해요. 그래도 어쨌든 매컬리 경의 글에서는 그의 시대가 그를 뒷받침하는 데서 나오는 어떤 실체감이나 풍성함이나 광활함이 느껴지죠. 자신의 힘을 전부 작품에 오롯이 쏟아부었다는 느

---

7 decorum. 고전 시학과 수사학에서 정의한, 문학 장르와 스타일과 주제의 조응과 관련된 규칙.

8 Thomas Babington Macaulay. 19세기 전반기의 정치가이자 역사가. 여기서 말하는 산문은 그의 『비평적이고 역사적인 산문』의 글들을 뜻함.

낌, 숨기거나 변형하는 일에 전혀 힘을 소비하지 않았다는 느낌 말이에요. 그와 달리 스트레이치는 우리에게 뭔가를 보여주기에 앞서 우선 우리 눈을 뜨게 해야 했어요. 아주 기술적인 말투를 열심히 찾고 꿰매 붙여야 했던 거죠. 그 노력을 훌륭하게 감추긴 했지만 그느라 작품 사체에 들어가야 할 힘을 써버렸고 그렇게 범위가 한정되었던 겁니다.

이러한 연유로 우리는 실패와 파편의 시대를 감수해야 해요. 진실을 말하는 방법을 찾느라 무진 애를 써야 하는 상황이라, 진실 자체는 아무래도 탈진하고 혼란스러운 상태로 우리에게 다가올 수밖에 없다는 사실을 고려해야 하는 거죠. 브라운 부인을 구하러 마침내 달려왔지만, 율리시스와 빅토리아 여왕과 프루프록 씨[9]—최근에 브라운 부인 덕에 유명해진 몇몇 이름을 들자면—는 안색도 좀 창백하고 복장도 헝클어져 있는 거예요. 그리고 우리 귀에 들리는 소리, 내 귀에 들리는 정력적이고 고무적인 소리가 바로 그들의 도끼 소리인 겁니다. 물론 이는 걱정과 관심이 가득한 신께서 여러분의 욕구를 충족시키기를 무척 바라고 충족시킬 수도 있는 작가들을 잔뜩 보내줬는데, 그때 우리가 잠이나 쿨쿨 자고 있지 않을 때 얘기지만요.

지루하게 길어진 감이 있지만 지금까지 첫머리의 질문에 내

---

9 T. S. 엘리엇의 시 「J. 앨프리드 프루프록의 사랑 노래」의 시적 자아.

나름대로 대답하려 해봤습니다. 어느 형식에서나 조지 시대 작가들이 겪고 있는 어려움을 설명해보았고, 그들을 대신하여 변명을 해보았죠. 이야기를 마치면서 책을 쓰는 동업자로서, 열차를 함께 타고 가는 승객이자 브라운 부인의 길동무로서 여러분에게 주어진 의무와 책임을 일깨워드려도 될까요? 브라운 부인 이야기를 들려주는 우리에게 그렇듯 말 없이 있는 여러분에게도 부인이 아주 잘 보일 테니까요. 여러분은 평범했던 지난주만 해도 내가 지금 설명하려 했던 것보다 훨씬 더 기이하고 흥미로운 경험을 했을 거예요. 정말 놀라운 이야기를 얻어들은 일도 많았을 테고요. 밤에 잠자리에 들면 복잡하고 혼란스러운 감정에 당혹스럽기도 할 겁니다. 단 하루에도 수천 가지 생각이 머릿속을 지나가고 수천 가지 감정이 더없이 무질서한 상태에서 서로 만나고 충돌하다가는 사라지죠. 그런데도 여러분들은 작가들이 그 모든 것을 뜻밖의 놀라운 환영과 전혀 닮은 구석이 없는 모습으로 만들어 브라운 부인의 어떤 상(像)이라고 내놓으며 팔아넘기는 일을 용납합니다. 겸손한 마음을 담아, 작가들은 아예 종자가 다른 존재라고 여기죠. 브라운 부인에 대해서라면 작가들이 더 많이 알 거라고요.

이보다 더 치명적인 잘못은 없어요. 작품은 독자와 작가 사이의 친밀하고 동등한 동맹관계에서 태어나는 건강한 자식이어야 합니다. 작품을 무력하고 타락한 존재로 만드는 것이 바로 이러한 독자와 작가의 분리, 여러분 쪽에서의 겸손함, 우리 쪽에서는 전문가연하는 오만과 체면이거든요. 매끈하고 반지르르한 소설들과 거들먹거리는 우스꽝스러운 전기들, 물에 물 탄 듯 술에 술 탄 듯한 비평들, 그리고 현재 그럴듯한 문학으로 통하는, 고운 가락으로 장미와 양의 순수함을 찬미하는 시들이 바로 거기서 생겨나는 겁니다.

앉아 있는 대좌에서 내려오라고, 그리고 우리의 브라운 부인을 가능한 한 아름답게, 하지만 진실하게 묘사하라고 작가들에게 요구하는 것이 여러분의 역할입니다. 브라운 부인은 무한한 가능성과 엄청난 다양함을 지닌 노부인이라고, 어떤 옷도 입을 수 있고 어떤 말도 할 수 있고 예상치 못한 일도 할 수 있다고 주장해야 하는 거죠. 그녀가 하는 말과 하는 일이, 그 눈과 코가, 말을 하든 침묵하든 모든 순간이 압도적으로 우리를 사로잡아요. 당연하게도 브라운 부인은 우리가 지금 경험하는 시대의 기운, 삶 그 자체이니까요.

하지만 지금 당장 완벽하고 만족스러운 표현을 기대하지는 마세요. 돌발적인 것, 모호한 것, 파편적인 것과 실패를 관대하게 받아주세요. 훌륭한 대의명분을 위해 여러분의 도움을 요청하는 겁니다. 이제 마지막으로, 그 무엇보다 무모한 예측을 하려 하거든요. 바로 지금 영국 문학에서 또 하나의 위대한 시대가 태동하고 있다고요. 하지만 그것은 우리가 절대, 무슨 일이

있어도 브라운 부인을 버리지 않겠다고 단호하게 결심할 때에
만 가능합니다.(1924)

아무리 자유롭고 느슨한 방식으로 한다 해도, 일단 현대 소설을 전체적으로 조망하게 되면 현대의 예술적 실천이 과거에 비해 향상되었다고 당연시하기 쉽다. 단순한 도구와 원초적인 재료를 갖고도 헨리 필딩[1]은 잘 해냈고 제인 오스틴은 훨씬 더 잘했다고 말할 수 있겠다. 하지만 그들이 가졌던 기회를 현재 우리 기회와 비교해보라! 확실히 그들의 걸작에는 단순함이라는 낯선 분위기가 있다. 언뜻 보면 문학은 자동차를 만드는 공정과 유사해 보이기도 한다. 하지만 좀 더 깊이 들어가면 그런 비유는 잘 들어맞지 않는다. 지난 수 세기 동안 기계 제작에서는 배운 것이 많은데, 과연 문학 창작에서도 그랬는지는 의심스럽다. 글을 더 잘 쓰게 되었다고 할 수 없으니 말이다. 우리가 해

---

1 Henry Fielding. 18세기 영국 소설가, 극작가. 새뮤얼 리처드슨과 함께 영국 소설의 형식을 처음 확립한 인물로『톰 존스』가 유명하다.

온 일이라고는 이 방향으로 조금, 다시 저 방향으로 조금, 이런 식으로 계속 움직였을 뿐이라, 아주 높은 정상에서 내려다보면 결국 내내 한 자리에서 빙빙 돈 것으로 보일 것이다. 그 유리한 지점에 아주 잠깐이라도 서서 내려다본 적이 없다는 점은 굳이 말할 필요도 없고 말이다. 여기 밑바닥, 군중 사이에서, 먼지에 가려 앞이 잘 보이지 않는 중에 과거의 행복한 전사들을 부러움에 가득 차 돌아볼 뿐이다.

그들은 전투에서 승리했다. 또한 그 성과를 얼마나 차분하게 이루었는지 우리로서는 그들의 전투가 지금처럼 치열하지 않았다고 중얼거리지 않을 수 없다. 이것은 문학사가들이 결정해줄 일로, 현재 소설 장르의 위대한 시대가 시작되었는지 끝나가는지 아니면 한창인지는 그들이 말해줄 것이다. 여기 낮은 평원에서는 제대로 볼 수가 없으니 말이다. 우리는 어떤 고마움과 적의가 우리를 고무한다는 사실만을 알 뿐이다. 어떤 길은 비옥한 땅으로 이어지고 어떤 길은 흙먼지 날리는 사막으로 이어진다는 것을, 그리고 아마 얼마간은 이에 대해 설명해볼 만하다는 것을.

우리는 고전 작품과 다투고 있는 것이 아니다. 그리고 H. G. 웰스나 아널드 베넷이나 존 골즈워디와 다투는 문제라면, 얼마간은 단지 그들이 생존 작가라서 그들의 작품에 살아 숨 쉬는 일상적인 불완전함이 있고, 그래서 우리가 내키는 대로 거리낌

없이 다룬다고 말할 수 있다. 동시에 선물을 많이 받아 정말 감사하긴 하지만, 우리로서는 토머스 하디나 조지프 콘래드에게 무조건적인 감사를 표시할 수 없고 『자색 땅』(*Purple Land*)과 『녹색 저택』(*Green Mansions*), 『아주 먼 곳에서 오래전에』(*Far Away and Long Ago*)를 쓴 윌리엄 허드슨[2]의 경우엔 더욱더 그러하다는 것 역시 사실이다. 웰스와 베넷과 골즈워디는 우리를 잔뜩 희망에 부풀게 했다가 줄곧 실망만 안겨주었기 때문에, 그들에게 고마움을 표시해야 한다면 그들이 할 수도 있었지만 하지 않은 것을 보여준 데 대한 고마움이어야 할 것 같다. 우리로서는 분명할 수 없겠지만, 하고 싶은 마음도 없는 그런 것 말이다. 훌륭한 면이건 그 반대이건 수많은 자질을 구현하는, 분량도 방대한 한 무더기의 작품들에 대한 우리의 불만이나 비난을 한마디 말로 요약할 수는 없을 것이다. 그럼에도 우리의 의도를 한마디로 정식화한다면 아마 그들이 물질주의자라는 말이 될 것이다. 우리가 그들에게 실망하는 이유는 바로 그들이 영혼이 아니라 육체에 관심을 기울이기 때문이다. 그래서 영국소설이 될수록 예의 바르게 빨리 거기서 등을 돌려야 한다는, 그렇게 등을 돌려 들어서는 곳이 사막이라도 그렇게 하는 편이 영혼을 위해 차라리

---

2 William Henry Hudson. 19세기 말에서 20세기 초에 활동한 영국의 작가이자 조류학자.

낫다는 느낌이 드는 것이다.

당연한 일이지만 하나의 단어로 서로 다른 이 세 과녁의 중심을 모두 맞출 수는 없다. 특히 웰스는 과녁에서 한참 벗어난다. 하지만 그 경우에도 그것은 그의 천재성에 치명적인 합금이 존재한다는, 그의 순수한 영감에 엄청난 양의 진흙 덩어리가 섞여 있다는 사실을 말해준다. 아마 세 작가 가운데 베넷이 가장 죄가 큰 경우일 텐데, 그의 기술이 단연코 최고이기 때문이다. 그의 작품은 워낙 빈틈없는 구조와 견고한 솜씨를 자랑하기 때문에 아무리 꼼꼼한 비평가라도 어느 틈과 어느 균열 사이로 부패가 스며들어오는지 꿰뚫어 보기가 힘들다. 창틀 사이로 외풍이 들어오는 법도 없고 판지 사이에 틈이라고는 없는 것이다. 그런데도 삶이 그 안에 살지 않겠다고 한다면? 그런 위험이야 『노파들의 이야기』(*The Old Wives' Tale*)의 저자는 물론 조지 캐넌, 에드윈 클레이행어[3]를 비롯한 수많은 인물이 극복했다고 주장할 수도 있다. 물론 그 인물들은 풍요로운 삶을 살고 뜻밖의 삶을 살기도 한다. 그런데도 그들이 어떻게 사는지, 무엇을 위해 사는지 묻게 된다. 갈수록 그들의 삶이란 파이브타운즈[4]의 잘

---

3 베넷의 『클레이행어가(家)』 연작에 나오는 인물들.
4 아널드 베넷 소설의 배경을 이루는 다섯 마을로 그가 살았던 스태퍼드셔의 마을을 모델로 했다.

지은 별장도 버린 채, 부드럽고 푹신한 일등석 열차 칸에서 수없이 벨과 버튼을 누르며 시간을 보내는 식이다. 그리고 그 호사스러운 여행은 점점 그 밀도를 더해가며 브라이턴의 최고급 호텔에서 보내는 더없이 행복하고 영원한 시간이 된다.

웰스는 견고한 짜임새를 지어내는 일을 지나치게 즐긴다는 의미에서의 물질주의자라고 하기는 힘들다. 그의 정신은 공감 능력이 워낙 풍부해서 정연하고 실질적인 것을 지어내는 일에 많은 시간을 들일 수가 없기 때문이다. 그는 순전히 마음이 착해서 물질주의자가 되었다. 정부 기관에서 수행해야 할 일들을 본인이 짊어지고, 실제로 실현할 여유는 없는 수많은 방안과 사실이 가득하지만 자신이 만들어낸 인간들의 투박하고 거친 면모를 중시하지는 않기 때문에 물질주의자라 할 수 있다. 그의 지상과 그의 천상을 비판할 때, 이 세상이든 저 세상이든 그곳에 그의 조앤들과 피터스들[5]이 살아간다는 지적보다 더 가혹한 비판이 있을까? 그 창조자가 아무리 관대하게 온갖 제도와 이상을 그들에게 제공한들, 그들의 열등한 본성으로 인해 그 모든 가치가 손상되지 않을까? 또한 골즈워디의 고결함과 인간성이 대단히 존경스럽기는 하지만, 그의 소설 속에서 우리가 원하는 바를 찾을 수는 없다.

5 웰스의 소설 『조앤과 피터스』의 주인공.

이 모든 작품에 딱지를 붙인다면, 그리고 물질적이라는 것이 그중 하나라면, 그것은 그들이 별 중요하지도 않은 것을 가지고 글을 쓴다는 뜻이다. 사소하고 덧없는 것을 영속하는 진정한 것으로 보이게 하려고 어마어마한 기술과 어마어마한 노력을 들인다는 뜻이다.

이것이 지나친 요구일 수도 있다. 더구나 우리의 요구를 정확히 설명한다고 해서 우리의 불만을 정당화하기 힘들다는 것도 인정할 수밖에 없다. 경우에 따라 질문하는 방식도 달라진다. 하지만 땅이 꺼져라 한숨을 내쉬며 다 읽은 소설을 내려놓을 때마다 이런 질문이 끈질기게 거듭 등장한다. 이럴 만한 가치가 있는 건가? 이게 다 무슨 소용인가? 때때로 일어나는 일이지만 인간의 정신이 궤도에서 약간 벗어나는 바람에 삶을 포획하는 베넷의 훌륭한 도구가 1, 2인치 정도 어긋나게 놓여져 그런 걸까? 그렇게 삶은 빠져나가버리고, 삶이 없다면 다른 건 아무 가치도 없는 것이다.

이런 식의 비유를 드는 것 자체가 모호함을 인정하는 일이지만, 그렇다고 비평가들이 흔히 하듯이 사실성을 들먹여봐야 상황이 더 나아지지도 않는다. 모든 소설 비평이 시달리는 모호함은 인정해야겠지만, 어쨌든 현재 가장 널리 퍼진 형식의 소설이 우리가 추구하는 것을 확보하기보다는 놓치는 일이 훨씬 더 많다는 것이 나의 견해다. 그것을 삶이라 부르든 정신이라 부르든, 진실이나 현실이라 부르든, 이 본질적 존재는 아예 자리를 떴든지 다른 데로 옮겨가서 우리가 제공하는, 몸에 안 맞는 복장 안에는 더 이상 담기지 않는 것이다. 그런데도 우리는 마음속의 전망과 점점 닮은 구석이 없어지는 구도를 따라 여전히 서른두 개의 장을 꾸준하고 성실하게 구성해나간다. 줄거리의 견고함, 그 박진감을 증명하느라 어마어마한 노동을 들이는데 그것은 그저 허비된 노동이 아니라 작품 구상의 빛을 가리고 지워버릴 만큼 부적절한 노동이다. 작가가 자기 의지에 따라 움직이는 것이 아니라 그를 사로잡는 어떤 강력하고 비양심적인 폭군에 좌우되는 것처럼 보이기도 한다. 그 폭군이 플롯을 제공하고, 희극이나 비극이나 연애물을 제공한다. 개연성의 분위기로 전체를 얼마나 흠잡을 데 없이 감쌌는지, 만약 그 인물이 실제로 등장한다면 외투의 단추 하나까지 다 그 시대의 방식에 맞춰 차려입은 모습으로 나타날 것이다. 그 폭군에게 복종하여 더할 나위 없이 알맞게 소설이 형성된다. 하지만 그렇게 관습적인 방식으로 소설의 책장이 다 채워지는 것을 보며 이따금, 그것도 시간이 갈수록 점점 더 빈번하게 순간적으로 의구심이 일거나 문득 반발심이 솟는다. 삶이 정말 이런 식인가? 소설이 이래야만 하는 건가?

그 안을 잘 들여다보면 삶은 '이런 식'과는 딴판으로 보인다. 평범한 날, 평범한 사람의 마음을 잠깐 살펴보자. 그 마음은 수만 가지 인상을 받아들인다. 사소한 인상, 놀라운 인상, 순간적인 인상, 강철에 새기듯이 뚜렷한 인상. 수많은 원자가 한없이 쏟아져 내리듯이 사방에서 쏟아진다. 그렇게 쏟아져 내릴 때, 그렇게 월요일이나 화요일의 삶의 면모를 이룰 때, 그 강조점은 예전과는 다르다. 중요한 순간은 여기가 아니라 저기에 있다. 따라서 작가가 노예가 아니라 자유인이라면, 써야 해서 쓰는 것이 아니라 자신이 선택한 대로 쓸 수 있다면, 관습이 아니라 자신의 느낌에 기초하여 작업한다면, 널리 인정되는 식의 플롯도 없고 희극도 비극도 없고, 애정물도 파국도 없을 것이며, 아마 본드가(街) 양장점에서 다는 식으로 달린 단추는 단 하나도 없을 것이다. 삶이란 대칭을 이루며 놓인 마차의 불빛이 아니다. 삶은 빛을 발산하는 후광이자, 의식의 처음부터 끝까지 우리를 감싸는 반투명의 봉투다. 아무리 상궤(常軌)를 벗어나고 복잡해 보일지라도 이렇게 순간순간 변하는, 가둬지지 않는 미지의 정신을 가능한 한 이질적이거나 외적인 요소를 섞지 않고 전달하는 것이 소설가의 임무가 아닐까? 단지 용기와 진지함이 요구된다는 뜻이 아니다. 소설에 적절한 재료는 우리가 관습에 비추어 믿는 바와는 조금 다르다는 말이다.

어쨌든 이와 같은 방식으로 우리는 앞 세대와 구별되는 몇몇 젊은 작가들─제임스 조이스가 가장 주목할 만한 예다─의 자질을 정의하고자 한다. 그들은 삶에 좀 더 가까이 가고자 하고, 자신들의 관심을 끌고 마음을 움직이는 것을 더욱 진지하고 정확하게 담아내고자 한다. 그러다가 소설가들이 대개 따르는 관습을 대부분 버리게 되더라도 말이다. 정신 속으로 떨어지는 원자들을 그대로 기록해보자. 겉보기에 아무리 동떨어지고 조리에 맞지 않더라도 각각의 광경과 사건이 의식에 자국을 남기는 그 패턴을 따라가보자. 흔히 사소하게 여겨지는 것보다 흔히 대단하게 여겨지는 것 속에 훨씬 풍부한 삶이 존재한다고 당연시하지 말자. 『젊은 예술가의 초상』도 그렇고, 지금 『리틀리뷰』(*Little Review*)에 연재되는, 훨씬 더 흥미로운 작품이 될 가능성이 다분한 『율리시스』를 읽은 사람이라면 조이스의 의도와 관련해 이 같은 이론을 한번 제안해볼 것이다. 지금 나와 있는 것은 파편 정도라 아직 단정하기는 이르고 당장은 추측만 할 수 있을 뿐이다. 하지만 전체적인 의도가 무엇이든 그 의도가 극히 진지하고 확실히 중요하다는 사실에는 의심의 여지가 없다. 어렵다거나 불쾌하다는 판단을 내리게 되더라도 말이다.

우리가 물질주의자라고 부르는 작가들과 반대로 조이스는 정신적이다. 그는 뇌 속으로 번쩍 신호를 보내는 내밀한 불꽃의 반짝임을 무슨 수를 써서라도 드러내려 하고, 그것을 지켜내기 위해서라면 모든 우연한 것들은 아주 대담하게 무시한다. 눈에 보이지도 않고 만질 수도 없는 것을 상상력을 동원하여 눈앞에 그려내는 독자의 일에서 수 세대 동안 보탬이 되어왔던 그럴듯함이든 일관성이든 어떤 다른 이정표든 말이다. 예를 들어 구질구질하고 앞뒤도 맞지 않지만, 재기가 반짝이고 벼락이 내리듯 의미가 번쩍하는 묘지 장면[6]은 틀림없이 정신의 정수에 와닿는다. 따라서 읽자마자 단박에 걸작임을 인정하지 않을 수가 없는 것이다. 삶을 원한다면 바로 여기 삶이 있다. 달리 무엇을 원하는지 설명하려면, 이렇게 독창적인 작품을, 가령 『청춘』(Youth)이나 『캐스터브릿지 시장』[7]과 비교—비교를 하려면 훌륭한 작품과 해야 하니까—하지 못할 이유는 뭔지 설명하려면 정말이지 이유를 찾느라 더듬거리게 되는 것이다.

작가의 정신이 상대적으로 빈곤하기 때문에 비교가 안 된다고 간단히 말하고 끝낼 수도 있다. 하지만 조금 더 밀고 나가서 이런 질문을 할 수 있다. 환하지만 좁은 방 안에 있다는 느낌, 확장되고 자유롭기보다 안에 갇혀 있다는 이 느낌은 그의 정신만이 아니라 그의 방법에서 생겨나는 어떤 한계와 관련이 있지 않을까? 그 방법이 창조력에 제약을 가하는 것일까? 그 방법 때문에 우리에게 너그럽고 유쾌한 기분이 들지 않는 것일까? 그래서 감수성의 떨림을 지녔지만 절대 자신 바깥이나 자신 너머의 존재를 수용하거나 창조하지 못하는 자아에 집중되어 있다는

---

6 『율리시스』의 '하데스' 장면.

7 『청춘』은 조지프 콘래드의 소설. 『캐스터브릿지 시장』은 토머스 하디의 소설.

기분이 드는 것일까? 아마 훈계조로 강조되었을 외설적인 면 때문에 오히려 왠지 앙상하고 고립된 듯한 분위기가 강해지는 것 아닐까? 아니면 그런 독창적인 노력을 대할 때도, 동시대의 것일 경우 더더욱, 그것이 제공하는 것을 밝히는 일보다 부족한 것을 감지하는 일이 훨씬 쉬워서 이런 의문이 드는 걸까? 어쨌든 '방법'을 살펴보는 일을 등한시해서는 안 된다. 작가의 입장에서는 자신이 원하는 것을 표현할 수 있는 방법이라면 어떤 방법이든 모두 옳다. 독자의 입장에서는 작가의 의도에 가까이 다가갈 수 있게 해주는 방법은 모두 옳다. 그러한 방법에는 우리가 기꺼이 삶 자체라고 부를 어떤 것에 더 가까이 갈 수 있도록 해준다는 장점이 있다. 독자는 『율리시스』를 읽으며 얼마나 많은 삶이 배제되고 무시되었는지 알 수 있지 않은가? 『트리스트럼 샌디』나 심지어 『펜드니스』[8]를 펼쳤을 때도 삶에 다른 면모가 있다는 사실이, 더 중요한 면모가 있다는 사실이 충격적으로 다가오지 않는가?

어찌 되었건, 과거에도 그랬겠지만 현재의 소설가가 직면한 문제는 자신이 선택한 내용을 자유롭게 담을 수 있는 수단을 고안하는 일이다. 이제 나는 '이것'이 아니라 '저것'이 흥미롭다고 말할 용기를 가져야 한다. '저것'에서만 자신의 작품을 만

---

8   19세기 영국 작가인 윌리엄 새커리의 소설.

들어낼 수가 있으니까. 현대인의 관심거리인 '저것'은 심리라는 어두운 장소에 존재할 공산이 크다. 따라서 즉시 강조점이 약간 달라진다. 지금까지 무시되었던 어떤 면이 부각되는 것이다. 그리하여 다른 형태의 형식이 필요해지는데, 이는 우리로서도 그러쥐기 어렵고 윗세대에게는 요령부득일 것이다. 체호프가 「구세프」(Gusev)라는 단편소설로 보여준 상황의 흥미로움은 현대인이어야만, 어쩌면 오직 러시아 사람이어야만이 실감할 수 있을지 모른다.

　병에 걸린 러시아 군인들이 배를 타고 고국으로 돌아간다. 그들의 대화와 생각이 단편적으로 그려진다. 그러다 한 사람이 죽어 실려 나간다. 남은 사람들 사이에서 한동안 대화가 이어지고, 마침내 구세프 자신이 죽어 마치 '당근이나 순무 같은' 그의 시신이 바다로 버려진다. 너무나 뜻밖의 부분이 강조되어 처음에는 작품에서 강조되는 부분이라고는 전혀 없는 듯이 보인다. 그러다가 어둑한 빛에 눈이 익으며 방 안의 형체를 분별하게 되듯이 이 작품이 얼마나 완벽하고 심오한지 깨닫는다. 작가가 얼마나 진심으로 자신의 비전을 따라서, 이러저러하게 모은 것들을 함께 묶어 새로운 무언가를 구성해냈는지 알게 되는 것이다. 하지만 '이것은 희극'이라거나 '이것은 비극'이라고 말할 수가 없다. 우리가 배운 바로는 단편소설은 짧고 결말이 있어야 하므로, 결말도 없고 모호한 이것을 과연 단편소설로 부를 수 있는지도 확실치 않다.

현대 영국 소설을 논의하다 보면 아무리 초보적인 수준이라도 러시아의 영향을 언급하지 않을 수 없고, 일단 러시아가 언급되면 그런 식의 소설이 아닌 다른 소설을 쓰는 일은 시간 낭비라는 생각이 들 위험이 있다. 인간의 영혼과 마음을 이해하고자 한다면 비교적 심오한 수준의 탐구를 달리 어디서 찾을 수 있단 말인가? 우리의 물질주의에 신물이 난 사람에게는, 러시아 소설은 정말 변변치 않은 작품조차 천성적으로 인간 정신에 대한 타고난 경의를 담고 있는 것으로 보인다. "사람들과 가까워지는 법을 배워라. (…) 하지만 그 공감이 머리—머리로 하는 건 쉬우니까—가 아니라 가슴에서, 그들에 대한 사랑에서 나오도록 하라."[9] 모든 위대한 러시아 작가들에게서 우리는 성인의 자질을 알아본다. 타인의 고통에 대한 공감과 그들을 향한 사랑, 영혼의 가장 가혹한 요구에 값하는 어떤 목표에 도달하려는 노력이 성인의 자질을 이룬다면 말이다.

성인 같은 그들의 특성으로 인해 우리의 삶은 불경할 정도로 사소하다는 느낌에 당혹스러워지고 수많은 우리의 유명한 소설들이 겉만 번지르르한 협잡이 되어버린다. 그렇게 포괄적이고 연민이 가득한 러시아 정신의 결말은 불가피하게 극도의

9 러시아 작가인 엘레나 밀리치나의 단편소설 「시골마을 신부」에 나오는 대목.

서글픔이 될 수도 있다. 결말에 이르지 못하는 정신이라는 게 더 정확할 수도 있고. 그것은 우리에게는 해답이 없다는 사실의 인식이다. 정직하게 삶을 살펴보면 질문이 꼬리에 꼬리를 물고 이어지고 그 질문들은 이야기가 끝난 후에도 우리를 심오한 절망으로, 궁극적으로 이마 원한에 찬 절망으로 가득 채울 가망 없는 의문 속에서 한없이 울려대리라는 인식이다. 어쩌면 그 생각이 맞을 수도 있다. 우리 영국인들의 지긋지긋한 시각적 장애가 없는 그들 러시아인이 틀림없이 우리보다 더 멀리 바라볼 테니까.

하지만 우리는 그들이 보지 못하는 것을 볼 수도 있다. 그렇지 않다면 어째서 울적한 마음이 드는 중에도 그 안에 항의의 목소리가 섞이겠는가? 그 항의의 목소리는 어떤 다른 목소리, 고통에 시달리며 이해하는 본능이 아닌 즐기고 싸우는 본능을 우리에게 심어준 고대 문명의 목소리다. 스턴부터 메레디스까지 이어지는 영국 소설은 유머와 희극, 이 땅의 아름다움, 지적 활동과 신체의 찬란한 아름다움을 즐기는 타고난 우리의 특성을 증명한다.

지독히 서로 동떨어진 두 소설 형식을 비교하며 거기서 어떤 추론을 끌어내든 부질없을 것이다. 그로써 예술의 무한한 가능성이 우리에게 홍수처럼 밀려들며 그 지평의 무변광대함을 알려주는 게 아니라면 말이다. 허위와 과시 외에는 그 무엇도,

아무리 터무니없더라도 어떤 '방법'도 실험도 금지되어서는 안 된다는 사실을 상기시키기 위해서가 아니라면 말이다. '소설의 적합한 내용'이란 존재하지 않는다. 모든 것이, 모든 감정과 생각이 소설에 적합하다. 두뇌와 정신의 특성은 무엇이든 이용할 수 있고, 어울리지 않는 인식이란 없다. 그래서 소설이라는 예술이 살아나 우리 사이에 자리 잡는 일을 상상해볼 수 있다면, 분명 소설은 자신을 존경하고 사랑하라고 할 뿐 아니라 자신을 겁박하고 부수라고 우리에게 요구할 것이다. 그렇게 해서 자신의 젊음이 다시 살아나고 그 권한과 힘이 확보될 수 있도록 말이다.(1919)

교육이 확대되기도 했고, 많은 사람들이 배워서 남 줘야 한다는 생각에 사로잡히면서 놀라운 결과가 생겨나고 있는데, 그 추세는 앞으로도 강해질 것이다. 브리티시 박물관이 과중한 부담에 시달린다는 소식이 들려온다. 인쇄물을 삼키던 그 왕성했던 식욕이 시들해져서 그 괴물이 이젠 더 못 삼키겠다고 하소연을 한다는 것이다. 공적인 차원의 이러한 위기는 개별 가정에서는 이미 오래전부터 겪고 있었다. 아예 집안 식구 한 사람이 현관문 앞에 서서 불붙은 칼을 들고 쏟아져 들어오는 적과 맞서 싸우는 일을 공식적으로 맡기도 한다. 소책자, 팸플릿, 광고, 무가지 잡지, 지인이 펴낸 문학작품 등이 우편으로, 트럭으로, 인편으로 도착한다. 하루 종일 한 시간이 멀다 하고 올뿐더러 늦은 밤에도 와서, 아침 식탁에는 그런 우편물이 가득하다.

그 어느 시대와도 비교가 안 될 정도로 우리 시대는 수도 없이 많은 소설—공들여 쓴 영리한 소설이긴 하지만 딱히 위대하지는 않은―을 통해 충실하게 스스로를 표현해왔다. 지난 시대의 바랜 색을 다시 화사하게 칠하려 꽤 많은 노력을 기울였고 삽과 도끼를 들고 폐허와 쓰레기 더미를 열심히 뒤졌다. 그렇게 펜과 잉크를 사용한 일에 지금까지는 박수를 보낼 만하다. 하지만 영국 내중 같은 괴불을 먹이려면 그 식상한 식욕을 새로운 방식으로 자극해야 한다. 낡은 상품에 재미나고 신선한 형태를 입혀야 하는 것이다. 사실 우리가 하는 말 중에서 익숙한 형식에 들어맞지 않을 정도로 새로운 것은 하나도 없으니 말이다. 그래서 우리는 단 하나의 문학 매체에 집착하지 않는다. 옛것으로 돌아감으로써 새로워 보이려 한다. 기적극을 부활시키고 옛 말투를 사용한다. 잔뜩 수를 놓은 화려한 복장을 입힌다. 또는 옷이란 옷은 다 벗어던지고 벌거벗은 모습으로 등장하기도 한다. 한마디로 뭔가를 고안하는 일에는 끝이 없고, 아마 지금 이 순간에도 어느 기발한 젊은이들이 신선한 것을 조합해내고 있을 것이다. 아무리 새로워 보일지라도 곧 식상해지고 말 것들을.

이렇게 우리가 만들어낸 물건의 겉모습만 보자면 무한히 다양한 양식이 있지만, 그 내용이 새롭거나 그 형식을 우리가 직접 발명했거나 상당히 발전시킨 것들은 그 수가 한정되어 당연히 얼마 되지 않는다. 아마 새로 발명한 형식 가운데 가장 의미심장한 것이 사사로운 수필일 것이다. 사사로운 수필이 몽테뉴까지 거슬러 올라가는 것은 사실인데, 이럴 경우 몽테뉴를 초기 현대인에 집어넣을 수도 있다.

사사로운 수필은 그 시대 이래로 상당히 흔하게 쓰였지만, 우리 시대에 그것이 누리는 대중적 인기는 워낙 엄청나고 특이해서 그 형식을 우리 시대의 형식으로 보아도 무방할 것이다. 먼 후손들이 보았을 때 우리에게 전형적이고 특징적인, 시대의 기호로 말이다. 우리가 수필에서 딱히 대단한 성공을 거두어서 의미가 있는 것은 아니다. 누구도 엘리아[1]의 수준에 근접하지 못했으니 말이다. 그게 아니라 수필이 그 어떤 형식과도 비교가 안 될 자연적인 말하기 방식인 양 우리가 아주 수월하게 쓰기 때문이다. 수필이라는 독특한 형식에서 그 독특한 내용이 나온다. 다른 형식으로는 딱 맞게 표현할 수 없는 것을 이 형식으로는 표현할 수 있는 것이다.

아주 넓게 정의했을 때 수필이라는 형식에는 소중히 담아둘 만한 온갖 다양한 생각들을 담은 글이 모두 포괄된다. 하지만 수필이 본질적으로 자기중심적이라고 정의했을 때에도 그 때문에 제외되는 수필은 많지 않아서 여전히 엄청난 수가 포함될 것이다. 수필이란 거의 '나'—'내 생각에' '내 느낌에'—로 시작하고, 일단 이렇게 시작하면 역사도 아니고 철학이나 전기도 아

---

1 찰스 램의 수필집 『엘리아의 수필』을 말함.

닌 수필을 쓰고 있다는 사실이 명백해진다. 아주 뛰어나고 심오한 글일 수도 있고, 영혼의 불멸성을 다룰 수도 있고 왼쪽 어깨의 관절염 얘기일 수도 있지만, 어쨌든 일차적으로 개인적인 견해의 표현인 것이다.

군이 증명할 필요도 없는 사실이지만 우리는 우리 소상들에 비해 관념적이지 않다. 바라건대 전반적으로 보아 더 자기중심적이지도 않다. 하지만 우리가 지닌 훨씬 뛰어난 기술이 하나 있으니, 바로 펜을 놀리는 능숙함이다. 현재 수필이라는 형식이 유행하는 것이 이 글쓰기 기술 덕이라는 것은 의심의 여지가 없다. 호메로스나 아이스킬로스 같은 고대의 위인들은 펜이 필요 없었다. 수많은 종이와 잉크에서 영감을 받지 않았다. 입에서 입으로 전해지는 그 아름다운 말이 운율을 잃고 사라지면 어쩌나 하는 두려움이 없었다. 그런데 오늘날의 수필가는 단지 글쓰기 재능이 생겼기에 글을 쓴다. 글쓰기의 명수가 없다면 수필가도 없을 것이다. 물론 수필 형식이 자기 사상의 정수를 구현하기 때문에 진정한 영감의 힘으로 이 형식을 사용하는 뛰어난 인물들도 존재한다. 하지만 다른 한편으로 되살릴 수 없이 생각이 멈춘 뒤에도, 오직 더 높은 수준의 영감의 영향을 받아야 마땅한 두뇌를 기계적인 글쓰기 행위를 통해 돌리고 있는 수많은 사람들이 있다.

수필의 대중화는 그것이 개인의 독특함을 표현하기에 적절한 형식이기에 일어난 현상이다. 인쇄물이라는 점잖은 외양을 쓰고 자기중심주의를 마음껏 즐길 수 있는 것이다. 그렇게 출간된 글을 관심을 갖고 읽기 위해 굳이 음악이나 예술이나 문학을 알아야 할 필요가 없고, 현대 비평의 대부분은 그저 그러한 개인적인 호불호―차를 마시며 화기애애하게 떠드는 일―를 수필이라는 형식으로 담아낸 것일 뿐이다. 꼭 글을 써야겠다면 예술과 문학이라는 신비로운 영역은 제발 건드리지 말았으면 한다. 우리 모두 읽을 수 있는 책이나 누구나 볼 수 있게 걸린 그림이 아니라, 오직 그 자신만이 단서를 가진 단 하나의 책이나 단 한 사람의 시선을 제외하고는 누구도 볼 수 없는 단 하나의 그림에 대해 솔직하게 말한다면, 즉 자기 자신에 대한 글을 쓴다면 차라리 그 자체로는 영원한 가치가 있을지도 모르겠다.

"내가 태어난 곳은"이라는 간단한 구절에는 어떤 마술 같은 힘이 있어서 로맨스와 동화의 광휘도 그 옆에서는 달빛이나 반짝이 장식처럼 빛이 바랜다. 자기 자신에 대해 글을 쓰는 일이 아주 쉬워 보일지 모르지만, 다들 알다시피 그런 위업이 실제 성취되는 일은 드물다. 수많은 자서전 가운데 그 이름에 걸맞은 것은 한두 편밖에 없다. 자기 자신이라는 끔찍한 유령을 마주하면 정말 담대한 사람도 눈을 가리거나 도망치기 십상이기 때문이다. 그래서 세상에 나오는 것은 다들 마땅히 기대하는 진솔한 진실이 아니라 수필의 형식을 빌려 소심하게 곁눈질하는 글일 뿐이다. 게다가 대부분이 진정성이라는 가장 기본적인 덕목을 결여하고 있다.

그럴듯한 표현이나 번지르르한 궤변에 자신의 신념을 희생시키지 않으려는 사람들은 하고자 하는 말을 곧이곧대로 표현하는 것이 인쇄물의 품격에 어울리지 않는다고 본다. 인쇄물에는 뭔가 권위 있고 절대 오류가 없는 모습이 담겨야 한다고 보는 것이다. "우리 집에는 정원이 있다. 우리 정원에서 제일 잘 자라는 식물이 어떤 것인지 알려주고 싶다." 그냥 이런 내용이라면 그런 식의 자기중심주의는 아마 대수롭지 않게 받아들일 수 있을 것이다. 그러나 "내게는 미혼인 딸만 여섯이 있고 아들은 없다. 하지만 내게 아들이 있다면 그 아들을 어떻게 길렀을 것인지 여러분에게 알려주고 싶다." 이런 얘기는 흥미롭지도 않고 유용하지도 않아서, 글쓰기 기술과 수필의 발명이 우선적으로 그 책임을 져야 하는 놀랄 만큼 노골적인 자기중심주의 대표적인 예라 할 수 있다.(1905)

과거에는 희극이 인간 본성의 결함을 재현하고 비극이 실제보다 위대한 모습의 인간을 그려낸다고 보았다. 하지만 인간을 진실하게 그려내려면 희극과 비극의 중간쯤 위치를 잡아야 할 테고, 그 결과물은 희극이라기엔 너무 진지하고 비극이라기엔 너무 불완전한 어떤 것이 될 듯하다. 이것을 해학(humour)이라고 부를 수 있겠다. 우리가 늘 들어온 바로는 해학은 여성에게 허용되지 않는다. 여성은 희극적이거나 비극적일 수는 있지만, 그 둘이 특별하게 섞여 만들어지는 해학은 오직 남성만이 지어낼 수 있다는 것이다. 하지만 실험이란 늘 위험한 것이라, 남성 곡예사들이 그의 누이들의 접근이 금지된 뾰족한 꼭대기 자리에서 중심을 잡는 해학가의 관점을 유지하려 애쓰다가 창피스럽게도 다른 쪽으로 굴러떨어지는 일이 비일비재하다. 거꾸로 곤두박질을 치며 저속한 농담이 되거나 진지한 상투성이라는 딱딱한 땅으로 내려가버리는 것인데, 온당히 평가하자면 그로서는 그 자리가 훨씬 편안할 것이다.

비극이라는 필수 요소가 셰익스피어 시대처럼 흔하지 않기 때문에 현 시대는 단검을 휘두르거나 피가 낭자하지 않은, 그러면서도 톱해트를 쓰고 긴 프록코트를 입었을 때 가장 훌륭해 보이는 다른 대체물을 찾아왔다. 아마 이것을 엄숙함의 정신이라고 부를 수 있을 것이다. 그리고 정신에도 남녀가 있다면 이 정신은 분명 남성이다. 희극은 우아한 성, 뮤즈의 성인 여성이고, 그녀는 이 엄숙한 신사가 다가와 찬사를 늘어놓으면 그 모습에 웃음을 터뜨린다. 한 번 더 보자 주체할 수 없이 웃음이 터져 자매들 사이로 도망가서 숨어버린다.

그래서 해학이 세상에 모습을 나타내는 일은 정말 드물며 희극도 아주 기를 써야만 한다. 아이들이나 철없는 여성의 입에서 나오는 순수한 웃음은 평판이 좋지 않다. 아는 것도 없고 특정한 정서에서 생겨난 것도 아닌 어리석음과 경박함의 목소리라는 것이다. 딱히 교훈을 전해주지도 않고 정보를 전달하지도 않는다고 한다. 개 짖는 소리나 양의 울음소리처럼 알아들을 수 없는 발화라서, 자신을 표현하기 위해서 언어를 만들어낸 인간이라는 종자의 위신에 한참 못 미치는 것이라고 한다.

하지만 세상에는 언어에 못 미친다기보다 언어를 넘어서는 존재가 있고, 웃음이 그 하나다. 웃음에 별 뜻이 없을지는 모르지만 동물은 낼 수 없는 소리이기 때문이다. 벽난로 앞 깔개에 앉은 개가 어디가 불편해서 신음을 하거나 기분이 좋아서 짖으면 우리는 그 의미를 알아챌 수 있고 따라서 이상한 점은 전혀 없다. 하지만 개가 웃는다면? 방 안에 들어갔는데, 당신을 본 개가 마땅히 해야 하듯이 꼬리를 흔들거나 혀를 내밀어 기쁨을 표현하는 게 아니라 좋아서 웃음을 터뜨린다거나 활짝 웃는다거나 배를 움켜쥐고 웃는 식으로 사람이 정말 즐거울 때 주로 하는 동작을 보인다고 가정해보라. 그 동물의 입에서 인간의 목소리가 나오기라도 한 양 겁이 나고 몸이 움츠러들 것이다. 다른 한편 인간보다 높으신 존재께서 웃는 것도 상상할 수 없다. 웃음이란 본질적으로 오직 인간 남녀에게만 해당되지 않나 싶다.

웃음이란 우리 안에 존재하는 희극적인 정신의 표현이고 희극적인 정신은 널리 알려진 방식에서 벗어나는 특이하고 별난 면과 관련이 있다. 왜 그러는 건지, 언제 그러는 건지도 모르게 부지불식간에 난데없이 터지는 웃음은 그 정신이 내보이는 일종의 견해다. 충분한 시간을 두고 살펴본다면, 그러니까 이 희극적 정신에서 받는 인상을 분석한다면, 겉보기에 희극적인 것이 근본적으로는 비극적이라 입가에 미소를 띠고 있으면서도 눈에 눈물이 어린다는 사실을 분명 알게 될 것이다. 번연[1]이 말했던 이것은 해학의 정의로 받아들여져왔다.

---

1 『천로역정』의 작가인 존 번연(John Bunyan).

희극의 웃음에는 그런 눈물의 짐이 없다. 희극이 담당하는 일이 진정한 해학에 비해 상대적으로 사소할지 모르지만, 그래도 우리의 삶과 예술에서 웃음의 가치는 아무리 높이 평가해도 지나치지 않다. 해학은 아주 고귀한 자질이라, 인생 전체를 파노라마처럼 내려다볼 수 있는 그 꼭대기에 올라갈 수 있는 정신을 소유한 사람은 흔치 않다. 그와 달리 희극은 대로를 따라 걸으며 사소하고 우연적인 것들, 환한 그 작은 거울에 비치는 모든 이의 경미한 잘못과 괴벽을 생각한다.

웃음은 무엇보다 우리의 균형감각을 유지해준다. 우리 모두 그저 인간일 뿐임을, 누구도 전적으로 대단한 영웅이거나 전적으로 악한일 수는 없다는 사실을 끊임없이 우리에게 상기시키는 것이다. 웃는 법을 잊어버리자마자 우리는 만사를 치우친 시각으로 보게 되고 현실감각을 상실한다. 개가 웃지 못하는 것은 참으로 다행스러운 일인데, 만약 웃을 수 있다면 개로 산다는 것의 끔찍한 한계를 깨달을 것이기 때문이다. 인간 남녀는 각자의 결함을 인식할 힘이 있고 그것을 웃어넘길 수 있는 선물 같은 능력을 부여받았으며, 그런 한에서만 문명인이다. 그런데 지금 엄청난 양의 투박하고 육중한 지식으로 인해 이 소중한 특권을 상실할 위험에 처해 있다. 우리 가슴 속에서 그것이 모두 압사당해 부서지려 하는 것이다.

누군가를 보며 웃을 수 있으려면 우선 그 사람을 있는 그대로 봐야 한다. 사회적 지위나 부나 학식 같은, 겉으로 쌓아놓은 면모에 불과한 그의 외피 때문에 정수를 파고드는 희극 정신의 예리한 칼날이 무뎌져서는 안 된다. 성인과 달리 아이들에겐 사람을 있는 그대로 알아보는 확실한 능력이 있다는 것은 흔히 알려진 사실이고, 나는 여성이 어떤 인물에게 내리는 판결은 최후의 심판 때도 뒤집어지지 않으리라 믿는다. 그런 면에서 여성과 아이들이 희극 정신의 주요 행위자인 것이다. 그 눈이 학식으로 흐려지지 않았고 두뇌가 온갖 책의 이론으로 질식될 지경도 아니어서 그들에게는 인간과 사물이 본래의 뚜렷한 윤곽을 지니고 있다.

현대의 삶에서 마구 자라난 온갖 흉측한 이상돌출물, 거드름과 관습과 음침한 엄숙함은 무엇보다 거리낌 없이 터져 나오는 웃음을 두려워하기 때문에, 웃음을 마주하면 번개를 맞은 듯 쪼글쪼글 말라 뼈만 앙상하게 드러나게 된다. 자신의 모습이 실제와 다르고 가장되었다는 것을 의식하는 사람들이 아이들을 두려워하는 이유도 바로 그들의 웃음이 지니는 이런 자질 때문이다. 학식을 자랑하는 직업에서 여성을 그렇게 못마땅해하는 것도 같은 이유일 것이다. 있지도 않은 화려한 복장을 찬양하는 어른들과 달리 임금님이 발가벗었다며 깔깔거리는 안데르센 동화의 아이들과 마찬가지로 여성들도 눈치 보지 않고 웃어댈 위험이 있기 때문이다.

실제 삶에서와 마찬가지로 예술에서도 최악의 실수는 균형 감각의 부족에서 생겨난다. 지나친 진지함은 삶과 예술 모두에서 나타나는 최근의 경향이다. 우리 시대 위대한 작가들은 화려한 문체를 뽐내고 장엄한 시대극을 펼친다. 그보다 못한 작가는 감상주의에 푹 젖어 수많은 형용사를 남발하고, 이는 다시 그보다 못한 아래 집단에서 선정적인 펼침막과 멜로드라마를 양산한다. 우리는 결혼식이나 축제보다 장례식과 병문안을 더 달가운 마음으로 가고, 눈물에는 뭔가 도덕적으로 고결한 면이 있고 검은색이 가장 적합한 복장이라는 믿음을 머릿속에서 지울 수가 없다. 그러나 사실 웃음처럼 어려운 일도 없지만 그보다 귀중한 자질도 없다. 웃음은 가지치기와 가꾸는 일을 둘 다 할 수 있는 칼이라, 우리의 행위, 그리고 입말과 글말에 균형과 진지함을 가져다줄 수 있다.(1905)

"어디로 향하는가, 찬란한 범선이여." 바닷가에 누운 시인이 저 멀리 수평선을 지나가는 거대한 범선을 보며 물었다.[1] 시인이 상상했던 대로 그 배는 태평양 어딘가의 항구로 향하고 있었는지도 모른다. 하지만 분명 어느 날인가는 거역할 수 없는 부름을 듣고 노스포어랜드와 리컬버를 지나갈 것이다. 그리고 런던항의 좁은 물길로 들어가 그레이브센드와 노스플릿과 틸버리의 낮은 제방을 지나 에리스와 바킹과 갤리언의 직선 유역을 차례로 지나치고 가스 공장과 하수처리장을 지나 마침내 주차장에 차를 대듯이 항만에 마련된 자신의 자리를 찾는 것이다. 그리고 돛을 접고 닻을 내린다.[2]

1 로버트 브릿지의 시 「지나가는 배」의 첫 대목.
2 템스강이 바다와 만나는 영국 동남쪽 끝에 자리 잡은 노스포어랜드부터 런던항을 지나 템스강을 따라 런던 쪽으로 가는 길에 있는 장소들. 원어는 다음과 같다. 노스포어랜드(North Foreland), 리컬버(Reculvers), 그레이브센드(Gravesend), 노

아무리 낭만적이고 자유롭고 변덕스러운 선박이라도 항해하다가 때가 되면 런던항을 찾아 닻을 내리지 않는 배는 거의 없다. 강 한가운데의 큰 모터보트[3]에서, 긴 여행 중인 것을 한눈에 알 수 있는 배들이 강을 따라 올라오는 모습을 바라본다. 발코니가 있고 차양이 달린, 갑판이 높은 여객선이 들어온다. 기방을 꼭 붙잡은 승객들이 난간 위로 몸을 빼고 서 있고 인도인 선원은 구르듯 서둘러 아래로 내려간다. 고국에 돌아온 것이다. 이처럼 거대한 선박이 매주 천여 척씩 런던항에 정박한다. 수많은 부정기 여객선 사이로, 석탄을 잔뜩 실은 석탄선과 너벅선 사이로 위풍당당하게 지나간다. 석탄선과 너벅선이 지나갈 때마다 흔들리는 붉은 돛단배들 역시 풋내기처럼 보일지라도 하위치(Harwich)에서 벽돌을 실어오거나 콜체스터(Colchester)에서 시멘트를 싣고 오는 배들이다.

템스강에서 벌어지는 일은 전부 사업이라 유람선 같은 것은 없다. 배들은 거스를 수 없는 해류에 끌려 잔잔한 바다와 폭풍우를 뚫고, 그 적막함과 외로움을 거쳐 각자 정해진 정박지로 온다. 엔진을 멈추고 돛을 접으면 줄지어 선 인부 숙소와 거대

스플릿(Northfleet), 틸버리(Tilbury), 에리스(Erith Reach), 바킹(Barking), 갤리언(Gallion's Reach).

3 울프는 1931년 3월 20일 런던항만공사 모터보트에 올라 런던항을 둘러보았다.

한 창고의 거무스름한 벽을 배경으로 요란한 굴뚝과 높은 돛대가 불현듯 전혀 어울리지 않는 모습을 드러낸다. 기이한 변화가 일어난다. 바다와 하늘을 향한 본래의 전망은 온데간데없고 사지를 뻗칠 온당한 공간도 없다. 하늘 높이 솟아오르는 날개 달린 새가 다리 묶인 채 육지에 붙들려 있듯이 그곳에 사로잡히는 것이다.

바다의 짠 내를 콧속으로 들이마시며 템스강을 올라오는 선박을 바라보는 일만큼 신나는 일도 없다. 크고 작은 배, 낡아빠진 배와 화려한 배, 인도나 러시아, 남아메리카, 호주 등에서 오는 배. 적막과 외로움과 위험을 벗어난 배들이 우리를 지나쳐 항구로 들어간다. 하지만 일단 닻을 내리면, 기중기가 오르락내리락하고 좌우로 흔들리기 시작하면 이제 낭만이라고는 없다.

방향을 돌려 정박한 배 앞을 지나 런던으로 다시 돌아가는 우리의 눈에 들어오는 광경은 세상에서 가장 음울한 광경이다. 강둑에는 거무죽죽하고 노후한 창고들이 줄지어 늘어서 있다. 평평하고 미끄러운 진흙 땅 위에 옹기종기 모여 있다. 어느 창고나 임시로 대충 지은 노후한 건물의 분위기가 확연하다. 창문은 부서진 채 방치되어 있다. 최근에 있었던 화재로 검게 그을고 상처가 남은 건물도 있지만 이웃한 다른 건물이라고 그보다 덜 황량하고 덜 애처로워 보이는 것도 아니다. 돛대와 굴뚝 뒤편으로 난쟁이 도시 같은 음산한 인부 숙소가 늘어서 있다. 앞쪽으로는 기중기와 창고, 비계와 가스탱크가 뼈대만 있는 건축물처럼 강둑에 얼기설기 선을 긋는다.

끝없이 이어질 것만 같던 이 황량한 광경이 문득 끝나며 진짜 나무들이 무리 지어 자라는 진짜 들판에 서 있는 오래된 돌집을 마주칠 때면 그 모습이 당혹스럽기만 하다. 땅이라는 게 있었나? 이 황량함과 무질서 아래에 한때는 곡물이 자라는 들판이 있었단 말인가? 예전에 있던 잔디와 테라스를 깔아뭉개고 들어선 벽지 공장과 비누 공장 사이에서 나무와 들판이 마치 다른 문명의 표본처럼 부조화한 모습으로 목숨을 부지하고 있다. 그다음 나타난 노후한 회색 시골 교회는 더 생뚱맞은 모습이다. 교회는 여전히 종을 울리고, 마을 사람들이 여전히 들판을 건너 예배를 보러 오기라도 하는 양 마당 잔디도 잘 가꿔놓았다.

더 내려가면 불룩한 내닫이창을 단 여관이 있는데, 지금도 방탕과 향락을 즐기는 묘한 분위기가 있다. 19세기 중반에 그곳은 향락을 좇는 사람들이 즐겨 찾던 휴양지였고, 당시 유명한 이혼 소송에 등장하기도 했다. 이제 향락은 가고 노동의 시대가 왔다. 그래서 그 여관은 한밤의 유흥을 위해 화려하게 차려입은 미인처럼 뻘밭과 양초 공장을 바라보며 버려진 채로 서 있다. 백 년 전 연인들이 쏘다니며 제비꽃을 꺾던 들판은 이제 악취 풍기는 흙더미로 완전히 뒤덮였고 트럭이 줄지어 새로 흙을 부려놓는다.

증기선을 타고 런던 쪽으로 강을 따라 올라가면 런던에서 내려오는 쓰레기를 만난다. 낡은 양동이, 면도기 날, 생선 꼬리, 신문과 재, 먹다 남겨서 쓰레기통으로 들어가는 것은 무엇이든 잔뜩 실은 너벅선이 세상에서 가장 황폐한 땅에 짐을 부린다. 길게 늘어선 쓰레기 더미들은 50년 동안 매연을 뿜어댔다. 수많은 쥐가 살고 고약한 잡초들이 울창하게 자라고 모래 섞인 매캐한 공기가 가득하다. 쓰레기 더미는 점점 더 높아지고, 점점 더 넓어지고, 주석 깡통이 쌓이는 옆면은 점점 가팔라지고, 해마다 재가 쌓여가면서 꼭대기도 점점 더 뾰족해진다. 인도로 향하는 거대한 여객선이 이 지저분한 풍경을 무심하게 스쳐 지나간다. 쓰레기 너벅선과 오물 너벅선과 준설선 사이를 뚫고 바다로 나아간다.

좀 더 올라가다 보면 왼편으로 지금껏 인간의 손으로 지은 가장 중후한 건물이 문득 모습을 드러내는 바람에 깜짝 놀라게 된다. 또다시 균형감이 뒤흔들리는 것이다. 원형 지붕을 이고 원주가 늘어선 그리니치 병원이 좌우 완벽한 대칭을 이루며 강가에 바투 지어져 있다. 그래서 템스강은 다시 영국 귀족들이 한때 편안하게 잔디밭을 걸어 다니거나 돌계단을 내려가 유람선을 타던 장중한 물길이 된다. 타워브리지에 가까워지면 런던시의 권위가 모습을 드러낸다. 건물이 더 높이 더 빽빽하게 들어찬다. 하늘에는 보랏빛을 띤 구름이 무겁게 걸려 있다. 큰 원형 지붕이 불쑥불쑥 나타나고, 세월이 흘러 하얘진 교회 첨탑들이 끝이 뾰족한 연필 모양의 공장 굴뚝과 뒤섞여 있다. 런던의 요란한 아우성이 공기를 울리며 들려온다. 마침내 이곳에서 가공할 만한 커다란 고대의 런던 스톤[4]을 만나게 된다. 수없이 북이 울리고 숱하게 머리가 잘려나간 런던탑에 이른 것이다. 이곳은 수 마일에 걸쳐 뻗어가는 해골 같은 황량함과 개미처럼 부지런한 움직임의 중심이자 매듭이자 실마리다. 먼 바다의 선박을 불러와 창고 아래에 포로로 잡아두는 거친 도시의 노래가 이곳에서 낮게 우르릉거린다.

이제 부둣가에 자리를 잡고, 항해 중에 이리로 불려 와 육지에 붙잡힌 선박의 내부를 들여다보자. 승객도 짐 가방도 다 사라졌고 선원도 없다. 지칠 줄 모르는 기중기만 상하좌우로, 오르락내리락 흔들흔들 일을 하고 있다. 둥근 통과 자루와 나무 상자를 짐칸에서 끄집어내 규칙적으로 기슭에 쌓는다. 미적인 즐거움까지 느껴질 정도로 질서정연하게, 박자에 맞춰 솜씨 좋게 쌓는다. 둥근 통은 둥근 통끼리 상자는 상자끼리 술통은 술통끼리, 낮은 천장에 장식이라곤 전혀 없는 거대한 창고의 긴 복도와 통로마다 위로 옆으로 줄지어 끝없이 쌓는다. 목재, 철, 곡물, 포도주, 설탕, 종이, 동물 기름, 과일 등, 전 세계의 평원에

---

4 런던의 기원과 관련된 여러 신화와 전설이 있는 런던시의 역사 유물.

서, 숲에서, 목초지에서 모아 온 것은 무엇이든 짐칸에서 꺼내서 놓아야 할 자리에 놓는다.

매주 천여 개의 화물을 실은 천여 척의 선박이 이곳에 짐을 부린다. 엄청난 분량의 다양한 물품을 각각 집어서 정확한 자리에 내려놓을 뿐 아니라, 하나하나 무게를 재고 열어보고 표본조사를 하고 기록하고 다시 닫아서 제자리에 놓는다. 얼마 안 되는 셔츠 바람의 남자들이 서두르지도 않고 불필요한 동작도 없이, 허둥거리거나 당황하는 법도 없이 공동의 이해관계—구매자들이 그들의 말을 그대로 믿고 그들의 결정을 따르니까—에 따라 아주 조직적으로 이 일을 하는데, 그러다가도 잠깐씩 쉬면서 지나가는 사람들에게 이렇게 말을 건네기도 한다. "이 계피 자루에서 간혹 어떤 것들이 튀어나오는지 알아요? 이 뱀을 보라고요!"

뱀, 전갈, 딱정벌레, 호박(琥珀) 덩어리, 코끼리의 썩은 이빨, 그릇에 담긴 수은. 어마어마하게 쌓인 짐에서 나와 탁자에 놓인 희귀하고 특이한 것들 중에 그런 것들도 있다. 하지만 호기심에 마음이 동하는 것은 잠깐일 뿐, 부두는 기본적으로 극히 실용적이다. 특이하거나 희귀하거나 아름다운 물건이 튀어나올 수는 있지만, 그렇더라도 뭐가 되었건 곧장 상품 가치를 따져본다. 둥근 산을 이루며 쌓여 있는 코끼리 상아 중에서 다른 것보다 더 크고 더 짙은 색을 띠는 상아는 따로 놓는다. 이것은 갈색이

어도 상관없는 것이, 5만 년 동안 시베리아에서 언 채로 있던 매머드 상아이기 때문이다. 하지만 아무리 5만 년 된 것이라 해도 상아 전문가가 보기에는 미심쩍다. 매머드 상아는 뒤틀리기 쉽다. 그래서 당구공 만들기도 어렵고 고작해야 우산 손잡이나 싸구려 손거울의 뒤판으로나 쓸 수 있다. 그러니 별로 고급이 아닌 거울이나 우산을 샀다면, 영국이 섬으로 떨어져 나오기 이전에 아시아 숲속을 누볐던 짐승의 어금니가 포함되어 있을 공산이 크다.

이 상아로는 당구공을 만들고, 저 상아로는 구둣주걱을 만들고. 세상의 상품이란 상품은 모두 검사하여 그 쓰임새와 가치에 따라 등급을 매긴다. 교역이란 상상을 초월할 정도로 정교한 데다 지치지도 않는다. 이 땅의 수많은 생산품과 폐기물이 하나도 빠짐없이 검사를 거치고 각각 가능한 쓰임새를 찾아낸다. 호주의 양 떼에서 뽑아낸 양털 뭉치는 공간을 많이 차지하지 않도록 쇠고리로 조여 운반되는데, 육지에 내린 후에도 그 쇠고리는 그냥 버려지지 않는다. 그것은 독일로 보내져 면도기로 탈바꿈한다. 양털에서는 기름이 스며 나오는데, 담요에는 좋지 않은 이 기름은 추출해서 얼굴에 바르는 크림을 만드는 데 쓰인다. 심지어 특정 품종 양의 털에 들러붙은 도깨비풀도 그 나름의 쓸모가 있다. 그 양이 어떤 기름진 목초지에서 자랐는지를 증명하기 때문이다. 그런 도깨비풀 하나도, 양털 한 다발이나 쇠고리도 그냥 지나치지 않는다. 모든 것이 각각의 목적에 부합한다. 모든 과정은 미리 다 생각해서 준비된다. 그로써 생겨나는 묘미는 마치 뒷문으로 들어오듯 슬그머니 생겨나는 것이라 부둣가 사람들은 조금도 이에 관심을 기울이는 일이 없다. 창고는 어디를 보나 창고로 딱 맞아 떨어지고 기중기도 그렇다. 그렇게 아무도 눈치 채지 못하는 새에 묘미가 찾아드는 것이다. 기중기는 상하좌우로 움직이고, 그 움직임이 얼마나 규칙적인지 리듬감까지 느껴진다. 사방 문이 활짝 열린 창고로 자루와 통이 수없이 들어간다. 그 사이로 런던의 지붕이 보이고, 돛대와 첨탑이 보이고, 짐을 들고 부리는 남자들의 기계적이지만 활달한 동작이 보인다. 술통은 둥근 지붕을 씌운 서늘한 저장고에 옆으로 뉘어놓아야 하고, 그래서 그곳엔 신비로운 어두침침한 불빛과 둥글고 낮은 천장이 덤으로 주어진다.

와인 저장고의 모습은 특히나 엄숙하다. 거대한 성당과도 같은 그 안에 들어가 램프가 달린 긴 나무 막대를 휘저으며 주변을 살펴보면, 성당의 분위기가 가득한 침침한 공간에 누워 근엄하게 익어가는, 천천히 숙성해가는 술통이 끝없이 이어져 있다. 램프를 흔들며 이 통로 저 통로를 쏘다니는 사람은 그저 와인을 맛보는 사람이나 관세청 직원이 아니라 조용한 사원에서 예배를 드리는 사제일지도 모른다. 노란 고양이 한 마리가 앞서 달려간다. 이 저장고에는 다른 인간의 숨결이라고는 없다. 우리의 숭배 대상이 불룩한 배에 달콤한 술을 가득 담은 채 열을 지어 누워 있다가, 꼭지를 열면 콸콸 술을 쏟아낼 뿐이다. 향을 피운 듯 와인의 향긋한 내음이 가득하다. 여기저기에 가스버너가 이글거리는데, 불을 밝히기 위해서가 아니다. 그 불빛이 아름다운 회색과 녹색의 아치를 이루며 통로를 따라 끝없이 이어지지만 그 효과를 위해서도 아니다. 그저 와인을 숙성시키기 위해 엄청난 열을 가해야 하기 때문이다. 그런 용도의 부산물로 아름다움이 생겨나는 것이다. 둥글고 낮은 천장에 면화처럼 하얀 생물이 매달려 자란다. 곰팡이류인데, 보기 좋든 보기 흉하든 다 환영받는다. 공기 중의 습기가 귀중한 술의 신선함을 유지하기 딱 좋은 정도라는 뜻이기 때문이다.

상업의 요구에 맞춰 영어 단어에도 변화가 일어난다. 둥근 물건처럼 단어가 둥글둥글해지는 것이다. valinch, shrive, shirt, flogger 등은 창고에서 일하는 사람들의 입에서 술술 나오는 말이지만,[5] 여기서 쓰이는 뜻은 사전에서 찾아봐야 허사일 것이다. 또한 오크통의 옆구리를 가볍게 두드려 마개를 빼내는 방법도 수년간의 시도와 실험의 결과 찾아낸 것이다. 얼마나 재빠르면서도 효과적인지, 이런 손재간은 당할 수가 없을 것이다.

---

5 이 단어들은 당시 창고 노동자들의 은어다. valinch는 흡관, shrive는 술통의 마개, flogger는 술통에 쓰는 망치이고, shirt는 그 뜻을 찾지 못했다.

우리 자신의 삶이 바뀌지 않는 다음에야 규칙적인 부두의 일과에 변화가 일어나는 일은 없을 것 같다. 예를 들어 우리가 클라레[6]를 더 이상 마시지 않는다든지, 담요를 만들 때 양털이 아니라 고무를 쓴다든지 하면, 생산과 분배의 전 기제가 흔들리고 휘청거릴 테고 사람들은 새로운 방식에 적응하려 할 것이다. 기중기가 상하좌우로 움직이고 먼 바다에서 배가 이곳까지 찾아드는 것은 바로 우리 자신, 우리의 취향과 유행과 욕구 때문이다.

우리의 몸이 그들의 주인이다. 신발, 모피, 가방, 화로, 기름, 라이스푸딩, 양초를 요구하면 그것들이 우리에게 온다. 어떤 새로운 욕망이 생기는지, 전과 달리 어떤 걸 싫어하는지를 알아내기 위해 교역이 우리를 열심히 살핀다. 막 닻을 내린 배의 짐칸에서 기중기가 오크통을, 상자를, 짐 뭉치를 끄집어내는 모양을 부둣가에 서서 바라보노라면 우리 자신이 아주 중요하고 복잡하고 세상에 꼭 필요한 동물처럼 느껴진다. 내가 담배를 피우기로 했기 때문에 버지니아 담배가 담긴 짐짝들이 저렇게 뭍으로 올라오는 것이니 말이다. 겨울에 양모 코트를 입기로 했기 때문에 호주의 수많은 양떼들에게서 쉴 새 없이 양털을 깎아내는 것이다. 실없이 앞뒤로 흔들며 다니는 우산의 손잡이를 위해 5만

6 프랑스 보르도산 적포도주.

년 전에 습지를 달리던 매머드들이 자신들의 어금니를 내놓는 것이다.

그사이 출항을 알리는 깃발을 올린 배가 천천히 항구를 빠져나간다. 다시 인도나 호주 쪽으로 뱃머리를 돌린다. 런던항에서는 항구를 벗어나는 좁은 도로마다 화물차들이 북적대며 지나간다. 엄청난 물량이 판매되었고, 이제 영국 전역에 양털을 운반하는 짐마차들이 서로 나가려고 북새통을 이룬다.(1931)

고작 연필 한 자루를 열렬하게 원해본 사람이 있을까? 하지만 당장 연필 한 자루가 있어야겠다는 강렬한 욕망에 사로잡히는 때가 있다. 차를 마신 후 저녁 식사 전까지 런던 시내를 걸어서 쏘다닐 핑계로 어떤 대상에 마음이 꽂히는 때가 그렇다. 여우의 종을 보존한다는 목적으로 여우를 사냥하는 여우 사냥꾼이나 건축업자들이 차지하지 못하는 빈터를 지키기 위해 골프를 치는 사람처럼, 거리를 쏘다니고 싶다는 욕망이 문득 우리를 사로잡을 때면 연필이 좋은 핑곗거리가 되어준다. 그래서 연필을 핑계로 안심하고 겨울 시내 풍경을 마음껏 즐길 수 있을 것처럼, 런던 거리를 한가로이 걸어 다닐 수 있을 것처럼, 벌떡 일어나 이렇게 말하는 것이다. "정말로, 연필을 사와야겠어."

시간은 저녁때여야 하고 계절은 겨울이어야 한다. 겨울이라야 샴페인처럼 청명한 공기와 사람들이 서로 어울리는 거리가 고맙게 다가오기 때문이다. 여름처럼 그늘이나 혼자만의 시간이나 목초지에서 불어오는 상쾌한 공기를 바라는 마음이 비웃듯 찾아들지 않는 것이다. 또한 저녁 시간에는 어둠과 불빛의 도움으로 무모한 일도 한번 벌여볼 수 있다. 우리 본래의 모습에서 벗어나는 것이다. 날 좋은 저녁 네 시에서 여섯 시 사이에 집을 나선다. 지인들이 아는 나의 자아를 훌훌 벗어던지고 익명의 뚜벅이들이 이루는 공화적 무리에 합류한다.

방 안에 혼자 있다가 그 무리에 합류하면 정말이지 유쾌한 기분이 된다. 방 안에서는 우리 자신의 괴팍한 기질을 보여주고 과거의 경험을 억지로 떠올리게 하는 물건들에 둘러싸여 있기 때문이다. 예를 들어, 벽난로 위의 저 사발은 바람 부는 날에 만토바[1]에서 산 것이다. 가게 문을 나서는데 어떤 험악한 노파가 우리 치맛자락을 잡아당기며 자신이 조만간 굶어 죽을 지경이라고 하더니, '이거 가져가!' 이렇게 외치며 파란색과 흰색이 섞인 사발을 우리 손에 쥐어주었더랬다. 게다가 자신의 그런 돈키호테식 관대함을 그 누구라도 입에 올리는 걸 마다하는 투였다. 그래서 우리는 무슨 죄라도 진 것처럼, 그러면서도 된통 바가지를 썼다는 의심은 지우지 못하면서 그 사발을 우리가 묵던 작은 호텔로 갖고 왔다. 그날 밤 호텔에서 집주인 부부가 하도 격렬하게 싸우는 바람에 마당 쪽으로 난 창밖으로 몸을 빼고 내다보

---

1 이탈리아 북부 롬바르디아의 도시, 시인 베르길리우스가 태어난 곳.

았는데, 기둥을 타고 올라간 덩굴과 하늘에서 하얗게 빛나는 별이 눈에 들어왔다. 알아차리지도 못한 채 빠져나가버린 수백 만 순간 가운데 그 순간이 그렇게 고정되어 마치 동전처럼 지울 수 없는 모습으로 각인된 것이다.

우울해 보이는 한 영국 남자도 있었다. 그는 커피잔들이 놓인 작은 철제 탁자들 사이에서 일어나 자기 영혼의 비밀을 털어놓았다. 여행객들이 원래 그런 일을 잘 하지만 말이다. 이탈리아와 바람 부는 아침과 기둥을 타고 올라간 덩굴과 영국 남자와 그의 영혼의 비밀, 이 모든 것이 벽난로 위의 도자기 그릇에서 구름처럼 뭉게뭉게 피어오른다. 시선을 바닥으로 떨구면 거기 양탄자에는 갈색 얼룩이 있다. 로이드 조지 씨 때문에 생긴 얼룩이다. 커밍스 씨가 찻주전자에 물을 부으려고 뜨거운 물 주전자를 들었다가 "그 인간은 아주 사악해!"라고 말하며 그 주전자를 양탄자에 내려놓는 바람에 갈색 고리 모양의 탄 자국이 생겼다.

하지만 문을 닫고 밖으로 나서면 그 모두가 사라진다. 자기만의 거처를 마련하려고, 다른 존재와 구별되는 모양을 유지하려고 우리의 영혼이 쏟아냈던 조개껍질 같은 껍데기가 부서지고, 쭈글쭈글하고 거친 이 모든 것 가운데 감지력이라는 속살만, 거대한 눈동자만 남는다. 겨울의 거리는 얼마나 아름다운지! 그 모습이 적나라하게 드러났다 싶었는데 다시 침침하게 가려 있다. 문과 창문이 대칭을 이루며 길게 뻗어 있는 대로를 막연하게 눈으로 좇는다. 저기 가로등 아래로는 창백한 불빛이 섬처럼 떠다니는데 그 사이로 발랄한 남녀 행인들이 잰 걸음으로 지나간다. 가난하고 추레한 모습인데도 어쩐지 비현실적인 표정이 있다. 마치 삶을 따돌리고 도망쳤다는 듯이. 삶이 그렇게 먹잇감에 속아 아무리 더듬거리며 헤매도 그들 자신을 찾지 못하는 모양을 보며 느끼는 의기양양함이랄까. 하지만 어쨌든 우리는 매끄럽게 표면 위를 움직이고 있을 뿐이다. 우리의 눈은 광부도 아니고 잠수부도 아니며 숨겨진 보물을 찾아다니는 사람도 아니기 때문이다. 그저 물결에 따라 평온하게 떠내려갈 뿐이다. 그렇게 바라보다 보면 두뇌도 멈춰 쉬다가 잠이 들지도 모른다.

그럴 때 런던의 거리는 얼마나 아름다운지! 섬처럼 놓인 불빛과 길게 이어지는 어둑한 과실수. 아마 한쪽으로 나무가 군데군데 심어진, 잔디 깔린 공간이 있어서 그곳에서 밤이 날개를 접고 자연스럽게 잠이 들 것이다. 철책 앞을 지나갈 때면 주변에 고요한 들판이 펼쳐져 있기라도 한 양 이파리가 흔들리고 나뭇가지가 타닥거리는 소리가 들린다. 부엉이 소리나, 저 멀리로 덜커덩거리며 계곡 위를 지나는 기차 소리도 들릴 것만 같다. 하지만 여긴 런던이 아닌가, 정신을 차리며 생각한다.

저 높이 앙상한 나뭇가지 사이에 걸린, 불그레한 노란빛으로 빛나는 길쭉한 네모는 창문이다. 낮은 별처럼 한결같이 타오르는 휘황한 점들은 전등불이다. 시골 분위기와 평온함을 품은 이 빈터는 그저 주택과 사무실로 둘러싸인 런던 광장일 뿐이다. 이 늦은 시간에도 건물 안에서는 지도며 문서며 책상 위로 불빛이 이글거리고 그 아래로 사무원들이 손가락에 침을 묻혀가며 끝도 없는 서신 더미를 뒤적이며 앉아 있을지도 모른다. 아니면 벽난로의 빛이 은은하게 흔들리거나 전등불이 어떤 응접실의 내밀한 공간을 밝히고 있을 수도 있다. 그 불빛에 안락의자와 신문과 도자기 그릇과 무늬가 새겨진 탁자가 보이고, 찻잎을 스푼으로 정확히 계량하는 한 여인의 모습도 보인다. 누군가 자신을 찾아와 아래층에서 초인종을 울리는 게 아닌가 하듯이 그녀가 문 쪽을 바라본다.

여기서 더 나아가지는 말아야 한다. 시선이 허락하는 이상으로 깊게 파 들어갈 위험이 있으니까. 순조롭게 물결을 따라 내려가던 우리는 나뭇가지나 나무뿌리를 붙잡으며 멈춘다. 잠에 빠져 있던 부대가 금방이라도 잠에서 깨어나고 그 대답으로 우리 안에서 수천 가지 트럼펫과 바이올린 소리가 깨어날지도 모른다. 인간 부대가 잠에서 깨어 온갖 괴팍함과 괴로움과 구차함을 주장할지도 모른다. 그러니 조금만 더 미적거리며 오직 표면에만 만족하도록 하자. 광이 나도록 반짝이는 버스의 표면, 누리끼리한 옆구리 살과 불그죽죽한 스테이크가 걸린 정육점의 육욕적인 광채, 꽃집 창문의 유리창 안에서 불타듯 화려하게 빛나는 푸르고 붉은 꽃다발들.

눈(目)에는 이렇게 묘한 속성이 있다. 아름다운 것에만 머무른다는. 나비처럼 화려한 색을 찾고 따스한 볕을 쬔다. 자연이 어렵사리 자신을 가꾸고 광을 내려 애쓰는 이런 겨울밤에 눈은 가장 화려한 전리품을 되가져온다. 이 땅이 전부 귀금속으로 되어 있다는 듯이 작은 에메랄드와 산호 조각을 떼어낸다. 눈이 할 수 없는 일(전문가의 눈이 아닌 평균적인 눈을 말하는 것이다)이 있다면 불분명한 각도와 관계를 드러내는 방식으로 이 전리품을 늘어놓는 것이다. 그래서 이렇게 단순하고 달달한 음식, 따로 구성되지 않은 순수한 아름다움을 한참 즐기고 나면 물리는 느낌이 든다. 휘황찬란한 거리의 용품들을 접고 존재의 어둑한 방 안으로 물러나기 위해, 장화 가게 문 앞에 잠깐 멈춰 서서 진짜 이유와 아무 상관없는 사소한 핑계를 만들어낸다. 가게 안에서 우리는 순순히 발 받침대에 왼발을 올려놓으며 "그러면 난쟁이로 사는 건 어떤가요?"라고 물을 수도 있는 것이다.

그녀는 두 여자의 호위를 받으며 들어왔는데, 보통 몸집인 두 여자가 그녀 곁에서는 인자한 거인처럼 보였다. 점원에게 미소를 보이는 투가 어떤 식으로든 그녀의 기형성을 부인하며 자신들이 그녀를 보호하고 있다고 안심시키는 듯했다. 그녀의 얼굴에는 기형의 얼굴에서 흔히 볼 수 있는, 강팍하면서도 미안해하는 표정이 있었다. 그들의 상냥함을 필요로 하지만 또한 그것이 정말 싫은 것이다. 점원이 나왔다. 두 거인 여성이 너그러운 미소를 띠며 '이 숙녀분'에게 어울리는 신발을 보여달라고 하자 점원은 그녀 앞으로 작은 발 받침대를 밀어놓는다. 그러자 난쟁이는 다들 그녀를 돌아보게 만들 만큼 야단스럽게 발을 앞으로 뻗었다. 이걸 보라고! 이걸 보란 말이야! 발을 내밀면서 모두를 향해 그렇게 말하는 듯했다. 하긴 그 발은 비율도 완벽하고 모양도 잘 생긴, 잘 자란 여성의 발이지 않은가! 둥근 곡선을 이루는 귀족적인 발이었다.

받침대에 놓인 그 발을 바라보는 순간 그녀의 태도가 180도 달라졌다. 마음이 누그러지며 흡족한 마음이 든 것이다. 자신감이 차올랐다. 이 신발 저 신발을 가리키며 연거푸 신어보았다. 자리에서 일어나 발만 비추는 작은 거울 앞에서 노란 신발, 옅은 황갈색 신발, 도마뱀 가죽 신발을 신고 한쪽 발로 빙글 돈다. 치마를 살짝 들고 작은 다리를 드러낸다. 결국 발이야말로 몸에서 가장 중요한 부분이 아닌가, 그런 생각을 한다. 여자는 발만 예뻐도 사랑을 받을 수 있었다고 혼잣말을 한다. 오로지 발만 보고 있으니 몸의 다른 부분도 이 아름다운 발과 매한가지라고 상상하는지도 모른다. 옷차림은 추레했지만 신발에는 아낌없이 돈을 쓸 것이었다. 이 상황이야말로 그녀가 남의 시선을 두려워하기는커녕 적극적으로 주의를 끌기까지 하는 유일한 경우이기 때문에, 신발을 고르고 신어보는 이 시간을 가능하면 늘리기 위해 어떤 수단이든 동원할 것이다. 이쪽으로 한 걸음, 저쪽으로 한 걸음 걸어가는 품이 내 발을 보라고 말하는 듯하다. 점원이 사근사근하게 그녀의 비위를 맞추며 듣기 좋은 말을 한 모양인지 문득 그녀의 얼굴이 희열로 환하게 밝아진다. 하지만 두 거인 여성은 자애롭기는 해도 어쨌든 일은 끝내야 했다. 이제 마음을 정하라고, 어떤 신발을 살 건지 결정하라고 한다. 결국 한 켤레를 골라 신발이 든 꾸러미를 손가락에 걸고 흔들며 두 보호자 사이에서 가게를 나오는 그녀의 얼굴에서 앞서의 희열이 서서히 사라지며 자기 인식이 돌아온다. 예의 강퍅함과 미안해하는 투가 돌아오고, 다시 거리에 나서자 그저 난쟁이일 뿐이었다.

그러나 그녀로 인해 분위기가 달라졌다. 그 뒤를 따라 거리로 나서자 실제로 곱사등이와 신체적 불구를 새로 만들어내는 듯한 분위기가 펼쳐진 것이다. 수염이 덥수룩한 두 남자, 보아하니 장님 형제인 두 사람이 둘 사이에서 걸어가는 남자 아이 머리 위에 손을 얹고 균형을 잡으며 거리를 걸어 내려간다. 겁이 나는지 몸을 떨면서도 고집스러운 장님의 걸음걸이로 계속 나아가는데, 그래서인지 그들이 가까워지자 그들에게 닥쳤던 어쩔 수 없던 불운의 기운과 그때의 공포가 풍겨난다. 그 적나라함과 정적과 참담함의 힘 때문인지 똑바로 다가오는 그 작은 호송대를 위해 행인들이 양쪽으로 갈라져 길을 내준다. 정말이지 앞선 난쟁이가 뒤뚱거리며 기괴한 춤을 추기 시작했고 이제 거리의 사람들 모두 그에 호응하는 것이다. 반짝이는 물개 모피를 단단히 여미고 있는 건장한 부인, 지팡이 끝의 은 손잡이를 빨고 있는 정신이 박약한 소년, 문간에 쭈그리고 앉은 노인. 그 노인은 마치 인간사의 부조리한 광경에 압도당해 주저앉은 채 그 광경을 바라보고 있는 것만 같다. 이 모두가 뒤뚱거리며 발을 구르는 난쟁이의 춤에 함께하는 것이다.

절름발이와 장님의 이 불구 무리가 어느 틈새에, 어느 구멍에 살고 있는 건지 궁금해진다. 어쩌면 기이한 이름을 가진 사람들과 온갖 신기한 직업을 가진 사람들이 사는, 홀본과 소호 사이의 좁고 낡은 주택 꼭대기 층에 살고 있는지도 모른다. 거기엔 금박공도 있고, 아코디언 주름 만드는 사람과 단추 씌우는 사람도 있다. 그보다 더 신기하게는 받침 없는 찻잔이나 도자기 우산 손잡이, 무척이나 알록달록한 순교자 그림 같은 것들을 팔아 생계를 이어가는 사람들도 있다. 그곳에 이런 사람들이 살고 있고, 물개 모피를 두른 부인은 아코디언 주름 만드는 사람이나 단추 씌우는 사람과 함께 낮 시간을 보내다 보면 삶이 그럭저럭 괜찮다고 볼 것이다. 워낙 신기하고 환상적인 삶이라 그저 비극적이지만은 않다는 것이다. 그들이 풍요로운 우리를 보며 억울해한다고 보지 않는 것이다.

그러다가 모퉁이를 돌자 굶주림에 시달려 사납고 비참한 표정으로 쏘아보는, 수염이 덥수룩한 유대인의 난데없는 시선과 맞닥뜨린다. 혹은 말이나 당나귀의 사체에 대충 덮개를 덮어놓은 것처럼 외투를 덮은 채 공공건물 계단에 쓰러져 있는 한 노파의 구부정한 몸을 지나친다. 그런 광경을 맞닥뜨리면 온몸의 신경이 곤두서는 듯하다. 눈에서 문득 불길이 확 타오른다. 의문이 솟아나지만 그 답은 찾을 수 없다. 이런 부랑자들이 일부러 극장 코앞에 자리를 잡는 일은 흔하다. 오르간 소리가 다 들리는 자리, 밤이 다가오면서 저녁을 먹고 춤을 추러 모이는 사람들의 환한 다리와 금속장식 달린 외투가 거의 스칠 정도로 가까이 지나가는 곳에 말이다. 그들은 가게 유리창 가까이에 모여 있다. 우리 시대의 상업은 장님과 계단에 엎드려 있는 노파와 뒤뚱거리는 난쟁이의 세계에까지, 위풍당당한 백조 목 모양의 금색 다리가 달린 소파 혹은 색색의 과일이 가득 담긴 바구니가 상감 장식된 탁자, 무거운 멧돼지 머리를 더 잘 지탱할 수 있도록 녹색 대리석을 씌운 주방용 서랍장, 세월이 흘러 색이 바래 그 카네이션이 옅은 녹색의 바다 속으로 거의 사라져버린 듯한 양탄자 등을 내놓는다.

지나치면서 슬쩍 눈길을 던질 때면 모든 것에 우연히, 하지만 기적처럼 아름다움이 흩뿌려져 있는 듯하다. 마치 정확한 시간에 무미건조하게 옥스퍼드가라는 해변에 짐을 내려놓는 상업의 파도가 오늘 밤에는 오직 보물만 밀어 올려놓은 것처럼. 딱히 살 생각이 없으므로 눈은 관대하고 장난스럽다. 새로 만들어도 보고 예쁘게 꾸며 더 나은 모습으로 내놓기도 한다. 거리에 나와 서서 상상의 집을 짓고 그 안에 원하는 대로 소파며 탁자며 양탄자를 들여놓을 수 있다. 저 깔개는 현관에 깔면 되겠어. 저 설화석고 그릇은 유리창 앞의 새김장식 탁자 위에 놓으면 되겠네. 떠들썩한 우리들의 모습이 두터운 둥근 거울에 비친다. 다행히 집을 짓고 가구까지 들여놓고 난 다음에도 그 집을 소유할 의무는 없다. 눈 깜짝할 사이에 다 해체해버리고 다시 다른 집을 짓고 다른 의자와 거울을 들여놓을 수 있는 것이다.

아니면 반지와 긴 목걸이가 담긴 쟁반 사이를 다니며 골동품 장신구에 흠뻑 빠져보자. 예를 들어 이 진주 장신구를 골라보자. 그것을 달면 인생이 얼마나 달라질지 상상해보는 것이다. 시간은 순식간에 새벽 두세 시가 된다. 한적한 메이페어가(街)[2]의 가로등이 흰 빛으로 창백하게 빛나고 있다. 이 시간에는 자동차만이 지나다닐 뿐이라 공허하고 비현실적이다. 흥겨움은 어딘가 숨어 있는 게 아닌가 싶다. 진주 장식을 하고 실크 옷을 입고, 잠든 메이페어의 정원이 내려다보이는 발코니에 나가 선

2 런던 시내의 하이드파크와 접해 있는 메이페어 지역은 고급주택과 상점이 모여 있는 상류층 주거지다.

다. 궁정에서 돌아온 대 귀족이나 실크 스타킹을 신은 하인이나 정치가의 손을 꼭 쥐었던 미망인의 침실에서 불빛이 보인다. 고양이 한 마리가 정원 담장을 따라 걸어간다. 두꺼운 녹색 커튼으로 가려진 어둑한 방 안에서는 소리를 죽인 유혹적인 사랑놀이가 벌어진다. 차분히 테라스 위를 거니는 나이 든 총리가 마치 그 아래쪽으로 영국의 주(州)와 군(郡)이 햇볕을 받으며 펼쳐져 있기라도 한 양, 곱실거리는 머리에 에메랄드 장식을 한 아무개 귀족부인에게 이 나라 정사에서 벌어졌던 커다란 위기의 진상을 들려준다. 마치 거대한 배의 가장 높은 돛대 끝에 올라앉은 기분이다. 그러면서도 동시에 이런 종류의 일이 전혀 대수롭지 않다는 것도 안다. 그런 식으로 사랑이 증명되지도 않고 그런 식으로 위대한 업적이 이루어지지 않으니까 말이다. 그래서 발코니에 선 우리는, 달빛을 받으며 메리 공주의 정원 담장을 살금살금 기어가는 고양이를 지켜보면서 그저 그 순간을 즐기고 경쾌하게 옷 매무새를 다듬을 뿐이다.

하지만 이 얼마나 터무니없는 말인가? 사실 이제 막 시계가 여섯 시를 알렸고 지금은 겨울 저녁인 데다 우리는 연필을 사러 스트랜드가로 걸어가고 있는 것이니까. 그러니 어떻게 우리가 6월에 진주 장식을 하고 발코니에 서 있을 수 있단 말인가? 이보다 더 터무니없는 일은 없을 것이다. 하지만 그것은 우리가 아닌 자연의 어리석음으로 벌어진 일이다. 자신의 최대 걸작인 인간을 만들기 시작했을 때 자연은 오직 그 일만 생각했어야 했다. 그 대신 고개를 이리저리 돌리고 등 뒤도 넘겨다보고 하는 바람에 우리 각자에게 그 주요 존재와 완전히 어긋나는 본능과 욕망이 몰래 스며들었다. 그래서 우리가 이렇게 줄무늬도 있고 얼룩덜룩하고 온통 뒤죽박죽에 별별 색깔인 것이다. 1월의 보도에 서 있는 이것이 진정한 자아인가, 아니면 6월의 발코니에서 몸을 밖으로 빼고 선 저것이 진정한 자아인가? 나는 여기 있는가, 저기 있는가? 아니면 진정한 자아는 이것도 아니고 저것도 아니고, 여기 있는 것도 저기 있는 것도 아닌 떠돌아다니는 각양각색의 어떤 존재라, 우리가 그 온갖 바람들에 고삐를 죄어 딴 길로 새지 않고 한길을 가도록 할 때만 진정 우리 자신이라 할 수 있는 걸까? 상황의 필요에 따라 통일성이 생겨난다. 인간은 편의상 온전한 전체를 이루는 것이다. 저녁에 현관문을 여는 순간 좋은 시민이란 은행가이거나 골프선수이거나 남편이거나 아버지여야 한다. 사막을 떠도는 유목민이나 하늘을 관찰하는 신비주의자나 샌프란시스코 슬럼가의 술주정뱅이나 혁명을 주도하는 군인이나 회의와 고독으로 울부짖는 부랑자일 수는 없다. 현관문을 열면서 다른 사람들과 마찬가지로 손가락으로 머리칼을 쓸어 넘기고는 우산을 우산꽂이에 꽂아야 하는 것이다.

여기 때맞춰 중고서점이 나타났다. 자꾸 앞을 막아서는 이 존재의 파고 속에서 그것이 정박지가 되어줄 것이다. 거리의 찬란함과 비참함을 겪은 후 다시 균형을 잡을 수 있게 해주는 것이다. 석탄이 활활 타오르는 난로 곁에서 발을 난로 망에 얹고 앉아 있는, 문에 반쯤 가린 주인 아내의 모습은 보기만 해도 정신이 맑아지며 기분이 좋아진다. 그녀는 전혀 책을 읽지 않는다. 아니면 신문만 읽거나. 이야기가 책 파는 일이 아닌 다른 수제로 흘러가면―기꺼이 그렇게 몰고 간다―그녀는 주로 모자에 관해 이야기한다. 모자는 예쁘기도 해야 하지만 실용적이어야 한다고 말한다. 아, 아니요, 여기 서점에서 살지 않아요. 브릭스턴에 살죠. 푸르른 자연을 조금이라도 보고 살아야 하거든요. 여름이 되면 정원에서 가꾼 꽃을 꽃병에 담아 먼지 앉은 책더미 위에 놓는다. 조금이라도 책방 분위기를 밝게 하기 위해서다.

어디를 보나 책이 있고, 언제나 한결같은 모험의 분위기가 우리 안에 가득 차오른다. 중고 책은 집 잃은 책, 길들지 않은 책이다. 각양각색의 책들이 함께 거대한 무리를 이루어, 길들여진 도서관의 책에서는 찾아볼 수 없는 매력을 지닌다. 게다가 아무렇게나 잡다하게 꽂혀 있는 책 사이에서 뜻밖에 전혀 몰랐던 책을 만날 수도 있고, 운이 좋으면 그 책이 세상에서 가장 좋은 친구가 될 수도 있다. 버림받은 허름한 분위기에 끌려 위쪽 서가에서 칙칙해진 흰색 책을 꺼낼 때마다 백 년 전 잉글랜드 중부 지방과 웨일스의 모직물 시장을 답사하러 말을 타고 길을 나선 어떤 남자를 만나지 않을까 하는 바람이 있다. 여관에 묵으며 술을 마시고, 어여쁜 여자들과 그들의 엄숙한 예의범절을 알아채고는 순전히 그냥 좋아서 그 일들을 공들여 딱딱한 문체로 적어 내려간 어떤 익명의 여행객이라든가(책은 자비로 출판했을 것이다). 말도 못하게 단조롭고 빽빽하고 무미건조하지만, 그 자신도 모르는 새에 그 속에 건초와 접시꽃 향기가 흘러 들어가 있다. 마음속 난롯가의 따뜻한 구석 자리에 영원히 그의 자리를 마련하게 되는 그의 초상화와 함께 말이다. 이제 18페니에 그 책을 살 수 있다. 가격이 3실링 6페니라고 적혀 있지만, 표지가 무척이나 닳아 추레하기도 하고 서포크의 어느 신사의 서재에 있던 다른 책들과 함께 구입한 이후로 오래도록 그렇게 꽂혀만 있었다는 것을 생각하고는 서점 주인의 부인이 그 가격에 내어주었다.

서점을 둘러보며 그렇게 우리는 무명의 존재들, 사라진 존재들과 변덕스럽게 갑작스러운 우정을 쌓게 된다. 저자의 초상화가 실린, 인쇄도 훌륭하고 멋진 판화그림으로 삽화도 넣은 이 작은 시집밖에 남긴 것이 없는 인물처럼 말이다. 그는 시인이었는데 젊은 나이에 물에 빠져 죽었다. 그의 시는 별로 눈에 띄는 면도 없고 형식적인 데다 훈계조이긴 하지만, 어느 뒷골목에서 코듀로이 재킷을 입은 늙은 이탈리아인 연주자가 체념한 듯이 연주하는 오르간 소리처럼 연약하지만 맑은 소리가 여전히 울려 나온다.

빅토리아 여왕이 아직 어렸을 시절의 여행기들도 잔뜩 꽂혀 있어서, 굳건한 노처녀였던 저자들이 그리스에서 겪어야 했던 불편함과 감탄하며 바라봤던 석양을 여전히 증언하고 있다. 콘월에서 여행을 하며 주석 광산을 방문한 일이 대단히 가치 있는 경험이라 보았는지 그 일을 상세히 기록한 두툼한 책도 있다. 라인강을 거슬러 천천히 올라가는 배 위에서 서로의 먹물 초상화를 그려주고 갑판 위에 말아놓은 밧줄 옆에 앉아 책을 읽은 사람들. 피라미드 크기를 재며 수년간 문명세계에서 떨어져 살았던 사람들. 해로운 습지에 사는 흑인을 개종시킨 사람들. 이렇게 짐을 싸서 떠나고, 사막을 탐험하고 열병에 걸리고, 인도에 평생 눌러 살다가 중국까지 들어갔다가 돌아와서는 에드먼턴에 꼼짝도 않고 붙박여 살던 일이 어수선한 바다처럼 먼지 가득한 마룻바닥 위로 쏟아져 들어온다. 그렇게 문간까지 파도가 밀려오니 영국 사람들은 얼마나 들썩거리는지. 바다 위에 들쭉날쭉하게 솟아오른 진지한 노력과 평생의 근면함이라는 작은 섬에 여행과 모험의 파도가 거세게 부딪혀온다. 암갈색 표지를 씌우고 뒷면에 금색 모노그램을 박은 책 더미 안에서 사려 깊은 성직자가 복음을 해설하고 있다. 학자들이 에우리피데스와 아이스킬로스의 고릿적 작품을 망치로 두들기고 끌로 파는 소리도 들린다. 우리 주변의 모든 것에 관해 생각하고 주석을 달고 해설하는 일이 엄청난 속도로 이루어진다. 주기적으로 끝없이 밀려오는 조수처럼 고대 허구의 바다를 덮친다. 빅토리아 여왕이 이 나라를 통치했던 때에 사정이 그랬듯이, 아서가 어떻게 로라를 사랑하게 되었는지, 헤어져서 불행한 삶을 살다가 어떻게 다시 만나 평생 행복하게 살았는지를 담은 책들은 수없이 많다.

이 세상에는 셀 수 없이 많은 책이 있기 때문에, 슬쩍 보고 고개를 끄덕이고, 잠깐의 대화나 찰나의 이해를 나누는 시간을 가진 후 다음으로 넘어갈 수밖에 없다. 거리를 지나가다가 누군가의 말 한두 마디를 듣거나 우연히 귀에 들어온 구절로 그 한 사람의 인생을 만들어내듯이 말이다. 가령 이 사람들은 케이트라는 여성에 대해 대화를 나누고 있다. "그래서 어젯밤에 내가 단도직입적으로 말했잖아… 네가 나를 그렇게 발밑의 껌으로도 여기지 않을 거면 말이야…" 하지만 케이트가 누구인지, 발밑의 껌이 그들 우정에서 어떤 위기를 의미하는지 우리로서는 절대 알 수 없을 것이다. 왜냐하면 케이트는 그 수다의 열기 아래로 가라앉았기 때문이다.

거리 모퉁이를 돌자 가로등 아래 서서 대화를 나누는 두 남자의 모습이 보이고 그와 함께 또 다른 삶의 책장이 펼쳐진다. 그들은 막 나온 신문에 실린 뉴마켓 경마장의 최근 경기 결과에 대해 얘기를 나누고 있다. 행운의 여신의 도움으로 한순간에 자신의 허름한 복장이 모피와 고급 양복이 되고 그 옷에 회중시계가 걸리고 지금 입고 있는 다 낡은 오픈 셔츠에 다이아몬드 핀이라도 생겨날 거라고 생각하는 걸까? 하지만 이 시간대에 거리를 쓸고가는 흐름은 얼마나 빨리 움직이는지 그런 질문조차 할 수가 없다. 이제 책상에서 벗어나 신선한 공기가 두 뺨을 어루만지는 바깥으로 나온 그들은 직장에서 집으로 돌아가는 이 짧은 시간 동안 최면과도 같은 꿈에 빠져 있다. 낮 동안에는 옷장에 걸고 열쇠로 잠가놓아야 할 그런 화려한 옷을 걸치고 유명 크리켓 선수나 유명 여배우가 되고, 어려운 시국에 나라를 구하는 군인이 된다. 그렇게 백일몽에 빠져 손짓을 하기도 하고 간혹 몇 마디는 소리 내어 중얼거리기도 하면서 물결처럼 스트랜드가를 지나 워털루 다리를 건너고 거기서 덜거덕거리는 긴 열차에 몸을 싣고 반즈나 서비턴의 단정한 작은 빌라로 간다. 그리고 현관의 시계가 눈에 띄고 지하실에서 올라오는 음식 냄새가 콧속으로 들어오면 백일몽은 끝난다.

하지만 우리는 이제 스트랜드가로 가고 있고 도로 경계석에서 잠깐 주저하는 사이 손가락만 한 길이의 작은 막대가 나타나 빠르게 움직이는 풍성한 삶 앞에 가로대를 놓는다. "정말로 꼭 해야 할 일이, 내가 꼭 해야 할 일이…" 그런 뜻이다. 무슨 요구인지 자세히 살펴보지도 않았는데 익숙한 그 폭군 앞에서 마음이 움츠러든다. 이것이든 저것이든 무언가를, 늘 무언가를 해야 하는 것이다. 그저 즐기기만 하는 건 허락되지 않는다. 그래서 아까 뭔가 핑계거리를 지어내고, 꼭 사야 할 뭔가를 만들어내지 않았던가? 뭐였더라? 아, 그렇지, 연필이었지.

그러면 이제 가서 연필을 사도록 하자. 하지만 그 명령에 따르려 몸을 돌리는 그 순간 다른 자아가 나서서 과연 폭군에게 그런 명령을 할 권리가 있는지 따진다. 으레 그렇듯 갈등이 생겨난다. 의무라는 막대기 뒤로 펼쳐진 템스강이 한눈에 다 들어온다. 구슬프면서도 평화로운, 너른 템스강. 어느 여름밤, 살면서 걱정거리라곤 없이 템스강의 둑길에서 몸을 밖으로 빼고 서 있는 누군가의 눈으로 강을 바라본다. 연필 사는 일은 나중에 하고 일단 이 사람을 찾아봐야겠다. 그러자 곧 그 사람이 우리 자신이라는 사실이 분명해진다. 여섯 달 전에 그렇게 서 있을 수 있었다면, 지금도 다시 그때처럼 차분하고 초탈하고 자족하던 모습이 될 수 있지 않을까? 어디 한번 해보자.

그런데 기억 속 모습과 달리 잿빛 강물은 더 거칠기만 하다. 강물은 바다로 흘러간다. 밀짚을 꽁꽁 잡아매어 방수포로 덮은 예인선 한 척과 너벅선 두 척이 물결을 따라 내려간다. 가까이로는 한 쌍의 연인이 난간 위로 몸을 내밀고 있다. 신기할 정도로 자의식이 없어 보이는 그 연인의 태도는, 자신들이 지금 열중하는 일이 대단히 중요한 일이므로 당연히 인류가 너그러이 봐주어야 한다는 식이다. 지금 눈앞에 펼쳐진 광경과 귀에 들리는 소리에 과거의 특성이라고는 전혀 없다. 게다가 여섯 달 전에 정확히 지금 이 자리에 서 있던 인물의 평온함도 함께 나누지 못한다. 그 인물에겐 죽음이라는 행복이 있지만 우리의 몫은 삶의 불안뿐이다. 그 인물에겐 미래가 없지만, 지금 이 순간에도 미래가 우리의 평화를 위협한다. 과거를 바라보며 거기서 불확실함의 요소를 빼낼 때에만 우리는 완벽한 평화를 누릴 수 있다. 하지만 현실은 그렇지 못하니 우리는 몸을 돌려 다시 스트랜드가를 건너가야 한다. 이 시간에도 연필을 파는 가게를 찾아야 한다.

새로운 방에 들어서는 일은 늘 모험이다. 방 임자의 삶과 성격에서 나온 분위기가 방 안에 가득하여 들어서자마자 어떤 새로운 정서의 물결이 밀려들기 때문이다. 이 문방구에서는 분명 말다툼이 벌어지고 있었다. 노여움이 휙 허공을 가른다. 부부 사이임이 확실한 두 사람이 갑자기 입을 닫고, 나이 든 여자는 뒷방으로 물러난다. 엘리자베스 시대 2절판 서적의 표지화에 어울릴 법한 훤한 이마와 둥근 눈을 가진 나이 든 남자가 남아서 우리를 상대한다. "연필, 연필이라." 그가 되풀이한다. "있지요, 있어요." 극도로 격해졌던 감정이 갑자기 가로막히면 보통 그렇듯이 그의 말투는 산만하면서도 야단스럽다.

이 상자 저 상자를 열었다 닫았다 하면서, 워낙 파는 물건의 종류가 많아서 뭐라도 찾으려면 쉽지 않다고 말한다. 자기 부인의 행동으로 인해 수렁에 빠졌다는 법조계 관련 신사 이야기를 꺼낸다. 수년 동안 알고 지낸 사람으로, 반세기 동안 템플[3]과 관련이 있었다고 말한다. 마치 뒷방에 있는 부인더러 들으라는 식이다. 고무줄 상자를 아예 뒤집어엎더니 급기야 자신의 무능에 열불이 나는지 반회전문을 밀어젖히고 냅다 소리를 지른다. "연필을 도대체 어디에 두는 거야?" 부인이 연필을 숨겨놓기라도 했다는 듯이 말이다. 나이 든 부인이 나온다. 누구에게도 시선을 주지 않은 채 자신이 옳다는 믿음에서 나오는 엄정한 태도로 찾아야 할 상자에 정확히 손을 뻗는다. 연필은 그 안에 들어 있다.

이 남편은 부인 없이 할 수 있는 일이 있을까? 부인이 꼭 필요한 존재가 아닌가? 어쩔 수 없이 두 사람이 짐짓 아무렇지도 않게 나란히 서서 기다리도록 일부러 연필을 까다롭게 고른다. 이건 너무 무르네. 이건 너무 딱딱하고. 두 사람은 말없이 그 광경을 지켜본다. 그렇게 서 있다 보니 시간이 갈수록 두 사람의 마음이 차분해진다. 치솟았던 열불이 가라앉고 노여움도 사라진다. 어느 쪽도 말을 꺼내진 않았지만 그렇게 화해가 이루어진다. 벤 존슨[4] 책의 속표지에 등장해도 무방할 노인은 연필상자

---

3 런던의 네 법학원 가운데 the Inner Temple과 the Middle Temple을 뜻함.

4 16세기 말에서 17세기 초에 활동했던 영국 극작가, 시인.

를 다시 제자리에 놓고 우리에게 정중하게 인사를 하고는 사라진다. 부인은 바느질감을 꺼낼 테고 남편은 신문을 읽겠지. 카나리아는 두 사람에게 공평하게 씨앗을 뿌릴 것이다. 싸움은 끝났다.

유령을 찾아다니고 싸움이 벌어지고 연필을 사는 사이 거리는 이제 사람 그림자 하나 없이 텅 비었다. 삶의 정경은 위층으로 물러나고 그곳에 불이 켜졌다. 보도는 말라서 단단해지고 도로는 망치로 두드려 편 은처럼 반짝인다. 그 적막한 거리를 걸어 집으로 돌아가며 난쟁이 이야기나 장님 이야기를, 메이페어 저택의 파티나 문방구의 다툼 이야기를 혼자 펼쳐 볼 수도 있다. 이 각각의 삶 속으로 약간은 들어가볼 수 있다. 우리가 단 하나의 정신에 속박되어 있지 않아서 잠깐이나마 다른 사람의 몸과 마음을 빌릴 수 있다는 환상을 가질 만큼은 말이다. 세탁부가 될 수도 있고 술집 주인이나 거리의 악사가 될 수도 있다. 똑바른 인격의 선을 벗어나서, 나무딸기와 두툼한 나무둥치 아래를 지나 우리의 동포인 저 맹수들이 사는 숲 한가운데로 이어지는 오솔길로 들어서는 일만큼 즐겁고 신기한 일이 또 어디 있을까?

맞는 말이다. 벗어나는 일이야말로 가장 커다란 기쁨이고 겨울날에 거리를 쏘다니는 일이야말로 가장 신나는 모험이다. 그렇지만 다시 집 문간에 들어서자 오래된 소유물과 오래된 편견이 우리를 감싸는 것이 느껴지고, 마음이 편안해진다. 이리저리 수많은 거리 모퉁이를 날아다니다가, 닿을 수도 없는 등불의 불꽃에 시달린 나방처럼 녹초가 된 자아는 이제 쉼터를 찾아 그속에 안긴다. 매일 보아온 문이 다시 나타난다. 나갔던 상태 그대로 의자는 넘어져 있고 도자기 사발과 양탄자의 그을린 갈색 자국도 그대로다. 그리고 다정하게 살펴보며 공손히 어루만져야 할, 도시의 모든 보물 가운데 유일하게 집으로 가져올 수 있었던 전리품인 연필이 여기 있다.(1927)

이틀 전, 정확히는 1939년 4월 16일 일요일에 네서[1]가 내게 말하기를 곧 회고록 집필을 시작하지 않으면 너무 늦어서 아예 쓰지 못할 거라고 했다. 금방 여든여섯이 되어 아무것도 기억하지 못할 거라면서, 레이디 스트레이치의 불행한 경우를 보라고 했다. 그렇잖아도 로저[2]의 인생에 좀 질린 참이라 이삼일 오전 시간을 내어 간단한 소묘 정도는 해볼 수 있겠다 싶었다. 몇 가지 어려운 점이 있긴 하다. 우선 내가 기억하는 일이 어마어마하게 많기도 하고, 그다음으로는 회고록을 쓰는 데에 여러 방식

---

1 울프와 가까웠던 세 살 터울 언니인 버네사를 말한다. 참고로 아버지 레슬리 스티븐은 헤리엇 미니 새커리와의 첫 번째 결혼에서 딸 로라를 낳았다. 어머니 줄리아 잭슨은 허버트 덕워스와의 첫 번째 결혼에서 조지, 스텔라, 제럴드 세 아이를 낳았다. 두 사람이 재혼하여 낳은 아이들은 차례로 버네사, 쏘비, 버지니아, 에이드리언이다.

2 울프가 전기를 쓰고 있던 로저 프라이(Roger E. Fry)를 말함.

이 있다는 점도 있다. 나는 회고록을 아주 많이 읽었기 때문에 내가 아는 방식만도 꽤 많다. 하지만 그 많은 회고록을 다 살펴보고 분석하면서 장단점을 따지기 시작하면, 고작해야 이삼일밖에 할애할 수 없는 오전 시간이 다 날아갈 것이다. 따라서 내 방식을 찾느라 시간을 지체하지 않고 바로 시작하려 한다. 내 방식이 저절로 생겨나리라 확신하지만, 그렇지 않다 해도 상관없다.

맨 처음 기억.

검은 바탕에 빨간색, 보라색 꽃이 있는 이것은 엄마의 드레스다. 엄마는 기차나 버스에 앉아 있고 나는 그 무릎에 앉아 있다. 그래서 엄마 옷에 그려진 꽃을 아주 자세히 볼 수 있었고, 내 생각에 검은색 바탕이었을 드레스에 장식된 빨간색, 보라색, 파란색의 꽃들이 여전히 눈에 선하다. 분명 아네모네였을 것이다. 세인트아이브스[3]에 가는 중일 수도 있지만, 주변의 밝기로 보건대 저녁인 듯하므로 런던으로 돌아가는 중이었을 가능성이 더 크다. 하지만 세인트아이브스로 가는 길이었다면 글을 쓰기에는 더 편리하다. 그러면 거기서 다른 기억으로 옮겨 갈 수 있기

---

3 St. Ives. 울프가 태어난 1882년부터 1894년까지 여름마다 울프의 가족이 별장으로 사용했던 탤런드하우스가 있는 곳.

때문이다.

그 다른 기억 역시 나의 맨 처음 기억의 하나이고, 사실 내게 가장 중요한 기억이기도 하다. 인생에 받침대가 있다면, 인생이 사발이어서 그것을 계속 채우고 채워가는 것이라면 단연코 이 기억은 그 사발의 받침대에 해당한다. 그것은 세인트아이브스의 보육실 침대에서 비몽사몽으로 누워 있던 기억이다. 해변에서 물보라를 일으키며 하나둘, 하나둘, 철썩거리는 파도 소리가 들렸고, 그것이 다시 노란 블라인드 뒤에서 하나둘, 하나둘, 철썩거렸다. 불어오는 바람에 블라인드가 한껏 펄럭이며 줄 끝의 도토리 모양 손잡이가 마룻바닥 위를 도르르 굴러가던 소리도. 철썩이는 파도 소리를 듣고 창으로 들어오는 빛을 보며 내가 정말로 이곳에 있을 리가 없다는 그런 기분이 들었던 기억, 상상할 수 있는 가장 강렬한 황홀경을 맛보았던 기억이다.

그 기억을 마땅한 방식으로 기술하자면, 지금 이 순간에도 너무나 강렬한 그 느낌을 굳이 전달하고자 하면 몇 시간을 들여 해볼 수는 있을 것이다. 하지만 어떤 대단한 행운이 주어지지 않는 다음에야 실패할 것이다. 그리고 그러한 행운은 아마 내가 버지니아라는 인물을 기술할 때에야 찾아올 것이다.

여기에서 바로 회고록 작가의 어려움이 등장한다. 그렇게 많은 회고록을 읽어봤지만 그토록 많은 회고록이 실패작이 된 이유이기도 하다. 그들은 어떤 일을 겪은 그 인물을 지워버린다. 한 인간을 묘사하는 일이란 너무 어렵기 때문이다. 그래서 "이런 일이 실제 있었다"고 말한다. 그런 일을 겪은 인물이 어떤 사람이었는지는 말해주지 않는다. 그렇지만 우선 그 인물을 알지 않는 다음에야 사건이란 별 의미가 없다.

그 당시 나는 어떤 인물이었는가? 1882년 1월 25일 런던에서, 레슬리 스티븐과 줄리아 프린셉 덕워스의 둘째 딸로 태어난 애덜린 버지니아 스티븐이다. 우리 가문에는 유명한 사람도 있고 대단찮은 사람도 있었고, 난 그 수많은 조상들의 광범위한 관계망 속에 태어났다. 대단한 부자는 아니지만 유복한 집안의 딸이었던 내가 태어난 세계는 소통을 즐기고 문해력이 있고 편지를 잘 쓰고 서로 방문하는 일도 좋아하고 의사 표현도 확실했던 19세기 말의 세계였다. 따라서 마음만 먹으면 지금부터 나의 부모님은 물론 삼촌과 숙모와 조카와 지인 들에 대해 줄줄이 써 내려갈 수도 있다. 하지만 세인트아이브스의 보육실에서 내가 그런 느낌을 갖게 된 사실이 그것과 어떤 식으로, 혹은 어느 정도로 관련이 있을지는 모르겠다. 내가 다른 사람들과 얼마나 다른지도 잘 모르겠다. 그것이 회고록 작가의 또 다른 어려움이다.

나 자신을 참되게 묘사하려면 비교할 만한 기준이 있어야 한다. 나는 똑똑한가 멍청한가, 잘생겼나 못생겼나, 열정적인가 냉정한가? 학교에 다닌 적이 없기 때문에 어떤 식으로든 내 또

래의 아이들과 경쟁을 해본 적이 없었고 내 재능과 결점을 다른 사람들과 비교해보지 못했다. 물론 파도와 블라인드의 손잡이에 대한 이 첫인상이 이렇게 강렬했던 외적인 원인이 하나 있긴 하다. 내가 간혹 혼자 표현하듯이, 포도알 속에 누워 얇은 반투명 노란색 막을 사이에 두고 내다보던 그 느낌은 얼마간은 우리가 런던에서 몇 달을 보냈기 때문에 만들어진 것이었다. 보육실이 바뀐 것은 대단한 변화였다. 기차를 오래 탔고, 들뜨고 신나기도 했다. 어둠과 밝은 불빛, 잠자리에 들던 어수선한 분위기도 기억이 난다.

하지만 보육실에 집중하자. 발코니가 있었다. 이는 칸막이를 사이에 두고 부모님 침실 발코니와 연결되어 있었다. 엄마는 하얀 실내복을 입고 발코니로 나오곤 했다. 시계초가 벽을 타고 자랐다. 보라색 줄무늬에 커다란 별 모양 꽃이 피는데, 커다란 초록 봉오리는 반은 비어 있고 반은 차 있었다.

내가 화가라면 이 첫인상은 연노랑과 은색과 녹색으로 칠할 것 같다. 연노랑 블라인드와 초록 파도와 은빛 시계초. 반투명의 공처럼 둥근 그림을 만들 것 같다. 부드러운 굴곡을 이룬 꽃잎과 조개껍질과 반투명의 것들을 그린 그림. 빛이 투과되는, 하지만 뚜렷한 형체가 드러나지 않는 부드럽게 굴곡진 대상들을 만들 것이다. 모든 것이 커다랗지만 희미하고, 눈에 보이는 동시에 소리가 들리기도 할 것이다. 소리는 꽃잎이나 이파리에서 나온다. 소리와 모습이 구분되지 않고, 이 첫인상에서 소리와 모습은 똑같은 비중을 차지한다. 이른 아침 침대에 누워 있을 때를 떠올리면 까마득히 높이 있는 까마귀의 울음소리도 들을 수 있다. 탄성이 있는 끈끈한 공기를 뚫고 내려오는 듯, 그래서 흐름이 막히는 듯이 그 소리는 날카롭거나 선명하지 않다. 탤런드하우스 상공의 공기는 소리를 가로막는 특성이 있는지, 마치 끈끈한 푸른 장막에 걸린 것처럼 천천히 소리가 내려왔다. 까마귀 울음소리는 철썩거리는 파도 소리와 파도가 물러났다 다시 밀려올 때의 물보라 소리와 섞여 있었고, 잠이 덜 깬 나는 설명할 수 없는 황홀경에 흠뻑 젖어 누워 있었다.

다음 기억 — 이 모든 색과 소리가 어우러진 기억이 세인트아이브스에서 한데 뭉친다 — 은 훨씬 탄탄하다. 더 나중의 기억으로 아주 감각적이다. 모든 것이 농익은 분위기라 지금도 몸이 따뜻해지는 느낌이다. 화창한 날, 허공에 윙윙거리는 소리가 가득하고 수많은 향기가 한꺼번에 콧속으로 들어왔다. 게다가 그 모든 것이 하나의 전체를 이루어 지금도 그 기억을 떠올리면 문득 하던 일을 멈추게 된다. 그때 해변으로 내려가던 내가 우뚝 멈춰 섰듯이. 나는 높은 곳에 멈춰 서서 정원을 내려다보았다. 정원은 길보다 낮아서, 사과가 머리 높이에 달려 있었다. 윙윙대는 꿀벌 소리가 들려왔고 사과는 붉으면서 금빛을 띠었다. 분홍색 꽃, 회색과 은색의 이파리도 있었다. 윙윙거리는 소리와 흥얼거림과 향기, 그 모두가 관능적으로 세포막 어딘가에 강하게 부딪쳐 오는 것만 같았다. 부딪쳐 터지는 것이 아니라 완벽한 기쁨의 황홀감으로 부드럽게 온몸을 감싸서, 난 걸음을 멈추고 향기를 한껏 들이마시며 주변을 둘러보았다. 하지만 역시 그 황홀감은 묘사할 수가 없다. 무아지경이라기보다는 황홀감이었다.

이 그림—눈앞에 떠오르는 장면은 늘 소리와 뒤섞여 있기 때문에 그림이 정확한 단어는 아니지만—이 너무 강렬해서, 그 인상이 너무나 강렬해서 이야기가 또 옆길로 새버렸다. 보육실에서, 그리고 해변으로 내려가던 길에서 내게 찾아든 순간들은 여전히 지금 이 순간보다 더 현실적일 수 있다. 그 사실을 지금 막 시험해보았다. 그러니까 자리에서 일어나 정원을 가로질러 걸어보았다. 퍼시는 아스파라거스 밭의 흙을 파고 있었다. 루이는 침실 문 앞에서 매트를 털고 있었다. 그런데 내가 그들을 바라본 것은 여기서 내가 보았던 광경, 보육실과 해변으로 가는 길을 통해서였다. 때로는 오늘 아침보다 더 완전하게 세인트아이브스를 다시 찾을 수도 있다. 마치 다시 그때로 돌아간 것처럼 눈앞에 그곳의 장면이 펼쳐지는 상태에 이를 수도 있는 것이다. 아마 잊고 있던 것이 기억을 통해 주어져, 사실은 내가 의도적으로 불러일으킨 일들이 마치 저절로 일어나는 듯이 보이는 모양이다. 어떤 적절한 분위기에서 기억이, 우리가 잊고 있던 것들이 의식의 맨 위로 떠오른다.

 사정이 이러하다면 강렬하게 느낀 것들이 우리 정신에서 독립되어 존재하는 일도 가능하지 않을까, 그런 생각을 종종 한다. 사실은 여전히 존재하는 것 아닐까? 그렇다면 미래에는 버튼을 누르면 내가 원하는 대로 기억을 꺼내볼 수 있는 장치를 발명하는 일도 가능하지 않을까? 내게 과거란 뒤로 길게 뻗은 대로다. 장면과 정서의 기다란 띠. 그 대로의 맨 끝에 여전히 정원과 보육실이 있다. 여기서 장면 하나, 저기서 소리 하나를 기억해내지 말고, 벽 적당한 곳에 플러그를 꽂고 과거에 귀를 기울여봐야겠다. 1890년 8월이다. 강렬한 정서는 분명 그 흔적을 남긴다고 본다. 따라서 문제는 우리의 삶을 처음부터 다시 살아보기 위해 어떻게 우리 자신을 그 순간에 연결할지 그 방법을 찾는 것이다.

 앞에서 들려준 강렬한 기억은 둘 다 아주 단순하다는 점에서 독특하다. 나 자신은 거의 의식하지 못하고 오직 감각만 의식할 수 있었다. 나라는 자아는 그저 무아지경의 느낌, 황홀함의 느낌을 담은 그릇이었다. 어쩌면 어린 시절의 기억은 모두 이런 특성을 갖고 있을지도 모른다. 바로 그래서 그렇게 강렬한 것이다. 그 뒤에는 감정에 많은 것이 덧붙여지고 그러면 감정은 더 복잡해지면서 강렬함도 덜해진다. 혹시 강렬함이 덜하지 않더라도 각각이 따로 온전하게 존재하는 속성은 줄어든다. 이것이 무슨 뜻인지를 보여주려면 분석하기보다는 하나의 예를 들어 보이는 게 낫겠다. 현관에 걸린 거울과 관련한 감정이다.

탤런드하우스 현관에는 작은 거울이 걸려 있었다. 내 기억에 선반이 달려 있고 그 위에 솔빗이 놓여 있었다. 깨금발을 하면 거울로 내 얼굴을 볼 수 있었다. 여섯 살인가 일곱 살쯤에 거울에 비친 얼굴을 보는 일에 재미가 붙었다. 하지만 주변에 아무도 없다는 사실을 확인했을 때만 그랬다. 창피했던 것이다. 강한 죄책감이 저절로 그 행위에 달라붙은 듯했다. 그런데 왜 그랬을까? 떠올릴 수 있는 분명한 이유가 하나 있긴 하다. 버네사와 나는 둘 다 선머슴 같았다. 그러니까 우리는 크리켓도 하고 바위를 타 넘고 나무에 올라가는 일을 좋아했고 옷 같은 것은 신경도 안 썼다. 그래서 거울을 본다는 것은 그런 우리의 선머슴 특성과 어긋나는 일이었을 수 있다.

하지만 내 죄책감의 근원을 찾으려면 그보다 훨씬 더 깊이 들어가야 한다. 할아버지를 끌어들이고 싶은 마음까지 든다. 제임스 경이라 불렸던 할아버지는 한때 시가를 피웠고 또 좋아했지만, 한번 끊은 뒤에는 절대 피우지 않았다. 그래서 내가 그런 청교도 기질을, 클래펌파[4]의 기질을 물려받은 거라고 생각하고 싶은 것이다.

---

4 Clapham Sect. 19세기에 활동했던 영국 국교회의 한 계열.

어쨌든 거울과 관련한 수치심은 선머슴 같던 시기가 지나간 이후에도 오래도록, 평생 지속되었다. 난 지금도 공공장소에서는 콧잔등에 분을 바르지 못한다. 옷과 관련된 모든 일, 가령 가게에서 옷을 입어본다든지 새 옷을 입고 방에 들어가는 일 등은 여전히 겁이 난다. 적어도 부끄럽고 자의식이 들고 불편한 것이다. "아, 줄리언 모렐[5]처럼 새 옷을 입고 온 마당을 뛰어다닐 수 있었으면." 몇 년 전에도 가싱턴에서 꾸러미를 열어 새 옷을 걸치고 산토끼마냥 깡충거리며 이리저리 뛰어다니는 줄리언을 보며 그런 생각을 했다.

사실 우리 집안은 여성적인 면이 두드러졌다. 미인이 많기로 유명했다. 어머니와 스텔라[6]의 미모는 내가 기억할 수 있는 한 아주 어려서부터 나의 자부심이자 기쁨이었다. 그러니 그와 반대되는 어떤 본능을 물려받은 게 아닌 다음에야 이 수치심이 어디에서 비롯되었겠는가?

아버지는 엄격하고 금욕적이며 청교도적이었다. 그림을 좋아하지도 않았고, 음악을 이해하지도 못했고 말소리에 대한 감각도 없었다. 이런 생각을 하면 나의(버네사나 쏘비나 에이드리언에

---

5 레이디 오톨린 모렐(Lady Ottoline Morrell). 영국 귀족이자 사교계 주요 인사로 문학·예술계에서 큰 영향력이 있었다. 블룸즈버리 시절에 울프와 친분이 있었다.

6 울프의 배다른 언니로, 울프가 열다섯 살 때 스물여덟의 나이로 요절한 스텔라의 죽음은 울프에게도 큰 충격을 주었다.

대해 잘 안다면 '우리의'라고 할 텐데, 형제자매지간에도 얼마나 아는 게 없는지), 어쨌든 이런 생각을 하면 아름다움에 대한 나의 타고난 사랑이 조상 대대로 내려오는 어떤 두려움으로 방해받지 않았나 싶다. 내 몸과 관련되지만 않는다면 수치심이나 죄책감 없이 자연스럽고 강렬하게 환희나 황홀함을 느끼는 데 지장을 받았던 적은 없다. 그래서 현관의 거울을 들여다보다가 들켰을 때 내가 느꼈던 수치심에 관련된 요소는 그것 말고도 더 있을 것 같다.

난 내 몸을 수치스러워하거나 두려워했던 것이 틀림없다. 역시 현관에서 벌어졌던 또 다른 일의 기억이 이 점을 설명해줄 것이다. 식당 문 바깥쪽 벽에 그릇을 얹어놓는 평평한 선반이 붙어 있었다. 내가 아주 어렸을 때 제럴드 덕워스[7]가 나를 번쩍 들어 거기 앉히더니 내 몸을 여기저기 만지기 시작했다. 그의 손이 내 옷 속으로 들어가던 그 느낌을, 찬찬히 단호하게 점점 아래로 내려가던 그 느낌을 지금도 확실히 떠올릴 수 있다. 제발 그만했으면 하고 얼마나 바랐는지, 그 손이 내 몸의 은밀한 부분에 가까워질 때 몸이 뻣뻣해지며 얼마나 버둥거렸는지도 기억한다. 하지만 그 손은 멈추지 않았다. 기어이 그 은밀한 부분까지 들어갔다. 그게 너무 싫고 끔찍했던 기억이 난다. 그렇

---

7 울프의 배다른 오빠.

게 터무니없는, 뒤섞인 감정을 표현하는 단어가 뭐가 있을까? 아직도 그 느낌이 그대로 생생하게 떠오르는 것을 보면 정말 강렬한 느낌이었음이 틀림없다. 이는 몸의 어떤 부분에 대한 느낌을 알려준다. 그곳은 만지면 안 된다는 것을, 그곳을 만지게 하는 것이 얼마나 잘못된 일인지를. 분명 본능적인 느낌일 것이다. 그로써 버지니아 스티븐은 1882년 1월 25일이 아니라 수천 년 전에 태어났음이 증명된다. 태어나자마자 과거의 수많은 여성 조상들이 이미 획득한 본능을 갖게 되었으니 말이다.

이는 단지 나의 경우만이 아니라 내가 글을 시작하며 언급했던 문제도 어느 정도 해명해준다. 어떤 일을 겪은 인물을 어떤 식으로든 설명하는 일이 참으로 어려운 이유 말이다. 분명 그 인물은 엄청나게 복잡하다. 거울 사건을 봐도 그렇지 않은가. 내가 왜 거울에 얼굴을 비춰보는 일을 창피해했는지 그 이유를 설명하려 그렇게 애를 썼지만 고작 그럴듯한 원인 몇 가지를 찾았을 뿐이다. 다른 이유가 있을 수도 있다. 내가 진실에 이르렀다고는 생각하지 않으니까. 하지만 이건 단순한 문제이고 내게 개인적으로 일어난 일이다. 게다가 내가 그에 대해 거짓말을 할 까닭도 없다. 그런데도 사람들은 다른 사람들의 소위 '삶'이라는 것을 가지고 글을 쓴다. 그러니까 수많은 사건을 모아놓는데, 그런 후에도 그 일을 겪은 사람 자신은 여전히 알 수가 없는 존재다.

거울 사건과 관련이 있을 꿈 하나를 덧붙여보겠다. 꿈속에서 거울을 보고 있는데 난데없이 무시무시한 얼굴―어떤 동물의 얼굴―이 내 어깨 위로 나타났다. 그것이 꿈이었는지 실제로 일어난 일인지도 확신할 수가 없다. 어느 날 거울을 보고 있는데 뒤쪽에서 무엇인가 움직였고 내게는 그것이 살아 있는 존재로 보였던 걸까? 잘 모르겠다. 하지만 그것이 꿈이었건 실제였건 난 거울 속의 그 얼굴과 그로 인해 내가 겁에 질렸다는 사실은 잊은 적이 없다.

이것이 어렸을 적 기억의 일부다. 물론 내 삶에 대한 설명이라는 면에서 아주 적합한 기억들은 아니다. 기억하지 못하는 일도 그에 못지않게 중요하기 때문이다. 오히려 더 중요할 수도 있다. 내가 어느 하루를 통째로 기억할 수 있다면 피상적으로라도 어렸을 적 내 삶이 어떠했는지 묘사할 수 있을지 모른다. 불행히도 우리는 이례적인 것만 기억한다. 게다가 왜 어떤 것은 이례적이고 다른 것은 그렇지 않은지 딱히 확실한 이유도 없는 것 같다. 내가 기억하는 일보다 더 기억에 남을 만한 일이 분명 많았을 텐데 왜 그것들은 다 잊었을까? 해변으로 내려가다가 정원에서 벌의 윙윙대는 소리를 들었던 기억은 나는데, 아버지가 발가벗은 나를 바닷물에 던져 넣었던 일(스원윅 부인이 자기 두 눈으로 봤다고 했다)을 까맣게 잊은 것은 어째서일까?

여기서 약간 샛길로 빠져보자. 이 이야기는 어쩌면 나의 심리를, 다른 사람의 심리까지도 약간은 설명해줄 것이다. 소위 소설이라는 것을 쓸 때마다 나는 종종 똑같은 문제에 시달렸다. 그러니까 내가 개인적으로 간단히 '비-존재'라고 부르는 존재를 어떻게 그려낼 것인가라는 문제 말이다. 매일의 삶에는 존재보다 훨씬 많은 비-존재가 있다. 예를 들어 어제인 4월 18일 화요일은 괜찮은 날이었다. '존재'로 보자면 평균 이상이었다. 날씨도 좋았고 즐거운 마음으로 이 회고록의 앞부분을 썼다. 로저에 대한 글을 쓰는 압박에서 벗어나 머리가 가벼웠다. 마운트미저리(Mount Misery)를 넘어 강을 따라 걸었다. 썰물이었다는 것만 제외하고는, 내가 늘 자세히 관찰하는 시골 풍경은 내가 좋아하는 그대로 은은하게 알록달록 물들어 있었다. 내 기억에 푸른색을 배경으로 연두색과 보라색으로 흔들리는, 털이 복슬복슬한 버드나무가 있었다. 초서의 책을 재밌게 읽었고 라파예트 부인의 회고록을 읽기 시작했는데 그것 역시 흥미로웠다. 하지만 이러한 각각의 존재의 순간은 훨씬 더 많은 비-존재의 순간속에 박혀 있다. 점심을 먹으며, 그리고 차를 마시며 레너드와 어떤 대화를 나눴는지는 이미 잊었다. 괜찮은 날이었지만 그 괜찮음은 별 특징 없는 일종의 목화솜 안에 박혀 있는 것이다.

늘 이런 식이다. 하루의 대부분을 우리는 의식적으로 살지 않는다. 걷고 먹고 뭔가를 보고, 해야 할 일을 한다. 진공청소기가 망가졌다든지, 저녁식사 주문을 하고 메이블에게 할 일을 적어주고 씻고 저녁 준비를 하고 책을 제본하는 그런 일들. 일진이 안 좋은 날이면 비-존재의 비율은 더 커진다. 지난주에는 미열이 있었는데, 그날 하루가 거의 다 비-존재였다. 진정한 소설가는 어떤 식으로든 그 두 방식의 존재를 전달할 수 있다. 내 생각에 제인 오스틴이 그렇고 앤서니 트롤로프도 그렇다. 아마 윌리엄 새커리와 디킨스와 톨스토이도 그럴 것이다. 나로서는 둘 다 할 수 있었던 적이 한 번도 없었다. 『밤과 낮』과 『세월』에서 시도는 해보았다. 하지만 이런 문학적인 문제는 잠깐 제쳐두기로 하자.

지금과 마찬가지로 어릴 적 나의 일상도 이러한 목화솜, 이 비-존재를 상당 부분 담고 있었다. 내 마음에 아무런 자국을 남기지 않은 채 세인브아이브스의 몇 주가 그냥 흘러가기도 했다. 그러다가, 나로서는 이유를 모르겠지만, 갑작스럽고 격렬한 충격이 있었다. 너무나 격렬한 충격이라 평생 기억에서 지워지지 않는 그런 일들이 벌어진 것이다. 몇 가지 예를 들어보겠다. 첫 번째는 마당 잔디밭에서 쏘비와 싸우던 일이다. 우리는 서로에게 주먹질을 하고 있었다. 그런데 어느 순간 쏘비를 향해 주먹을 들어 올리다가 이런 기분이 들었다. 다른 사람을 왜 다치게 하려는 거지? 난 바로 팔을 내렸고, 가만히 서서 쏘비가 때리는 대로 맞았다. 어떤 기분이었는지 지금도 기억한다. 허망한 슬픔이었다. 마치 뭔가 끔찍한 것, 내 자신의 무력함을 의식하게 된 것만 같았다. 지독한 우울에 빠져 혼자 숨어버렸다.

두 번째 경우도 세인트아이브스의 정원에서 있었던 일이다. 대문 옆의 화단을 바라보고 있던 내가 이렇게 중얼거렸다. "저건 총체(the whole)야." 이파리를 펼친 화초를 보고 있던 중이었다. 그런데 그 꽃이 땅의 일부라는 사실이 문득 분명해졌다. 어떤 고리 같은 것이 꽃을 에워싸고 있다는 것을, 사실 일부는 땅이고 일부는 꽃인 그것이 진짜 꽃이라는 그런 생각이었다. 난 나중에 쓸데가 있으리라 보고 그 생각을 한구석에 잘 넣어두었다.

세 번째 경우도 세인트아이브스에서의 일이다. 밸피라는 집안 사람들이 우리집에서 얼마간 지내다 갔다. 어느 날 저녁을 먹으려고 식탁에 앉아 있다가, 아버지인지 어머니인지 밸피 씨가 자살했다고 말씀하시는 것을 우연히 듣게 되었다. 그다음으로 기억하는 장면은 내가 밤에 정원에 나가 사과나무 옆을 걷고 있는 것이다. 그때 내게는 사과나무가 밸피 씨의 자살이라는 끔찍한 사건과 연결되어 있는 것만 같아 그 앞을 지나갈 수가 없었다. 회녹색 나무껍질―달빛이 환한 밤이었다―을 공포에 질려 홀린 듯 바라보며 그 자리에 서 있었다. 빠져나올 수 없는 절대적 절망이라는 어떤 구덩이 속으로 무력하게 끌려 들어가는 기분이었다. 마비된 듯 꼼짝도 할 수 없었다.

이것이 이례적인 순간의 세 가지 예다. 난 종종 그 사건들을 돌이켜본다. 어쩌면 그것이 뜻밖의 순간에 표면으로 솟아오르는 것일 수도 있고. 하지만 지금 처음으로 그것을 글로 적고 나니 예전에 한 번도 깨닫지 못했던 어떤 점을 깨닫게 되었다. 셋 중 두 경우는 절망감으로 귀결되었다. 다른 하나는 그와 반대로 끝이 만족스러웠다. 꽃을 보며 "저건 총체야"라고 했을 때 난 뭔가 대단한 발견을 한 기분이었다. 나중에 때때로 다시 찾아보고 살펴보고 탐구해볼 어떤 것을 마음속에 잘 간수해놓은 기분이었다. 이것이 엄청난 차이라는 사실을 지금 문득 깨닫는다.

우선 그것은 절망과 만족감의 차이다. 이 차이는 사람들이 서로를 다치게 한다는 사실과 내가 만났던 누군가가 자살했다는 사실을 알게 된 고통을 내 스스로 감당할 수 없었다는 점에서 나온다. 공포심으로 난 무력감에 휩싸인 것이다. 하지만 꽃의 경우 난 원인을 알아낼 수 있었고 그래서 그 감정을 스스로 다룰 수 있었다. 무력하지 않았던 것이다. 아주 먼 훗날일지라도 언젠가는 그것을 설명할 수 있으리라는 것을 알았다. 꽃과 관련된 경험이 다른 두 경험보다 더 나이가 들었을 때의 것이었는지는 확실치 않다. 단지 이런 이례적인 순간들이, 많은 경우 특이한 공포와 신체적인 무력감을 야기했다는 것, 상황이 나를 좌우하고 나는 수동적이었다는 것만 알고 있다.

이렇게 보면 사람은 나이가 들수록 이성을 동원해 설명할 수 있는 능력이 더 커져간다고도 할 수 있다. 설명할 수 있으면,

망치처럼 나를 강타하는 힘이 무뎌진다. 이는 사실인 것 같다. 특이하게도 난 여전히 그런 갑작스러운 충격을 경험하지만 지금은 늘 그런 충격을 환영하는 것을 보면 그렇다. 처음엔 화들짝 놀라지만 곧 그것들이 특정한 쓸모가 있을 거라는 생각이 든다. 충격을 수용하는 그런 능력이 나를 작가로 만들었다고도 말할 수 있다. 나의 경우 그런 충격이 있으면 바로 그것을 설명하려는 욕망이 따라온다는 추측까지 해볼 수도 있다. 뭔가에 세게 맞았을 때 그것은 내가 어렸을 때 생각했던 것처럼 일상의 목화솜 뒤에 숨어 있던 어떤 적이 나를 공격한 것이 아니다. 오히려 그것을 통해 어떤 질서가 드러났거나 앞으로 드러날 것이다. 그것은 외양 뒤에 숨은 어떤 진짜를 나타내는 표식이고 난 그것을 글로 표현함으로써 실제 존재로 만든다. 글로 표현함으로써만 그것을 총체로 만들 수 있는 것이다. 이 총체성은 그것이 더 이상 나를 해칠 수 없다는 것을 의미한다.

글로 표현하여 고통을 없애버렸기 때문에, 따로 분리된 부분들을 결합하는 일은 내게 대단한 즐거움을 가져다준다. 내가 아는 가장 커다란 기쁨이 아닐까 싶다. 글을 쓰다가 어떤 것이 어디에 들어가는지 발견하면서, 제대로 된 장면을 만들어내고 인물의 모습을 맞춰나가면서 얻는 황홀감이다. 이로부터 철학이라고 부를 만한 어떤 것에 도달하기도 한다. 여하튼 목화솜 뒤에 어떤 패턴이 있다는 생각은 늘 있었다. 우리가, 그러니까 모든 인류가 그렇게 연결되어 있고, 세상 전체가 예술작품이며 우리가 예술작품의 일부라는 생각 말이다. 『햄릿』이나 베토벤 사중주는 우리가 세상이라고 부르는 이 거대한 덩어리에 대한 진실이다. 하지만 셰익스피어는 없고 베토벤도 없다. 단연코, 확실하게 신도 없다. 우리가 말이고 우리가 음악이다. 우리가 그 존재다. 어떤 충격을 받을 때 난 그것을 알게 된다.

세인트아이브스에서 대문 옆 화단에 피어 있던 꽃을 보았던 그 이후로 내내 이러한 나의 직관—이것은 워낙 본능적이라 내가 만들어낸 것이 아니라 그냥 주어진 것 같다—은 확실히 내 삶의 준거가 되어주었다. 만약 내가 나 자신을 그리려 한다면 그 개념을 구성할 어떤 것, 가령 어떤 지침을 찾아야 한다. 나의 삶이 내 몸이나 내가 하는 말이나 내가 하는 일에 국한되지 않는다는 것을 증명할 어떤 것 말이다. 우리는 우리 삶의 배경을 이루는 어떤 지침이나 개념과 늘 관련을 맺으며 산다. 나에게 그런 지침은 바로 목화솜 뒤에 패턴이 있다는 것이다. 그리고 이 개념이 매일 내게 영향을 끼친다. 산책을 하거나 상점을 운영하거나 전쟁이 일어났을 때 유용할 어떤 일을 배울 수도 있는 지금 이 아침 시간에 내가 글을 쓰고 있다는 사실로 이것을 증명하고 있다. 글을 쓰는 일이 내게는 다른 어떤 일보다 훨씬 필요한 일이다.

*　　*　　*

　수많은 밝은 색깔, 또렷한 여러 소리들. 몇몇 사람들, 희화화되고 우스꽝스러운. 몇몇 난폭한 존재의 순간들. 거기엔 늘 그것이 잘려 나온 후 남은 고리 모양의 장면이 있다. 그리고 그 모두를 거대한 공간이 둘러싸고 있다. 어린 시절을 대충 시각화하자면 이런 식이 될 것이다. 나는 내 어린 시절을 그런 모습으로 본다. 1882년에서 1895년까지의 기간에 여기저기 돌아다니던 어린 나를 그런 식으로 바라본다. 아주 널찍한 방에 비유할 수도 있다. 이 방은 창문으로 기이한 빛이 들어오고 나직한 말소리와 깊은 침묵의 공간이 존재한다. 하지만 이 그림에는 움직임과 변화의 감각도 있어야 한다. 오래도록 정지해 있는 건 없으니까.

　모든 것이 다가왔다가는 사라지고, 커졌다가는 작아지고, 서로 다른 속도로 작은 존재를 스쳐 지나가는 그런 느낌이 있어야 한다. 그 작은 존재로서는 계속 밀고 나갈 수밖에 없다는 느낌, 팔다리가 자라면서 어쩔 수 없이 떠밀리는 느낌, 나서서 멈추거나 바꿔볼 수도 없이, 흙을 밀어올리며 초목이 올라오듯이, 그렇게 줄기가 뻗고 잎이 자라고 꽃봉오리가 부풀어 오르듯이 떠밀리는 느낌 말이다. 이것이야말로 정확히 묘사할 수 없는 것이고, 이로 인해 모든 이미지가 완전히 정지된 상태로 나타난다. 그것이 이러하다고 말을 하는 순간 이미 사라지고 달라지기 때문이다. 검은 바탕에 찍힌 푸른색과 보라색의 커다란 얼룩만을 구분하던 아기를, 13년 후 1895년 5월 5일—오늘로 딱 44년이 되었다—에 어머니가 돌아가셨을 때 내가 느꼈던 그 모든 감정을 느낄 수 있는 아이로 탈바꿈시키는 삶의 기운이란 얼마나 대단한 걸까.

이 말은 내가 이 소묘에서 수많은 것들을 생략했지만 사실 가장 중요한 것을 빠뜨렸다는 뜻이다. 아마 의식이라는 것이 생겨난 첫 순간부터 나를 다른 사람과 묶어놓았던 본능과 애정과 열정과 애착 같은 것—달마다 달라지기 때문에 그것을 단 하나의 단어로 표현할 수는 없다—말이다. 어렸을 때 멈춰버린 일은 완전한 모습을 이루기 때문에 묘사하기 쉽다는 내 말이 사실이라면 열세 살 때 어머니가 돌아가셨을 때 내가 느꼈던 감정도 쉽게 표현할 수 있어야 한다. 그래서 깁스 씨나 클락 씨[8]의 모습과 마찬가지로, 그 이후의 인상에 전혀 흔들리지 않는 그런 모습으로 어머니를 볼 수 있어야 마땅하다. 하지만 두 사람의 경우에는 들어맞았던 그 이론이 어머니의 경우엔 완전히 무용지물이다. 그것도 희한한 방식으로 무용지물이 된다. 이 점을 설

---

8 이 글의 중략된 부분에서 울프는 부모님의 지인인 이들에 대한 어린 시절의 기억을 짧게 설명했다.

명하면 아마 지금 어머니에 대한 내 감정과 어머니 자신을 묘사하는 일이 어째서 그렇게 희한하게 어려운지 그 이유도 좀 해명이 되지 않을까 싶다.

사십대 이전까지─『등대로』를 쓴 날짜를 찾아보면 정확한 시점을 알아낼 수 있겠지만 이 글은 편안하게 쓰고 있기 때문에 굳이 그러고 싶지 않다─나는 어머니에게서 벗어나지 못했다. 어머니의 목소리가 들렸고 그 모습이 눈에 보이기도 했다. 일상의 일을 해나가면서 어머니라면 뭐라고 할지, 뭘 어떻게 할지 상상할 수 있었다. 어머니는 눈에 띄지 않은 채 모두의 삶에서 무척 중요한 역할을 하는 그런 존재였다. 다른 집단의 의식이 우리에게 행사하는 그런 식의 영향력 말이다. 여론이라든지 다른 사람들이 말하고 생각하는 것이라든지, 우리를 이쪽으로 끌어와 비슷하게 만들거나 반대쪽으로 밀어내어 달라지게 만드는 그 모든 자력. 내가 재밌게 읽은 그 많은 전기 중에서 어느 것도 이것을 분석하지 않았거나 그저 피상적으로만 다루었다.

하지만 바로 이러한 보이지 않는 존재로 인해 "이 회고록의 주체"는 매일의 일상에서 이리 끌리고 저리 끌린다. 그렇게 자리를 잡게 되는 것이다. 사회라는 것이 우리 각자에게 얼마나 엄청난 영향력을 행사하는지 생각해보라. 그리고 그 사회가 세대마다, 계급마다 얼마나 다른지도. 눈에 보이지 않는 이 존재들을 분석할 수 없다면 회고록의 주체에 대해서도 거의 알 수가 없다. 그러면 삶의 기록이라는 것이 얼마나 헛된 일이 되겠는가. 내가 보는 나 자신은 개울의 물고기와도 같다. 그 흐름 속에서 한 자리에 잡혀 있기도 하고 방향이 틀어지기도 하는데 그 개울을 묘사할 수가 없다.

내게 끼친 영향력 중에서 예를 들어 '케임브리지 열두 사도'[9]라든지, 골즈워디나 베넷이나 웰스의 소설학파, 혹은 투표권이나 전쟁의 영향보다 좀 더 명확하고 설명하기 쉬운 특정한 것으로 다시 돌아가보자. 그러니까 어머니의 영향력 말이다. 어머니는 내가 열세 살 때 돌아가셨지만, 마흔넷이 되도록 내가 어머니의 존재에서 벗어나지 못했다는 것은 틀림없는 사실이다. 그러다가 어느 날 타비스턱 광장(Tavistock Square)을 걷다가 마치 내 의지가 아닌 어떤 힘에 휘둘리듯 엄청난 속도로 『등대로』를 집필하게 되었다. 그런 식으로 책을 쓰는 일이 간혹 있다. 이야기 하나가 나오면 바로 다른 이야기가 튀어나왔다. 비눗방울 부는 아이를 떠올릴 수 있다면, 내 머리에서 아이디어와 장면이 연이어 보글보글 뿜어져 나오는 것을 바로 그런 식으로 상상할 수 있을 것이다. 걸음을 옮기는 중에도 내 입술이 멋대로 단어를 밖으로 뱉어내는 듯했다. 무엇이 그렇게 시켰을까? 왜 하필 그때였을까? 전혀 알 수가 없다. 좌우간 그 소설을 순식간

---

9 1820년에 케임브리지 대학교에서 결성된 토론회.

에 써 내려갔다. 그리고 그 소설을 끝내자 어머니에 대한 집착도 사라졌다. 목소리도 들리지 않았고 더 이상 그 모습도 보이지 않았다.

아마 정신분석학자들이 환자를 치료하기 위해 하는 일을 나 스스로 하지 않았나 싶다. 아주 오래도록 마음 깊숙한 곳에 품어왔던 감정을 표출한 것이다. 그렇게 표현하면서 실명할 수 있었고, 그렇게 잠재울 수 있었다. 하지만 '설명'한다는 건 무슨 뜻인가? 그 소설에서 어머니와 어머니에 대한 내 감정을 그려냈는데, 어째서 어머니의 모습과 어머니에 대한 감정이 오히려 흐려지고 약해졌단 말인가? 언젠가는 그 이유를 깨달을 수 있을 것 같다. 그건 그때 알려주기로 하고 지금은 아직 남아 있는 어머니의 기억을 이야기해보려 한다. 그 기억이 계속해서 흐려질 테니 말이다. (이 문장은 지금 내가 어머니를 또렷하게 그려내는 일이 왜 그렇게 힘든지를 얼마간이라도 설명하기 위해서 임시로 집어넣었다.)

확실히 어머니는 내 어린 시절이라는 거대한 성당의 한중간에 있다. 처음부터 거기 있었다. 나의 첫 번째 기억은 어머니의 무릎이다. 어머니 치마에 볼을 비볐을 때 옷에 달린 구슬이 얼굴에 닿아 까칠했던 느낌이 기억난다. 그다음엔 흰 실내복을 입고 발코니에 나와 선 어머니의 모습이 보인다. 꽃잎에 보라색 별 모양이 박힌 시계초 꽃도 함께. 흐릿하게나마 여전히 어머니 목소리가 들린다. 빠르고 단호한 말투. 특히 웃음 끝에 똑똑 떨어지는 듯한, 점점 작아지는 세 번의 '아―아―아'. 나도 그런 식으로 웃음을 멈출 때가 있다.

어머니의 손도 보인다. 에이드리언의 손처럼 끝이 뭉뚝한 손가락 하나하나가. 허리처럼 가운데가 쏙 들어가고 손톱은 넓적하다. (나는 어느 손가락이나 두께가 일정해서 엄지손가락에도 반지를 낄 수 있다.) 어머니에게는 반지가 세 개 있었다. 다이아몬드 반지와 에메랄드 반지와 오팔 반지. 어머니가 우리를 앉혀놓고 가르칠 때, 교재 위에서 손이 움직일 때마다 반짝거리는 오팔에서 눈을 뗄 수가 없었다. 기쁘게도 어머니는 그 반지를 내게 물려주셨다. (그리고 난 그것을 레너드에게 주었다.) 집 안을 돌아다니실 때 팔찌가 짤랑거리는 소리도 들린다. 꼬인 모양의 은으로 만든 그 팔찌는 로월 씨가 준 것이었다. 밤에 우리가 잠이 들었는지 보려고 갓을 씌운 촛불을 들고 우리 방으로 올라오실 때면 특히 짤랑거렸다. 이 기억은 아주 또렷하다. 아이들이 으레 그렇듯이 나도 때로 말똥말똥한 눈으로 어머니가 올라오시길 기다렸으니까. 그러면 어머니는 상상할 수 있는 어여쁜 것들은 다 떠올려보라고 하셨다. 무지개나 예쁜 종 같은…

서로 관계없는 이런 자잘한 기억 말고, 어머니에게 늘 있었던 것, 그러니까 어머니가 빼어난 미인이라는 사실은 어떻게 처음 의식하게 되었을까? 어쩌면 전혀 의식하지 못했을지도 모른다. 그냥 우리의 어머니가 어머니―어머니는 보편적이고 전형적으로 보였지만 그래도 특별한 우리의 어머니였다—라서 당연히 지니는 자연스런 특성으로 받아들였던 것 같다. 어머니라는 천직의 일부처럼. 어머니의 얼굴을 어머니의 전체 존재나 몸 전체와 따로 떼어낸 적이 없는 것 같다.

지금 이 순간 어머니의 모습이 떠오른다. 세인트아이브스의 잔디 마당 옆길을 걸어 올라오신다. 호리호리하고 균형 잡힌 모습. 몸을 아주 꼿꼿이 세우고 계신다. 놀고 있던 나는 하던 일을 멈추고 엄마에게 말을 걸려 한다. 하지만 엄마는 반쯤 몸을 돌리고 눈을 내리뜨고 있다. 형언할 수 없는 슬픔에 잠긴 그 모습에, 공장 기계에 깔려 크게 다쳐 엄마가 계속 찾아가봤던 필립스가 세상을 떠났다는 것을 알 수 있었다. 다 끝났어. 엄마의 모습은 그렇게 말하고 있었다. 난 그걸 알았고, 그렇게 죽음을 떠올리자 경외감에 사로잡혔다. 그러면서도 엄마의 몸짓이 전체적으로 아름답다고 느꼈다. 어쩌다 찾아온 손님들이나 유모들이 하는 말을 듣고 아주 어렸을 적부터 엄마가 대단한 미인이라는 것을 알았음이 분명하다. 하지만 그 자부심은 나만의 순수한 감정이 아니라 속물적이었다. 다른 사람들이 경탄하는 것을 보고 느끼는 자부심과 뒤섞여 있었다. 어느 날 밤 우리가 저녁을 먹는데 유모들이 모여 앉아서 "정말 대단한 집안이잖아…"라는 식의 말을 했을 때, 그것을 들으며 느꼈던 더 확실히 속물적인 자부심과 무관하지 않았던 것이다.

아름다움을 제쳐두면, 어머니 자신은 어떤 사람이었을까? 그 둘을 분리할 수 있다면 말이다. 아주 민첩하고 아주 직설적이었다. 현실적이고 재미있었지만, 또한 무뚝뚝하기도 했다. 가식을 싫어했기 때문에 날카롭기도 했다. "그렇게 머리를 한쪽으로 기울이고 다닐 거면 파티에는 갈 생각도 하지 마." 어느 집 앞에 마차가 섰을 때 내게 그렇게 말했던 기억이 난다. 아주 엄하셨지만, 어머니에 대해 아는 바가 있었기 때문에 그때의 어머니는 오히려 슬퍼 보였다. 어머니는 뒤편에 늘 자신만의 슬픔을 가지고 있었고 혼자 있을 때 마음 놓고 슬픔에 젖어들었다. 한번은 엄마가 내준 연습문제를 풀다가 고개를 들자 책을 읽는 엄마가 눈에 들어왔다. 아마 성경책이었을 것이다. 그 표정이 얼마나 근엄해 보였는지 엄마의 전남편이 성직자였고, 그래서 지금 그가 읽었던 성경을 읽으면서 그 사람 생각에 빠져 있다고 보았다. 물론 내가 지어낸 이야기였다. 이런 걸 보면 어머니가 말을 하고 있지 않을 때면 무척 슬퍼 보였던 게 분명하다.

하지만 어머니가 돌아가신 후 어머니를 바라보는 내 시각에 억지로 얹은 이런 온갖 묘사와 일화를 끌어들이지 않고는 어머니에게 가까이 갈 수 없는 걸까? 아주 재빠르고 아주 단호하고 자세가 아주 똑바르고, 적극적인 모습 뒤에 슬픔에 잠긴 조용한 면이 있다는 그런 묘사들 말이다. 물론 어머니는 중추적 존재였다. '중추적'이라는 단어가 내 전반적인 느낌에 가장 가까운 단어가 아닌가 싶다. 그러니까 어머니를 독립된 한 인물로 여길 만한 거리도 가질 수 없을 만큼 완전히 그 분위기 안에 살았다는 느낌 말이다. (이와 같은 맥락에서 깁스네나 비들네나 클라크네는 훨씬 분명하게 이해할 수 있는 것이다.) 어머니는 전부였다. 탤런드하우스는 엄마의 존재로 가득했다. 하이드파크게이트도 마찬가지였다. 성급하고 미약하고 별 의미가 없는 판단일지 모르지만 어머니가 어째서 아이에게 아주 개별적인 특정한 인상을 남길 수 없는 인물이었는지를 이제는 알 수 있다.

어머니의 삶은 내가 약칭해서 '집합적 삶'—우리 모두 공동으로 살아가는 삶—이라고 부르는 그런 삶이었다. 삶의 표면이 얼마나 확장되어 있는지, 내가 되었든 다른 누구이든 아프다거나 상태가 안 좋을 때 잠깐씩 관심을 보이는 경우가 아니면, 한 사람에게만 관심을 집중할 시간도 여력도 없었다는 것을 이제는 알 수 있다. 에이드리언은 다르긴 했다. 에이드리언은 엄마가 유난히 아끼는 자식이었다. '내 삶의 기쁨'이라고 불렸다.

세월이 흘러 이제 어머니의 상황을 이해하게 된 지금의 내 견해는 이러하다. 일곱 명의 자식을 둔 사십대의 여자. 그것도 대부분 아직 어른의 보살핌이 필요한 나이였다. 넷은 아직 유아인 데다가 결혼과 함께 자식이 된 로라도 발달 장애인이라 같이 살고 있었다. 열다섯 살이나 연상인 남편은 까다롭고 어려운 데다 부인에게 의존적이었다. 이 모든 존재를 아울러 적절히 관리

해야 했던 인물이란 일고여덟 살 아이에게는 특정한 인물이기보다는 보편적인 존재일 수밖에 없었을 것이다. 내 기억에 어머니와 단 둘이 몇 분 이상을 함께한 적이 있었던가? 늘 누군가 끼어들었다. 내가 자연스럽게 떠올리는 어머니는 늘 사람들이 가득한 방 안에 있었다. 스텔라와 조지와 제럴드가 있었다. 다리를 꼬고 앉아 머리칼을 손가락으로 돌리며 책을 읽는 아버지가 있었다. "가서 아버지 수염에 붙은 빵 부스러기 좀 떼어드려라." 엄마가 그렇게 속삭이면 난 종종걸음으로 아버지에게 갔다.

  손님들도 많았다. 잭 힐스처럼 스텔라와 사랑에 빠진 젊은 남자들, 조지와 제럴드의 케임브리지 대학 친구들인 젊은 남자들. 헨리 제임스나 존 애딩턴 사이먼즈(플러시 천으로 만든 작은 공이 달린 긴 노란색 넥타이를 매고 누렇고 핼쑥한 얼굴로 세인트아이브스의 넓은 계단에서 나를 가만히 올려다보던 그의 모습이 떠오른다)처럼 나이 많은 아버지의 친구들은 차 탁자에 둘러 앉아 담소를 나누곤 했다. 러싱턴네나 스틸먼네 같은 스텔라의 친구들. 탁자 상석에 앉은 스텔라의 모습이 보인다. 그 위로는 예전 가정교사가 그녀에게 준, 푸른색으로 칠해진 베아트리체 판화가 걸려 있다. 농담과 웃음소리, 왁자지껄 요란스러운 목소리들이 들린다. 누군가 내게 장난을 치고, 내가 뭔가 재밌는 얘기를 하자 엄마가 웃는다. 나는 기뻐서 얼굴이 발갛게 달아오른다. 엄마가 나를 지켜본다. 네서가 아이더 밀먼이 자기 베프라고 말하자 누군가 웃는다. 엄마는 "베스트 프렌드라는 뜻"이라고 다정하게 달래듯 말한다. 바구니를 들고 시내에 나가는 엄마가 보인다. 아서 데이비스와 함께다. 우리가 크리켓 놀이를 하는 동안 현관 계단에 앉아 뜨개질을 하는 모습도 보인다. 윌리엄스네 집이 토지관리인에게 넘어가 그 집 남편이 창문에 서서 주전자와 세숫대야와 요강 등을 바깥 자갈길에 집어던지며 고함을 질러낼 때, 엄마는 윌리엄스 부인에게 손을 내밀며 이렇게 말했다. "우리 집으로 와요, 윌리엄스 부인." 그러자 윌리엄스 부인은 흐느끼며 말했다. "안 돼요, 스티븐 부인. 남편을 떠날 수가 없어요."

런던 집에서 탁자에 앉아 글을 쓰는 엄마의 모습이 보인다. 다리는 동물 발 모양이고 방석은 분홍색인, 무늬가 새겨진 긴 등받이 의자와 은촛대와 삼각형 놋쇠 잉크병. 난 엄마가 거리를 걸어 내려오기를 기다리면서 블라인드 뒤에서 마음 졸이며 밖을 내다본다. 날이 저물어 가로등도 들어왔는데 엄마가 아직 돌아오지 않아 난 엄마가 차에 치인 것이 분명하다고 생각한다. (한번은 아버지가 그렇게 창밖을 내다보는 나를 보고는 왜 그러느냐고 물었다. 그러곤 걱정스러우면서도 나무라는 투로 "그렇게 불안해할 필요 없어, 지니"라고 말했다.) 그리고 내가 기억하는 엄마의 마지막 모습. 임종을 앞둔 모습이다. 내가 다가가 엄마에게 입맞춤을 하고 가만히 방을 나가려는데 엄마가 말했다. "몸을 꼿꼿이 세우고 다니렴, 아가 염소야."

어머니를 떠올릴 때 내 마음이 내키는 대로 움직이게 놔두면 얼마나 뒤죽박죽의 기억들이 쏟아져 나오는지. 하지만 모든 기억에서 엄마는 누군가와 함께 있고 사람들로 둘러싸여 있다. 보편화된 어머니. 사방에 흩어져 어디나 편재하는 어머니. 내 어린 시절의 중심에서 신나게 펼쳐지던, 북적거리는 즐거운 세상을 만들어낸 장본인인 어머니. 내 자신의 기질로 만들어낸 또 다른 세상으로 그 세상을 감싼 것이 사실이다. 처음부터 그 세상 바깥에서 수많은 모험을 즐겼던 것도 사실이다. 그 세상에서 떨어져 멀리 가버렸거나 많은 것을 숨긴 적도 있었다. 하지만 그 세상은 항상 거기 있었다. 아주 흥겹고 들썩거리는, 사람들이 가득 들어찬 우리 가족의 공동의 삶에서 어머니는 중심이었다. 어머니 자체가 그것이었다. 그 사실은 1895년 5월 5일에 증명되었다. 그날 이후로는 아무것도 남지 않았으니까. 엄마가 돌아가신 날 아침에 나는 보육실 창밖으로 몸을 내밀었다. 여섯 시경이었을 것이다. 세튼 박사님이 고개를 숙이고 뒷짐을 진 채 거리를 걸어 내려가는 것이 보였다. 하늘을 날던 비둘기들이 내려앉는 모습도. 차분하면서도 슬펐고, 어떤 최후의 느낌이 찾아들었다. 아름답고 푸르른 봄날 아침이었고 무척 고요했다. 그런 날이면 모든 것이 끝났다는 그 느낌이 다시 내게 찾아든다.

＊　　＊　　＊

　이제 아버지를 그려볼 때다. 네서와 내가 아무런 보호막도
없이 그 기이한 인성의 파장에 완전히 노출되었던 것이 스텔라
가 세상을 뜬 1897년부터 아버지가 돌아가신 1904년까지의
7년 기간이었기 때문이다. 스텔라가 세상을 떴을 때 네서는 딱
열여덟 살이었다. 난 열다섯 반이었다. 왜 '노출되었다'는 표현
을 썼는지, 그리고 정확한 표현은 아니지만—정확한 표현은 찾
을 수가 없다—왜 아버지를 기이한 인성이라고 했는지, 그 이
유를 설명하려면 어린 시절의 내 몸과 마음이라는 껍질 속으로
다시 들어가야 한다.

　지금 내 나이는 그때 내 나이보다 오히려 아버지의 나이에
가깝다. 그렇다고 그때보다 아버지를 더 잘 '이해'하게 되었을
까? 아니면 그저 어마어마하게 중요했던 그 관계의 각도를 기
이하게 비틀어 아버지의 시각에서든 나의 시각에서든 그것을
그려낼 수 없게 된 걸까? 지금도 아버지를 떠올릴 때 난 모퉁이
에 숨어서 본다. 정면에서 보는 것이 아니라.『등대로』에서 어
머니를 그려내어 어머니의 기억이 내게 행사했던 힘을 상당 부
분 지워버렸던 것처럼 아버지의 기억도 그렇게 지워버렸다. 하
지만 아버지 역시 오랜 세월 강박처럼 나를 떠나지 않았다. 그
렇게 글로 표현하기 전까지는 때로 나도 모르게 입술이 움직였

다. 아버지와 싸우는 것이다. 아버지에게 덤벼들고 아버지 앞에서 절대 하지 못했던 말을 혼자 중얼거렸다. 입 밖에 낼 수 없었던 그 말들이 얼마나 깊숙한 내면까지 박혀 있었는지. 어떤 말은 지금도 입 밖으로 튀어나올 때가 있다. 예를 들어 네서가 수요일과 주간 장부에 대한 기억을 되살리면 여전히 그 해묵은 무력한 분노가 솟구친다.

네서는 어땠는지 몰라도 내게 그 분노는 사랑과 뒤섞여 있었다. 겨우 며칠 전에야 처음으로 프로이드 저서를 읽었는데, 거기서 이렇게 사랑과 증오가 격렬하게 갈등하며 혼재하는 일이 흔하다는 것을 알게 되었다. 애증관계라고 부른다. 하지만 부녀관계인 우리 관계를 묘사하기 전에, 내가 아닌 세상에서 바라봤던 아버지의 모습을 먼저 그려봐야 할 것 같다.

*　　*　　*

그렇게 네서와 나는 함께 긴밀한 공모관계를 이루었다. 방이 수없이 많은 그 거대한 저택에서, 남자들이 들락날락하는 수많은 남자들의 세계에서 우리는 우리만의 작은 세계를 만들었다. 시각적인 비유를 들자면, 소리가 왕왕 울리는 하이드파크게이트라는 커다란 껍데기 속에 예리한 삶이라는 작고 예민한 중심이 있었다고도 하겠다. 혹은 즉각적인 공감이라는 중심일 수도 있고. 그 껍데기는 하루 종일 비어 있었고, 저녁이면 다들 거기로 돌아왔다. 에이드리언이 웨스트민스터 학교에서 오고 잭은 링컨 법학원에서, 제럴드는 덴트에서, 조지는 우체국이나 재무부에서 와서, 다들 네서와 내가 관장하는 차 탁자라는 초점으로 모인다. 평소에 네서와 나는 오전에 일을 한 후 함께 시간을 보낸다. 함께 우리의 시각을 세우고, 그것을 통해 우리 둘에게는 거의 똑같은 세상을 바라본다. 스텔라가 세상을 뜬 후 얼마 되지 않아 우리가 깨달은 바는, 불가항력인 이 혼란스러운 소용돌이 속에서 우리가 설 자리를 마련해야 한다는 것이었다. 겨우 마련했나 싶으면 어느새 누군가 채어가거나 뒤틀어버렸기 때문에 매일 그 자리를 확보하기 위한 고된 싸움을 해야 했다.

가장 목전의 장애물, 살아가기 위한 우리의 분투와 우리의 생기를 가장 무겁게 짓누르는 바위는 당연히 아버지였다. 우리가 계획을 세우지 않고 지나가는 날은 단 하루도 없었을 것이다. 키티 맥스나 케이티 사인이 왔을 때 혹시 아버지가 나가시지 않을까? 켄싱턴가든에서 오후 내내 산책을 해야 할까? 브라이스 씨가 차를 마시러 오시려나? 혹시 친구들을 불러서 스튜디오에서, 그러니까 주간 보육실에서 놀 수 있으려나? 어떻게 하면 부활절에 브라이턴에 안 갈 수 있을까? 그렇게 매일매일 우리는 아버지라는 막대한 장애물의 압력에서 벗어나려 애썼다. 그리고 수요일이라는, 매주 반복되는 공포가 한 주 내내 드리워져 있었다.

수요일마다 그 주의 장부가 집으로 왔다. 우리는 그것이 위험 수위를 넘었는지 안 넘었는지를 아침 일찍 알 수 있었다. 내기억이 정확하다면 11파운드였다. 그것을 넘은 수요일에 우리는 다가올 고통의 시간을 예상하며 점심을 먹었다. 장부는 점심식사 직후에 아버지에게 갔다. 아버지는 안경을 쓰고 숫자를 읽는다. 그러고는 장부 위로 주먹을 내리친다. 얼굴이 시뻘겋게 달아오르며 핏줄이 선다. 알아들을 수 없는 고함소리가 뒤를 잇는다. '난 망했어'라고 소리치며 가슴을 마구 두드린다. 그러고는 자기연민과 두려움과 분노의 놀라운 장면을 연달아 연출한다.

버네사는 그 곁에 아무 말 없이 서 있었다. 아버지는 네서에게 온갖 책망과 욕설을 퍼붓는다. "너는 이 아비가 불쌍하지도 않느냐? 무슨 바윗덩이처럼 서 있기만 하니…" 등등. 네서는 절대 입을 열지 않는다. 아버지는 나이아가라 폭포에서 뛰어내리겠다고도 하고 자신의 비참한 삶과 네서의 낭비 등 머리에 떠오르는 대로 마구 말을 쏟아낸다. 네서는 여전히 꼼짝도 하지않는다. 그러자 아버지는 태도를 바꾼다. 길게 신음소리를 내며 펜을 집어 들고는 가식적으로 손을 떨며 수표를 쓰는 것이다. 몇 번이나 신음을 토해내며 느릿느릿 펜과 장부를 밀어놓는다. 그러곤 의자에 주저앉아 과장되게 고개를 가슴팍으로 떨군

다. 그러다 이 일에 진력이 나면 책을 한 권 집어 들고 잠시 읽는다. 그러곤 반쯤은 애원하듯이, 호소하듯이 이렇게 말한다. (아버지는 자신이 노발대발하는 모습을 내가 다 지켜보는 것이 마음에 들지 않았다.) "오늘 오후엔 뭘 하니, 지니?" 난 차마 말을 할 수 없었다. 그때처럼 분노가 치밀면서 좌절감이 몰려왔던 적이 없었다. 그때 내 감정을, 그러니까 아버지가 한없이 경멸스럽고 네서가 불쌍히 여겨지던 그 감정을 단 한마디도 밖으로 표현할 수 없었기 때문이다.

과장을 전혀 보태지 않고 내가 할 수 있는 한 그대로 고약한 수요일을 그려 보이자면 바로 그러했다. 그 고약한 수요일은 늘 우리 주위를 감싸고 있었다. 지금으로서도 당시 아버지의 행동에 대해서는 잔혹하다고밖에 달리 표현할 수가 없다. 말로 했을 뿐이라도 채찍을 휘둘렀을 때보다 그 잔혹함이 덜하지 않았다. 그것을 어떻게 설명할 수 있을까? 그가 살아온 인생이 어느 정도 설명해준다. 아버지는 화분을 깨뜨려 그것을 친할머니에게 집어던진(실제 어떤 일이 있었는지는 모르지만 그런 식의 얘기가 있었다) 이후로 늘 응석받이로 자랐다. 섬세하고 연약하다는 것이 당시의 핑계였다. 이후에는 앞서 언급했던 '천재'설[10]이 있었다. 그

---

10 이 글의 생략된 부분에서 울프는 아버지의 통제 불가능한 분노가, 그가 젊은 시절 보였던 천재적 가능성과 '천재들은 보통 불같은 성격을 지녔다'는 통념을 바

래서 처음엔 누이인 캐리, 다음엔 첫 부인 미니, 그리고 그다음엔 어머니가 각자 그 천재설을 받들었고, 그렇게 아버지의 부담은 점점 커져갔다.

하지만 여기엔 덧붙일 사항이 있고 조건도 달아야 한다. 일단 눈에 띄는 사실은 아버지는 절대 이런 식의 장면을 남자들 앞에서 연출한 적이 없었다는 것이다. 그래서 프레드 메이트런드[11]는 아버지의 성질이 '색색으로 쏟아져 내리는 불꽃'(그의 전기에 나오는 표현이다) 정도이지 그 이상은 절대 아니라고 보았다. 물론 캐리가 기술적으로 조종하기도 했지만 말이다. 만약 쏘비나 조지가 주간 장부를 보여줬다면 불같은 성미는 훨씬 덜했을 것이다.

그렇다면 아버지는 어째서 여자들 앞에서는 부끄러운 줄도 모르고 맘대로 성질을 부렸던 걸까? 하나의 이유는 물론 당시 여자들이 노예(겉모습은 천사처럼 금박이 입혀지긴 했지만)였기 때문이다. 하지만 그것만으로는 스스로 연출하는 식으로 가슴을 치고 신음을 내뱉었던 그 장면의 연극적인 요소가 설명되지 않는다. 그에 대한 설명은 아버지가 여자들에게 의존적이었다는 사실에서 찾을 수 있다. 아버지는 늘 자신의 연기를 보여줄 여자

탕으로 스스로 조장한 면이 있다고 보았다.

11 『레슬리 스티븐의 삶과 편지』를 쓴 프레더릭 메이트런드(Frederic Maitland).

를 필요로 했다. 자신을 불쌍히 여기며 위로해줄 수 있는 여자. ("저 사람은 우리가 없으면 못 살 사람이야." 한번은 메리 이모가 그렇게 내 게 속삭였다. "그러니 우리에겐 얼마나 다행이니." 팔짱을 끼고 함께 계단을 내려오다가 이모가 했던 그 말을 나중에 더 깊이 생각해보려고 머릿속 한구 석에 모셔두었더랬다.)

아버지는 왜 여자가 필요했을까? 철학자로서 자신이 실패 했다는 사실을 스스로 알았기 때문이다. 실패했다는 그 사실이 아버지를 끊임없이 괴롭혔다. 하지만 자신의 신조나 행동거지 에 따르면, 그러니까 공적인 관계에서 아버지가 취했던 기준에 따르면 자신에게 칭찬이 필요하다는 사실을 숨겨야 했다. 그래 서 프레드 메이트런드와 허버트 피셔 앞에서는 오로지 겸손하 게 자기를 낮추었고, 자기 자신이 어처구니없을 정도로 보잘것 없는 사람인 양 굴었던 것이다. 하지만 우리에게서 칭찬을 받아 낼 때는 정말 염치도 없고 무자비하고 탐욕스러웠다.

억압과 욕구가 이렇게 결합되었다면, 버네사에게 그렇게 가 혹했던 이유가 바로 스스로 인정하지는 않겠지만 내내 여자들 에게 받고자 했던 그 동정이 필요했기 때문일 수도 있다. 네서 가 노예이자 천사로서의 그 역할을 거부하자 그 요구가 더욱 격 해진 것이다. 자기연민에 필요한 흐름까지 막아서 자신도 의식 하지 못했던 어떤 본능을 깨웠던 것이다. 스스로도 수치스러웠 을 본능을. "네 눈에는 내가 분명…" 어느 날 불같이 화를 낸 후 아버지가 내게 말했다. 아버지가 쓴 단어는 '멍청하다'였던 것으로 기억한다. 난 아무 말도 하지 않았다. 아버지가 멍청하다고 생각하지 않았으니까. 가혹하다고 보았으니까.

누군가 아버지에게 단도직입적으로 "딸들을 그렇게 대하다니 너무 가혹하군요"라고 했다면 그는 뭐라고 했을까? 아버지는 자신과 관련하여 그 단어가 어떤 의미가 있다고는 상상조차 하지 않았을 것이다. 자신의 행동을 전혀 자각하지 못했던 이유는, 아버지 저서에도 분명히 나타나듯이 비판력과 상상력의 불균형에서 찾을 수 있다. 아버지에게 어떤 생각할 거리가 주어지면, 예를 들어 밀이나 벤섬이나 홉스의 사상 같은 주제가 주어지면 그는 (메이너드 케인스가 내게 한 말에 따르면) 그렇게 예리하고 명석하고 공평무사할 수가 없다. 하지만 어떤 인물을 설명해보라고 하면 (내가 보기에) 얼마나 조야하고 초보적이고 뻔한 설명인지 어린아이가 백묵으로 그린 그림도 그보다 나을 것이다.

이 점을 해명하기 위해서는 케임브리지 대학교와 그 편향된 교육의 해로운 영향력을 거론할 수밖에 없다. 그다음에는 19세기 작가라는 직업과 집중적인 두뇌활동으로 인한 불균형을 따져봐야 한다. 아버지는 생전 자기 손으로 뭘 한 적이 없다. 이 두 가지가 합쳐졌을 때, 그것이 기질적으로 음악이나 예술에 문외한이고 청교도적으로 길러진 인성에 어떤 영향을 끼쳤을지 살펴봐야 한다. 이 모두를 고려해보고, 그것이 어떻게 특정한 감수성은 강화하고 다른 감수성은 위축시키는지 따져봐야 하는 것이다.

아버지가 예순다섯의 나이에 마치 감방에 갇힌 듯이 고립되어 있었다는 사실도 있다. 자신의 감정을 지나치게 무시하고 가장하며 살았기 때문에 자기 자신이 어떤 사람인지 전혀 알 수 없게 되었다. 다른 사람이 어떤 사람인지도 당연히 알 수 없었고. 그래서 불같이 화를 내는 아버지가 그렇게 두렵고 끔찍했던 것이다. 거기엔 뭔가 맹목적이고 동물적이고 야만적인 것이 있었다. 로저 프라이는 문명이란 무엇보다 자각이라고 했다. 그렇게 보면 아버지는 전혀 자각하지 못했기에 문명화되지 못한 것이다. 자신이 무슨 일을 하는지 알지 못했다. 누군가의 말을 듣고 깨달을 수도 없었다. 그러면서도 본인은 고통스러워했다. 감방의 벽 사이로 잠깐씩 깨달음의 순간은 있었겠지만 말이다.

이 모든 사실에서 나는 완강하고 영구적인 하나의 원리를 끌어냈다. 자기중심주의만큼 두려운 것은 없다는 것이다. 본인이야 그 무엇에도 잔혹하게 상처 입는 일이 없지만, 그와 접촉할 수밖에 없는 사람을 그것만큼 심하게 상처 입히는 것도 없다.

하지만 오랜 세월이 흐르고 나니 당시에는 보지 못했던 사실도 눈에 띈다. 바로 나이 차이로 인해 생겨난 격차다.[12] 하이드파크게이트 응접실에서 서로 맞섰던 것은 빅토리아 시대와 에드워드 시대라는 서로 다른 두 시대이기도 했다. 우리는 그의 자식이 아니라 손주뻘이었다. 우리 사이에서 완충 역할을 해줄 세대가 하나 더 있어야 했다. 바로 그 때문에 노발대발하는 아버지를 보며 우리는 그 상황이 우스꽝스럽다는 느낌이 강했던 것이다.

우리는 미래를 향한 시선으로 그를 보았다. 우리가 그때 보았던 것은 지금 열여섯이나 열여덟 살 아이에게는 너무나 당연해서 설명할 필요도 없는 것이다. 하지만 당시 우리는 미래를 바라보면서도 과거의 힘에 완전히 지배당하고 있었다. 우리 둘 다 탐험가이자 혁명가의 기질을 타고났지만, 우리에 비해 오십 년 정도는 낡은 사회의 지배를 받았던 것이다. 이 기묘한 사실로 인해 우리의 싸움은 그렇게 지독하고 격렬했다. 우리가 살았던 사회는 여전히 빅토리아 시대였기 때문이다. 아버지 자신이 전형적인 빅토리아 시대의 인물이었다. 조지와 제럴드는 빅토리아 시대에 동조하고 그것을 인정했다. 따라서 우리는 두 종류의 싸움을 따로 벌여야 했다. 그들과 개별적으로도 싸워야 했고 사회와도 싸워야 했다. 말하자면 우리는 1910년에 살고 있는데 그들은 1860년에 살고 있었던 것이다.(1939)

---

12 둘 다 재혼인 부모의 자식이었던 버지니아 울프가 태어났을 때 아버지 레슬리는 오십 세였다.

책 읽기를 정말 좋아하는 사람들 아닌가

버지니아 울프 산문선

초판 1쇄 발행   2021년 5월 28일

지은이   버지니아 울프
옮긴이   정소영
펴낸이   박대우
펴낸곳   온다프레스
등록   제434-2017-000001호(2017년 10월 20일)
주소   24756 강원도 고성군 토성면 아야진길 50-3
전화   070-4067-8645
팩스   050-7331-2145
메일   onda.ayajin@gmail.com
인스타그램   @onda_press

ⓒ 정소영 2021
ISBN   979-11-972372-2-5   03840

* 이 책 내용의 전부 또는 일부를 재사용하려면 반드시 저작권자와 온다프레스 양측의
  동의를 받아야 합니다.
* 책값은 뒤표지에 표시되어 있습니다.